人物叢書

新装版

柳亭種彦

りゅうていたねひこ

伊狩　章

日本歴史学会編集

吉川弘文館

柳亭種彦肖像
（『稿本戯作者考補遺』所載）

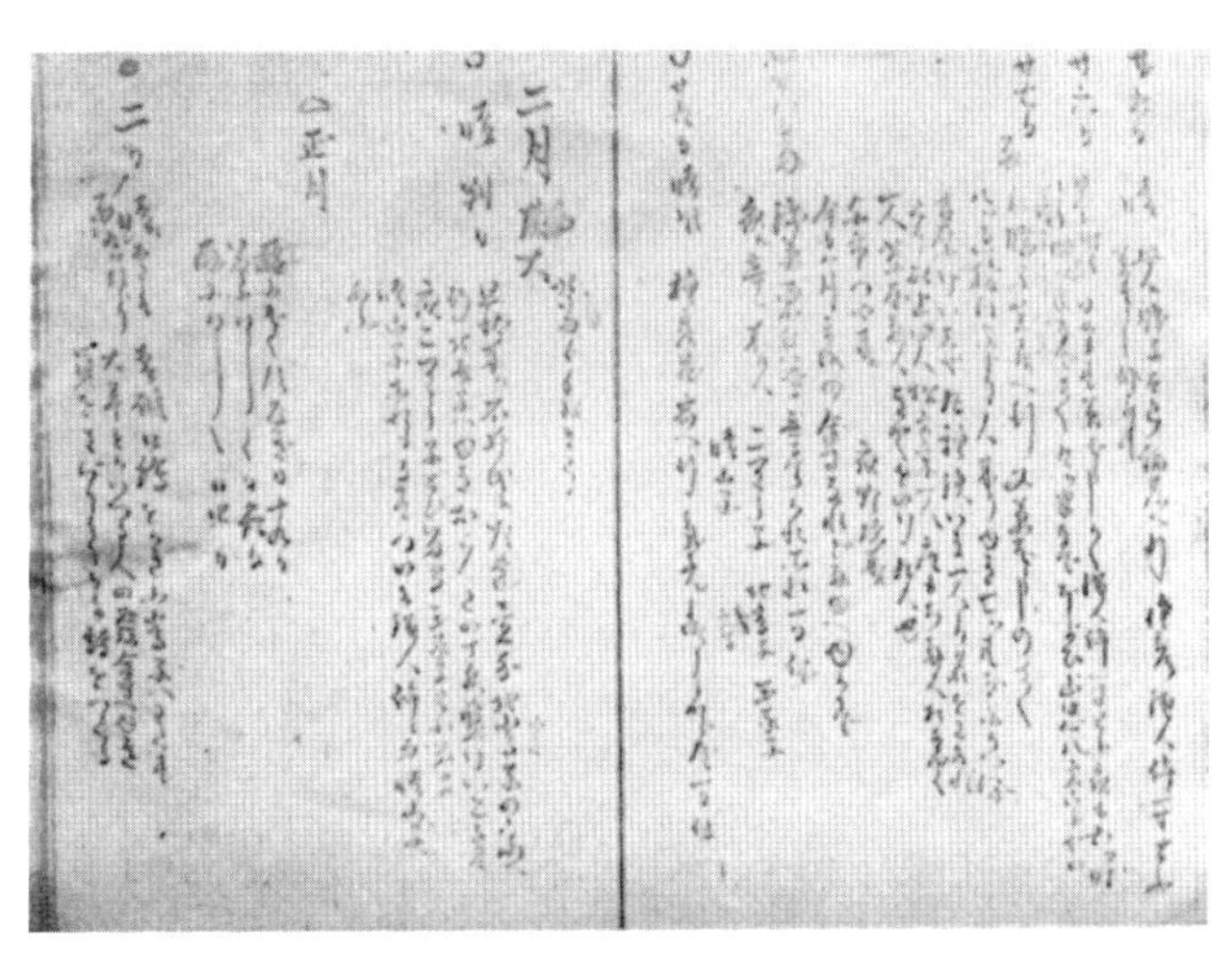

『柳亭日記』（国立国会図書館蔵）

『田舎源氏』初編・二編（新潟大学蔵）

種彦の墓（東京都品川区の浄土寺墓地にある）

はしがき

柳亭種彦は『偐紫田舎源氏』の作者としてその名を歴史にとどめている。当時『田舎源氏』は十四年間にわたる超ベストセラーとして江戸の町々をわかし、作者種彦の名声は馬琴とならんで草双紙界にもてはやされた。しかしその輝かしき声名がまた作者に災いをもたらしもした。種彦の終焉は悲劇であった。武士戯作者には悲劇的な最期をとげるものが多かったが、種彦もまた例にもれなかった。人気絶頂の天保十三年、水野忠邦の改革に筆を奪われた種彦は、失意のうちにその生涯の幕を閉じたのである。

かえりみれば私が初めて『田舎源氏』に接したのは二十数年前のことである。そのころ『田舎源氏』は私の愛する一書であり、種彦は私の最も好む戯作者の一人であった。しかし戦争が私の方向を変えさせ、近代文学の研究にたずさわるとともに種彦はいつしか遠ざかっていった。

しかるにここ数年、明治の作家を調べる必要からおりにふれて江戸戯作に親しむことが多く、とりわけ種彦にひかれてその作品に読みふけり、彼の生涯をときあかすことに意を注いだ。このたび「人物叢書」の一編としてまとめあげる機会を与えられ、刊行のはこびとなったことは往時をふりかえって感慨を抑えがたいものがある。

もとより浅学の身、また調査もゆきとどかず、種彦の評伝としては甚だ不充分な書であって、羞愧(しゅうき)の感にたえぬ点が多い。多くは先学諸家の業績に拠り、創意にかかるところは極めて乏しい。

しかし、種彦のまとまった研究書としては本書が最初のものであって、その点今後の研究に基礎的な役割を果すこともあるかと考える。また、近代作家との関連に焦点をあわせたことも多少の新味であろう。これらの点をたのみとして敢て公刊することにした。同学諸家の叱正（しっせい）を頂ければ幸いである。

結びにあたり、種々の御示教を頂いた水野稔・鈴木重三の両氏に厚く御礼申しあげる。また調査にあたり羽鳥一英・中根嘉男の諸氏をわずらわすこと多く、刊行にあたっては田中健夫氏の御厚意をうけた。書きとどめて謝意を表する。

昭和四十年　早春

地震の余波消えやらぬ新潟にて

伊　狩　　章

目次

口絵

挿図

第一 生いたち

一 家系

先祖

柳亭種彦、本名高屋彦四郎知久（ともひさ）は、天明三年（一七八三）癸卯（きぼう）五月十二日に生まれた。初めの名は主税（ちから）、字（あざな）は敬之（けいし）だが、一説に、幼少の時に宇吉、長じて左門とあらためたともいう。

父は甚三郎知義（ともよし）、先祖代々二百俵取りの旗本の家柄である。『寛政重修諸家譜』によれば甲斐の武田信玄につかえた甚左衛門吉次（よしつぐ）を祖先として、知義は八代目、種彦の知久は九代目にあたる。清和源氏、満季の流れをくみ、家紋は三石（みついし）・丸に花菱を用いた。

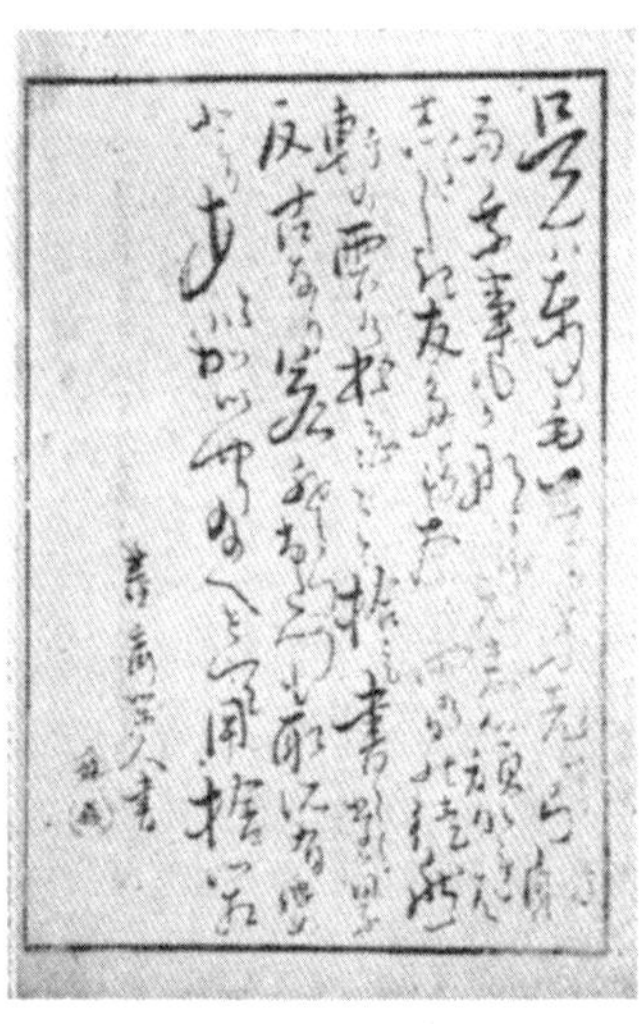

『用捨箱』序（新潟大学蔵）

家系や経歴について種彦が自ら書き遺したものは殆んど伝わらぬが、死没の一年前に著した考証随筆集『用捨箱』の自序で「是は東の毛左が年老て、弓射馬乗事もかなはず、元来心頑なれば、したしき友だちもなく云々」と、わずかに武士の出であることをほのめかし、また、門弟の笠亭仙果に与えた手紙で、「小子角力ぎらいなれば、角力の事は一向書き申さず、甲州侍ゆえ信玄君の事わるく書かず云々」と述べ、先祖が武田家に仕えたものであることをあきらかにしている。

吉次についで二代目の吉永は、横手監物信直の子として生まれ高屋家に養子として入ったもの、信玄・勝頼につかえ四十三歳で死去している。武田家没落のとき討死したものであろう。岩本活東の『戯作六家撰』に「もと横手氏にして甲州の士なり」とあるのはこの吉永のことをいうのである。

系図

種彦までの系図を略記すると次のようになる。

(1)吉次──(2)吉永──(3)吉久(永禄六、一五六三 元和元、一六一五)──(4)種久(? 元禄三、一六九〇)──(5)重知(正保二、一六四五 享保元、一七一六)──(6)利房(延宝元、一六七三 元文二、一七三七)──(7)知陳(元禄一五、一七〇二 明和六、一七六九)──(8)知義(元文二、一七三七 寛政八、一七九六)──(9)知久(種彦)

三代目吉久（庄左衛門）も勝頼に仕え、主家没落ののち家康に召されたが病気のために仕官せず、紀伊国にとじこもったままで終った。

四代目の彦右衛門種久（のち信重）のとき家光に仕え、以後徳川家の麾下となった。寛永三年に召し出され小十人組に列し、俸禄は二百俵と定められた。のち御納戸番にかえられている。

五代目彦四郎重知は寛文二年四代将軍家綱に拝謁し、元禄三年父のあとをつぎ、のち小普請組に入れられた。六代目治左衛門利房・七代目清大夫知陳らもともに家職の小十人役をつとめた。

八代目の種彦の父知義は、知陳の隠居のあと宝暦七年に家をつぎ、明和二年、十代将軍家治にお目見え、小十人組になる。安永五年、将軍の日光参詣のとき供奉したともいうが、ほかに特記すべき事項もない。姉妹が二人あり、一人は佐野喜右衛門に、一人は牛田斧三郎に嫁いでいる。種彦の伯叔母となるわけだが、彼らについても何もわからない。

ただ『柳亭日記』文化七年正月十日の項に、種久(信重)の妻の父沢九郎兵衛宗久の子孫にあたる沢甚左衛門が種彦を訪問し、先祖のことを問いあわせた記事の中で、「右は二代目高屋彦右衛門信重の妻の父、御広敷添番沢九郎兵衛の家筋なり云々」とあって、これによると高屋家では、徳川家に出仕した吉久を初代の先祖としていたことがわかる。したがって種彦の知久は七代目ということになろう。

諸家譜

なお、寛永の諸家譜（『寛永諸家系図伝』、寛永二十年、一六四三）を増補したものが『寛政重修諸家譜』（寛政十一、一七九九 文化九、一八一二）となるわけだが、高屋家の呈譜はちょうど種彦の代にあたり、種彦自身の手によってなされた。『柳亭日記』文化六年六月二十二日の項に「支配へ病気見まひに行、夕方沢氏廻状もてきたる、系譜尋書（たずねがき）のなり」とある。丹念な種彦のこと

『柳亭日記』（国会図書館蔵）

だからこまかく先祖のことを調べあげたのであろう。さきの諸家譜に加えて新たに「今の呈譜云々」として訂正や加筆がみられ、またそこに、後述するような疑問も生じてくる。

右に見るとおり、高屋家は旗本といっても小十人と小普請とのあいだを出たり入ったりする程度の職で、家格としては中流の下くらいの家柄であった。とりたてた才幹ある器量人も出ず、代々二百俵の禄を後生大事と守って、無事安泰に続いてきた典型的に平凡な家系である。もし種彦があらわれなかったなら、歴史のゴミの中に全く埋もれてしまったにちがいない。戯作者（げさくしゃ）柳亭種彦の出現が、はからずもこの平凡な旗本の家系に近代の光をあてさせたわけである。

二　父母・誕生地

種彦の誕生は天明三年としたが、これには多少の補説を要する。前述の『諸家譜』の種彦の項に「寛政八年七月三日遺跡を継ぐ。時に十七歳」とあって、これを正しいものとすれば誕生の年は安永九年(一七八〇)庚子（こうし）となり、三年早くなる。しかし没年の方は各種の文献から天保十三年であることは動かず、また行年（ぎょうねん）の六十歳にもほぼ確実な裏づけがある。したがって天明三年の誕生もまずまちがいあるまい。『諸家譜』の記述は、種彦が父の死によって家督相続するとき十四歳では不足なので、当時の慣例によって三歳水まして届け出たものであろう。末期（まつご）養子でないかぎり、十七歳以下でも相続できたはずであるから、少しおかしい。あるいは呈譜のときの潤色か。疑問の余地はあるが後考をまつことにする。

つぎに両親であるが、父は知義で問題はないが、「母は某氏」とのみあって、氏姓・素性を明らかにしていない。『諸家譜』では、祖父知陳、曾祖父利房までみな妻の素性を記してあるのに、知義にかぎって妻に関して何の記載もない。

種彦の生年天明三年には父知義は四十七歳であるが、常識的に考えて、嗣子の誕生としては少し年をとりすぎている。よほど晩婚だったと考えるべきなのか。家譜によれば、種彦には兄弟なく、全くのひとりっ子である。

これらを総合すると、種彦の母親には武士の正室としてはあまり香ばしくない影があったようにも考えられる。素性正しき家柄の出ではなかったようにみえる。『柳亭日記』文化七年正月二十五日「母人、勝子、太郎、稲荷へ行」とあり、夫知義の死後十四年のこのころまで健在だったことがわかる。

また現在残っている知義の墓には、知義夫妻の戒名・没年がきざまれてあり、それによれば、知義は寛政八年辰(たつ)年四月四日卒、影現院心誉想念信士、妻すなわち種彦の母は、天保二年辛卯(しんぼう)年八月六日、影心院念誉妙生信女とある。享年は不明だが、かりに七十歳として計算しても、夫たる知義の没年のときにはまだ三十五歳の若さだったことになる。

そこで、全くの想像ではあるが、種彦の母は後妻か、あるいは側室ではなかったかと思われる。知義の正室には子がなく、後妻か、あるいはあとから入った若い側室から種彦が生まれたのではなかろうか。呈譜のとき、種彦には母親の素性を明記できない何らかの事情があったものと察せられる。

孝行

種彦誕生ののち父知義は病いがちのまま晩年を終わった。幼い種彦は親孝行で、よく看病につとめたという。後年老母にも孝養をつくしたというから、まず模範的な孝行息子であろう。晩年の父親から生まれたひとりっ子で、わがままいっぱいに育てられたが、反面、気の弱い、素直な子供だったようだ。後述のようにあまりわがままなので父が教訓の句を与え、以後おとなしくなったという説もある。

病弱

かわりに、身体もあまり丈夫ではなく、日記をみるとまだ二十代の血気盛りにきわめて病弱であった。

文化五年六月四日　亡父の忌日なれど、暑(あつさ)つよければ墓にまうでず。

同十四日　づつうなしてくるし。されどやすまず浅間(『浅間嶽面影草紙』)をかく。

七月廿三日　雨ふり時々晴れる。あげまき（『総角物語』）上ノ巻末の方かきかゝる。十六・十七・十八・十九・廿・廿一・廿二。七日きぶん悪しく筆をとらず、日記も書ず。

文化六年六月九日　癪気にて寝つ起きつくらす。

同廿八日　少し鶴乱のきみにてかぶりつ、くだりつ苦し。日ねもすねておれり。

文化七年二月八日　夜、眼病のため作休む。

同月十日　きぶんあしく、勝、母他行。（中略）きぶんあしければ作休。

同十一日　きのふより癪気おこりて作にかゝらず。

同十二日　今日も癪気にて筆をかけず。

などというありさまである。

合巻で流行作家になってからも病気がちで、『田舎源氏』もそのために出版が遅れ、板元(はんもと)をあわてさせたりした。今いう虚弱体質だったようである。種彦の嫡子も若死しているし、健康には恵まれぬ家系であった。

誕生地

誕生の地は、馬琴の『近世物之本江戸作者部類』には「下谷御徒町(したやおかちまち)御先手組屋敷内に借地して住り」とあり、また、『著作堂雑記』には「柳亭種彦は浅草堀田原辺(あたり)武家之屋敷を借地す。種彦初は下谷三味線堀に住居す。後故ありて其借地を去て、根岸に移ると云。吾其詳(つまびらか)なることを知らず。其身の拝領屋敷は本所小松川辺也。」とある。

しかし後で述べるように、種彦がその生涯の大半をすごしたのは下谷御徒町の家であったことはまちがいない。そこで諸説を総合して判断すると次のようになる。

本所

まず高屋家が拝領し、代々居住していたのは本所吉田町、小松川あたりの御家(ごけ)

人区域であった。明暦三年、江戸日本橋太郎右衛門版の「江戸之図」には見当らぬが、大田南畝（蜀山人）の『瀬田問答』によれば、この年明暦三年に回向院に地所を交付し下屋敷などと称したのが始まりで、まだ大川に橋もなく渡し舟ばかりで交通不便のため居屋敷などはなかったところ、万治二年に両国橋がかかってから追々屋敷地として開けたものだ、という。享保七年に江戸の地割がおこなわれ、本所は深川・小日向・小石川などと並ぶ下等地とされた。種彦誕生のころは本所吉田町付近は通称南北割下水と呼ばれ、山の手にくらべ一段と町人化した旗本・御家人の多く住むところとなり、隠し売女などの出没する頽廃的な空気のただようおもむきがあった。

下谷

種彦誕生後間もなく、一家は下谷御徒町の先手組屋敷の内に転宅した。先手組は小十人組とともに若年寄の支配をうけたので、知義の職務上の理由からでもあろう。

偐紫楼

井上頼圀（よりくに）によれば、種彦の家は、和泉橋通りを山下に向い、大名大洲（おおす）（愛媛県大洲市）加藤の屋敷・筑後立花の屋敷などのある、稲荷町付近だったという。

種彦はここで成長し、父の跡目をつぎ、そのまま居住して一家を営んだ。文筆活動もこの家ではじめ、その作の大半をここで執筆した。「偐紫楼（げんじろう）」を新築するまで、五十余年間をこの家におくったのである。

『田舎源氏』一九編（天保九年）の自序に、

> 此編十葉稿なりし刻（とき）、予故ありて源氏の巻の数に斉（ひと）しく五十余年住なれし下谷を離れ、浅草に居を卜（ぼく）す。須磨より明石に光氏の移る条に当りしも、頗（すこぶる）奇偶といふべき歟（か）。

とある。後述するが、新居へ移った喜びのあふれる得意満面の文章で、この浅草堀田原の新居が偐紫楼である。よほど嬉しかったらしく、次の二十編の序でも宣伝している。当時『田舎源氏』の潤筆（じゅんぴつ）料で立派な邸宅を構えた、などと噂（うわさ）され話

堀田原

題にのぼった家である。本屋仲間からは尊敬され、「堀田原の殿様」などとも呼ばれるようになった。しかし実際には種彦は、そこに晩年の八年をすごしたにすぎない。右の自序にあるように、生涯の大半は下谷御徒町の家でおくったのである。なお、梅塢（ばいう）の聞き書きによれば、種彦は山の手に生まれたともいう。誕生の地についてはまだ問題が残されているわけである。

三 小普請組

家督相続

寛政八年（一七九六）七月、種彦は彦四郎と改名し家督をついだ。お見えにあたり、まず支配頭（がしら）の予備テストをうけた。頭は、いきなり『詩経』および『三国志』の原文を出題して、所々の解釈を求めたが、彦四郎はすべてよどみなく答えて、頭を感嘆させた、という。小十人組に列せられたが、何といっても十四歳では役にたたず、そのまま小普請入りとなった。その後、小十人にかえりさいたかどうか

小十人

は不明だが、生涯の大部分は小普請組のままで終った。かりに役職についたとしても小十人ではさきの見込みはうすいし、また彼の人がらも能吏のタイプではなく、出世コースにのれはしなかったであろう。

高屋家が代々つとめた小十人組は五番方（小姓組・書院番・新番・大番・小十人）の最下位で、徒士組・鉄砲百人組などと同様に、歩兵の常備軍である。小十人は扈従人の意味で、日光参詣など将軍出行の際には供奉し、ふだんは江戸城の檜間に詰めて城中の警護にあたった。元和九年に設けられ、慶安三年には小姓組番などとともに西丸にも置かれている。若年寄の支配をうけ、小十人頭七人が、組頭十四人とともに、小十人組衆百四十人を統率した。組や組衆の員数に増減があり、多いときには二十組もあったという。

かつてこの組の面々は、戦場で朱塗りの御借具足を着けるので有名だった。これを海老殻具足といったが、戦場において、将軍が一目見て、直ちに小十人とわかるように統一した具足が与えられたものだという。

もちろん種彦のころにはえびがら具足など見ることすらなく、惰性的に退屈なお城勤めをくり返すだけだった。役職といっても下級にちかいポストで、出世したとしてもせいぜい組頭(三百俵高)ていどだったであろう。非力で腕のたたぬ体質や、角力ぎらいで浄瑠璃ずきな性格からいっても、種彦には、しょせん栄達ののぞみはなかったようだ。

小普請組

つぎに種彦の属した小普請組についてみよう。

世に旗本八万騎と称されたが、これは家康が三河にいた時、直衛の臣・譜代諸氏の家臣などをあわせて八万に及んだためで、実際に江戸幕府直参の、いわゆる旗本・御家人は数千名であった。大名は別格として一万石以下をひとからげに旗本・御家人と呼ぶ。旗本・御家人の区別の標準にはさまざまな説があって明らかではないが、御目見得の有無や禄高の百石をもって定めたようである(松平太郎『江戸時代制度の研究』）。

旗本をさらに高家（こうけ）・寄合（よりあい）・小普請に分けた。小普請とはもと小破損の普請の人足を旗本・御家人の非役の者に課することをいい、江戸初期、百石につき一人の割で土木人足を負担させたのより起る。普請とは「普（あまね）く請（こ）う」の意で、むかし僧が寄附金をつのって堂塔を建立したのが語源で、転じて工作建築のこととなった。

小普請金

幕府は延宝元年（一六七三）に小普請の制度を改め、金をもって夫役（ぶやく）に代え、百石につき一両の割合とした。さらに元禄二年に細目を定めて、百俵以上五百俵以内は百俵につき一両二分、五百俵以上は百俵をますごとに二両まし、二十俵以下は免除などとした。

これによると二百俵取りの高屋家の小普請金は三両だったことになる。

その後さらに三千石以下の非役（ひやく）の旗本・御家人の呼称となり、彼らの属する組を小普請組というようになった。小普請支配のもとに、組頭・世話取扱・世話役などの組織がある。享保四年に八組あり（同九年には別に甲府勤番の二組を作る）、宝暦三年に十二組となり、それまで管轄外だった二百石以下の小普請をも統合した。組数に増減はあるが、一組はだいたい二百五─六十人だった。文化十四年（一八一七）に旗本・御家人の総数四千八百余名が記録されているが、そのうち二千名ちかくが小普請組であった。

かつては将軍直衛の名誉を担った旗本も、時代が下り無事泰平の世が続くにつれてその軍事的意義を失い、いたずらに家禄を給されるだけの存在となった。しかもその数はふえる一方で、幕府もその処遇には最も頭を悩ました。小普請組なども、そういう無用な旗本の失業救済的な意味のものだった。

小普請入

職務に過失があって役を免ぜられた者が、ここに入れられることを〝小普請入〟と称されたように、小普請組とは要するに無用な武士の〝うばすて山〟であり、陽のあたらぬ旗本のたまり場だった。当時彼らは「禄のある浪人」などと悪

悪御家

口されている。ごくまれには就職の手段として、あるいは役職をきらい自ら小普請入りを志願するものもあるが、それは例外中の例外である。

定まった職のない彼らは、やがて綱紀の乱れとともに、町人化した惰弱な武士の温床ともなった。月に三回ほど四書の講義を聞かされたり、堀田原で弓の稽古をさせられたりするだけでほかにすることもない者が千何百名もいたのだから、そこから悪い奴も多勢でてきた。

後に、種彦が跋文を書いている『江戸塵拾』（文政三、著者不明）巻の三に「定九郎趣向」としてでている、小普請組の悪御家人、外村（とのむら）大吉が、刃傷（にんじょう）・窃盗の罪で斬罪になった話などその適例である。歌舞伎役者の中村仲蔵がこの外村のスタイルを忠臣蔵の定九郎の型にとりいれたことなど余りにも名高い。

その他旗本の堕落ぶりは当時の芝居や草双紙（くさぞうし）に見る通りのありさまとなっていた。

文弱

種彦の属していた小普請組とは以上の如きものであり、このような環境の中に生れ育った彼が、文弱の徒となったのもむりからぬことであった。後に述べるように、少年のころから芝居好きで、好んで茶番や素人芝居に出たり、役者の阪東三津五郎を好み、自分の顔つきが三津五郎に似ているのを喜んだりするような気質、あるいはまた田舎侍と銭湯で口論のはて、水舟の中へ投げこまれた話、同僚から鎗で突き追われ縁の下に隠れたエピソードなど、種彦が武芸など全くたしなまぬ柔弱な武士であった逸話が多い。萩野梅塢が「弓馬を好みて印可にいたる。鎗剣もまた達者なり。」と書いたのは、どうも信じがたいようだ。

俸禄

つぎに高屋家の俸禄二百俵の点を考えてみよう。これは直参の俸給の中では中流の下から下流の上くらいのところにあたるが、これ以下の御家人が大部分だったことからすると悪くはない方である。同じく御徒士をつとめた大田南畝の俸給は七十俵五人扶持で、つねに貧乏に苦しめられていたのをみれば、種彦の二百俵ははるかによい方だろう。

半知

といって二百俵がまるまる貰えるのではない。幕府の財政窮迫で、半知(はんち)・借上(かりあげ)がしばしばあり、何割かは減俸される。さらに蔵宿(くらやど)に利子や手数料をとられる。手取は百五十俵くらいだったかと思われる。

『文政年間漫録』(未刊随筆百種)に、三百石取の武士のサラリー明細がある。それによると、家来たちに俸給を払うと残りは百三十九俵となり、金で四十六両余となる。しかるに生活費は五十両余かかり、年に三両余の赤字になる。それが借金として積り積って六百三十六両にのぼり、利息が三十両となる、「依て十人の下僕を育(やしな)ふことあたはず、是を省(はぶ)ひて漸く其日々々を過すのみに至る。これ武家の禄法を察知する一端と云べし。」とある。

張紙値段

種彦の場合は、文政から文化年間にかけての米価は、張紙値段で大体四十両だから、手取で六十両余ぐらいの俸給だったろう。南畝の『半日閑話』では、天明の飢饉で米価が昂騰したとき、天明六年に張紙値段を五十二両におさえている。俸禄年に約六十両というのは、御目見得以下の多くが大体十両から二十両くらいだったのに比べれば高給といえるかもしれない。現代の米価に換算すると年収百万円前後のサラリーだったことになる。

以上のように種彦は中流クラスの生活を保証されていたわけで、他の御家人のように内職にせいを出す必要もなく、学芸に親しみ、文筆をもてあそぶことができたわけである。また積極的には、小普請組というたまり場で、自己の才幹を発揮するには学芸の道しかなかったことでもあろう。

四　少　年　期

『戯作六家撰』によると、

『戯作六家撰』

柳亭種彦と戯名せしは、幼きころ疳気強くとにかくに腹たち怒りしかば、尊父の教訓して一句をつくらる、「風に天窓はられて睡る柳かな」と、是より身を慎みしとぞ。又天明風の狂歌を嗜みて狂名を柳の風成とし、後改めて心の種俊とす。是大和歌は人の心を種として、といへるをとりて然せし由、云々。

とある。幼いときに癇癖が強く、父親から教訓の句を与えられ、以後おとなしくなったというのである。前述のように比較的年とってからの、しかもひとりっ児であり、あまやかされてわがまま一杯にそだてられたものでもあろう。しかし数え年十四歳には父と死に別れているのだから、教訓の句を与えられたのがその年だとしても、果してそれによって性質を変えるほど理解し得たであろうか。ちょっと粉飾の気配がしないでもない。

が、ともかく、柳の風成・柳亭、あるいはまた、三世川柳の社中に入って柳の字を分ち、木卯と号するなど、いずれも柳に縁のある戯号を用いたのは、この父の句にちなんだものであろう。また卯歳生まれなので卯の字をえらんだかともとれよう。

ついでに、後年のことだが、ある漢学者が種彦が柳亭と号し、柳の字の正字である「栁」と書かぬのを嘲って「おのが名のつくりを知らぬ作者かな」とからかったことがある。それを聞いた種彦が『漢書』の故事をひいて反駁し、「すでに漢の時代、王莽の新室などを誇った盛時に、剛卯杖ないし卯金刀などという符節をつくり、あるいはまた布泉という銭をも作った。時に、白水におわす真人ありて卯金刀の利をなさん、などという流言がとんだが、はたして白水から光武帝が起って再び劉氏を再興した、という故事がある。卯を丣と知らなかったのは自分の罪ではない。東漢の初めからもう俗字が使われていたのだ。」と笑って答えた。聞く人、種彦の学殖に感嘆したと伝える。彼が漢籍にもあかるかったことを示す一挿話であろう。

橘洲

　幼時から漢籍を習わせられたのは他の旗本の子弟と同じだが、その学才の俊敏強記なことでは群をぬいていたらしい。『論語』の素読を習ったが、塾の師に教えられ半ばまで進んだのち、あとの半分は自分ひとりで読みこなしたという。前述したようにお目見えのテストで支配頭を驚かせた逸話もあり、後の考証研究の仕事ぶりをみても、種彦の学才の卓抜だったことは疑いない。

　やや長じてから当時流行の狂歌にひかれ、唐衣橘洲の門に入った。いつごろ入門したかはわからぬが、橘洲は享和二年（一八〇二）、種彦二十歳の時には没しているから、師事していたのはそう長い期間ではあるまい。

　橘洲、本名は小島源之助謙之、田安家の臣で小十人を勤めた。幕臣で儒家にして国文学者たる椿軒内山伝造（賀邸先生）について学び、とくに詩と和歌に長じた。当時、四方赤良（蜀山人）・朱楽菅江・平秩東作らもまた椿軒の同門だったが、橘洲は明和六年、彼らを自宅にまねき狂歌会を催して、その判を椿軒と萩原宗固とに請うたのが、のちに大流行した天明調狂歌会の起りとなった。橘洲・赤良・菅江の三人は狂歌の三大家とよばれ、橘洲の社中を酔竹側（四谷に住んだので四谷連）といい、赤良の四方側、菅江の菅江側、木網の落栗側と並んで狂歌壇に割拠したのである。

橘洲の墓

しかし橘洲の狂歌はどちらかといえば古調を尊び品格を重んずる傾きがあり、赤良の大胆な詠みぶりが新鮮な印象をもって歓迎されたようにはゆかなかった。やがて赤良に圧倒され、傍流のままに終った。橘洲の菩提寺は高屋家と同じく、赤坂一ッ木浄土寺である。

橘洲の四谷連には旗本の同好者があつまったが、種彦もその関係で入門したものであろう。「柳の風成」「心の種俊」の狂名で作歌したというが、作は見当らない。前記したように橘洲門下にいた時期は短く、やがて宿屋飯盛門に移っていったのである。

種彦号の由来

この橘洲の門下に彦四郎を名のるものが二人いた。師は、そこで、〃心の種成〃の方を〃種の彦どの〃と呼んだが、それがのち〃種彦〃に発展したものだという(梅塢説)。

これは『戯作六家撰』ではすこしちがい、次のように伝える。そのころ下谷あたりに、彦の字のつくものが三人あり「三彦」といわれた。彦四郎は〃種としの彦〃と呼ばれたが、そのうち俊の字をはぶいて自ら種彦の号をつけたのだ、という。

ついでに、種彦の別号についてふれておく。門弟の笠亭仙果の『よしなし言』

足薪翁

によれば、足薪翁の号は「柳千株うえて薪に足る」という古語によったが、その出典を忘れたためあまり使わず、後年の考証随筆『還魂紙料』・『足薪軒之記』に用いたのみである。また、愛雀軒の号は、庭に米をまいて雀のよってくるのを楽しむ、ということからつけたもの、いかにも温和な人柄を示す逸話であり、別号である。

種彦は橘洲の没後、狂歌の師として飯盛の門をたたき、広く古典文学の素養を積むとともに、町人出身の文人と交わり、次第に戯作者に刺激されてゆく。

またこのころ漢画を学び、俳諧の手ほどきもうけた。俳諧にはかなりうちこんだらしく、日記の中にも句作が多く、古俳書よりの書写しなどもあり、後年『田舎源氏』に実を結んでゆく。種彦はここにも凝り性ぶりを発揮し、やがて古俳書の蒐集・研究でも一家をなした。後の合巻の序文などには古俳書よりの引用や考証が多く見られ、『種彦俳書目録』はその該博な学殖によって定評がある。

その他、三世川柳の社中に入ったこともあるという。三世無名庵川柳は初代川柳の第五子で、二世の没後、文政二年に宗家をつぎ、文政十年に五十六歳で病没した。したがって種彦が入門したのもその間のことであろう。

萩野梅塢

引用の文献のうち、笠亭仙果の『よしなし言』（静嘉堂文庫蔵）および、萩野梅塢の『柳亭先生伝』（伊勢の神宮文庫蔵の、木村黙老の随筆『きくまゝの記』に収録）はともに森銑三氏の発見にかかる。仙果については後述するが、梅塢は通称八百吉、当時の儒仏学者として知られた。種彦より二歳の年長である。『柳亭日記』文化七年一月十七日の記事に

「夜、晴山道人・梅塢先生来り、二更にかへる。」

とあることからして、このころ（種彦二十八歳）から交際があったことがわかる。したがって梅塢の『柳亭先生伝』は短文ながらかなり信頼のおけるものと考えられる。梅塢は種彦の没後まもなく天保十四年五月十五日にその跡を追った。しかもこの伝記は天保十四年、梅塢の没するその年に成ったものであって、その意味で

も記述は正確を伝えているといってよい。

しかしながら文中の叙述には、梅塢が種彦に心服するあまりに、種彦を理想化し、その長所のみをことさらにとりあげた傾きもみられる。なお後考をまつことにする。

第二　青　年　期

一　文弱の士

一口に言って種彦は、腕のたたぬ文弱の徒だった。もっともこれは、肉体的に、ないし武芸という技術の点で非力で拙なかったことをいうのであって、精神やモラルにおいては種彦の一面に武士らしい義理がたさや骨っぽさがあったことも認めておかなければならぬ。

梅塢の『柳亭先生伝』では、種彦が武芸にも長じていたように書かれているが、そこには潤色や美化の気配もくみとれるのである。

三田村鳶魚その他が伝えているエピソードはみな種彦が〝酸っぱい侍〟だった

ことを物語る。

種彦の住んでいた御先手組屋敷の近くに筑後柳川(福岡県柳川市)の大名立花侯の屋敷があった。ある朝種彦が戯作者仲間の松亭金水(中村源八)と例のごとく近くの銭湯へ来ると、立花家の勤番侍(きんばんざむらい)が二人さきに入っていて、しきりに湯を熱がってうめさせている。これが熱湯ずきの種彦のカンにさわった。「これくらいのぬるい湯に入れぬなら水舟へ入れ」と叱りつけた。すると田舎侍が怒りだし喧嘩となり、種彦はひっとらえられ水舟へ投げこまれた。口では強いことをいっても腕のたたない種彦なので、水舟から這(は)いあがっても相手をどうすることもできぬ。田舎侍の方はまだ怒っている。見かねた金水が仲裁に入って種彦をあやまらせ、ようやく事なきをえたという。

こういう逸話なども、彼が江戸ッ子的な町人気質(かたぎ)の人柄だったことを示すとともに、武芸にはうとい文弱の士だったことをもの語っている。

こうした腰ぬけぶりは種彦だけでなく、当時の武士の間ではもはやふつうのことになっていた。武士の町人化は、社会の全般にわたって見られる現象だったのである。

江戸の享楽思潮

種彦の青年期は江戸町人文化の爛熟期と重なりあう。松平定信の寛政の改革で、一時なりをひそめた江戸の享楽的風潮は、定信の解任（寛政五）とともにたちまちもとにもどり、かえって反動的に頽廃的傾きをまし、文化文政の爛熟期をむかえる。はじめ定信を登庸して改革の理想にもえた将軍家斉も、中年以後は気もゆるみ、日夜後宮に宴会を催し、大奥の盛んなことは前後に例を見ぬほど、と称された。当時家斉の中﨟四十人、子女五十五名を数え、大奥に奉仕する女中八百八十五名と記録されている（天保九）。生活も華美をつくし、財政逼迫して貨幣改鋳（文政元年以降）の非常手段をとらねばならぬほどでありながら、後庭に有平糖の橋を作る、という贅沢な暮しをしたのである。

種彦が後年、その『偐紫田舎源氏』は将軍家斉の大奥をなぞらえたもの、という噂が流れ、筆稿をまねく一因となる。

この泰平ムードにのって、武士の堕落はかけ足で進んだ。

世の風俗は次第に変じ、やんごとなき方々も文の往復言葉のあや、位にも似ぬ事のみ多く、唯巧言令色を以て人の心にさからはぬ輩あれば、是なん今の世の大通人と云者也と誉称し侍りし程に、諂諛面諛を能事とおもひ、尊卑の分を別ち知者なし。何ものか、

世になきは御無事御堅固致し候　つくばひ様に拙者其元
世の中は諸事御尤有難い　御前御機嫌さておそれ入

と狂歌して譏れり。まして賤しき者に至りては、耻を知り義理を知者なし。

(略)

世にあふは道楽ものにおごりもの　ころび芸者に山師運上

世にあはぬ武芸学文御番衆の　たゞ慇懃にりちぎなる人（略）

『後見草』

（『後見草』下、鸛斎主人著、宝暦・天明の世相を記録したもの）

と伝え、小川顕道も「今は儒者・医者も皆、音曲の芸者・幇間の類と変りがなく、武士も軽薄になって誠意がなくなった。ある狂歌の、

世の中はさやうで御座る御もつとも　なにとござるかしかと存ぜず

という通りで、武士も全く商人の身ぶり心持によく似てきた」（『塵塚談』）と、その町人化を歎いている。

元文六年には武士と比丘尼との心中があり（『江戸真砂』四）、あるいは四千石の旗本藤枝外記が、新吉原大菱屋の遊女綾衣と心中して江戸中に浮名をながし、歌にまで歌われるという始末となる（蜀山人『半日閑話』天明五巳年十一月）。「当世、吉原の客は武士七分にして町人三分なり」（寛政二年刊、洒落本『志羅川夜船』）とされ、武士のくせに細身の大刀を一本指しただけで、羽織も袴もつけず、市井の岡場所に出入して少しも恥と思わぬほどにまで下落し

た。そしてさらにすすんでは、野暮侍と思われることを嫌い、ことさらに町人と見なされることを喜ぶ旗本などもあらわれるにいたった。

種彦もこういう風潮の感化のもとに生い育ち、町人化していったのである。

二　性格・嗜好

旗本の殿さま

饗庭篁村は種彦を評して、「要するに種彦は旗本の殿さまであって、根っからの作家とはわけがちがう。戯作なども、ほんの洒落半分で書いたものにすぎない。」という意味のことばを述べている。『田舎源氏』が洒落半分がどうか後で考えることにして、種彦が旗本の殿さまらしい、おっとりした、大様な人柄だったことはまちがいない。

子供のときは癇が強かったかもしれないが、成人ののちは温厚篤実で生涯を通した。日常生活の態度・心構え・嗜好趣味などによってみるに、万事におだやか

淡白

で、淡白な性格だったようだ。前述した愛雀軒の号の由来一つをみてもおとなしい人柄だったことがわかる。

飲食などもきわめて少食で、下戸（げこ）で酒も飲まず、さりとて間食もせず、麦飯を最も好んだという。病弱のせいか身体をいたわったようである。

物質欲も薄く、珍奇な品物などを愛玩することもなかった。平生「珊瑚（さんご）の玉と石燈籠とは至って嫌いなり」と語ったという。世俗の珍重するものに対して執着することがなかったのである。

金銭にも淡白だった。門弟の笠亭（りゅうてい）仙果の原稿を校閲し、書肆（しょし）鶴屋仙鶴堂から出版してやった。鶴屋からは、種彦に対し、校訂ならびに序跋の謝礼として、そのつど約二百匹ずつの礼金をよこしたが、種彦は一文もとらず、そっくり仙果のところへ送ってやるほどだった。のち仙果の名が少しでてから、仙果は種彦が潤筆（じゅんぴつ）料をくすねて、自分の方へは少ししかよこさぬのではないか、と邪推し、郷里の熱田から江戸へ出てくるなり、旅装も解かずに鶴屋を訪れ、潤筆料のことを問いただした。これが種彦の耳に入って仙果は大いに面目を失い、種彦との師弟の交わりも絶えた、という。

もっともこの話は伊原青々園（せいせいえん）（「寛政以来の小説家の性格」、明治四十三年十月『文章世界』）によるとすこしちがっている。仙果は大家にでもなった気で、江戸へ来るなり板元（はんもと）を訪い、原稿の出版をかけあった。ところが鶴屋では、さきに種彦の序文があったので出版したけれど、そうでなければダメだ、と断わられた。そこで初めて仙果が種彦を訪ねたので、種彦はさすがに感情を害した、という。

著作態度

ともかく種彦が金銭に淡白だったことは疑いない。篁村は「種彦は旗本の士で、俸禄をもらっていたから、著述は慰みであった。著作料なども妻女の衣服料となる程度にすぎない。だからこそ作家としての権威をそなえ、画工や彫摺（ほりすり）の注文をきびしくし、少しでも不満なときは彫直し摺直しなどをさせることができた。また作の着想・主題も本屋のもとめによらず、自分の心のままに書くことができた。『田舎源氏』が、画といい、製本といい美をきわめたのは、右の事情によるのである。」と論じている。この見方には多少の異論もあるが、種彦が恵まれた環境にあって、金銭にこだわらなかったことはたしかだ。馬琴が潤筆料めあてに心ならずも合巻の筆をとり、かつ吝嗇漢の如く見なされたのと対照的である。もっとも性格的にも馬琴の執拗なのとは全くちがうタイプだったが。

細心

反面、種彦は馬琴のようなスケールの大きさには欠けていた。細心緻密で、丹念な性格は長所だが、それがすこし度をこして、小心にすぎるきらいがあった。自己を主張せず、謙抑を旨としたことから、他人の思わくばかりを気にする卑屈さととられるうらみがあった。

粗末な安扇子に揮毫をたのまれ、心中にはムッとしながら、ことわりきれずに筆を染めた。

弱気

化物にくさ〴〵あり。狸の茶釜、酒買小僧は赤本の時代狂言。お岩の挑灯、こはたの幽霊、今の世話に見つくして、子どもも又かと平気ながら、文人墨客のおそるゝは、合羽の紙の和唐紙に変じ、元結屑の安地紙に化たるなり。ただよきは、目ざましや草の化たるよしの山。　（仙果『よしなし言』）

也有ばりの戯文でそれとなく皮肉り、せめてものうっ憤ばらしをするところが種彦の気の弱さであった。

日記の中でも他人の名前に様をつけぬことを「心づかざるにあらず、つど〳〵に書もものうければばなり。さまをばつけて、御読みなされべく候。」（文化六年日記巻頭）とことわり書きをしなければ気がすまない方だった。

合巻の筆をとるようになっても、「戯作者も俳優や傾城と同じだ」というような気質で、このようなところが、喜多村筠庭から「柳亭ハ看官（読者）ニオモネリテ、ニクマレヌ事ヲノミイエリ」（『武江年表補正略』）などと軽蔑されたのである。

ひかえめ

彼には自伝めいたものは殆んどない。これは他の武士戯作者と等しく、公儀をはばかっての故もあろうが、一つには売名的なことを嫌う、ひかえめな性格の故だったかと思われる。こういう性質から先輩作家や先蹤作を尊ぶことはいちじるしく、後に草双紙執筆の際に近松作から構想題材を借りると、これを一々明示し、出典を明らかにした。また、研究考証では、先進の学説を尊敬し、その業績を高評して、みだりに自説を述べず、「世の博士たちの、己が才誇りかに経を談じ、文にうたう」ような風潮をもっとも嫌ったのである。

耽美性

こういう点は美徳だが、作家としては一本気骨の足りぬうらみがあった。蜀山人や喜三二には武士階級のばかばかしさを自嘲するうがちや、消極的ながら抵抗の姿勢がある。どこか凛乎とした反俗の骨が通っている。しかるに種彦にはそういう処がない。抵抗の精神はおろか、中心となる骨をぬきとられ、完全に町人化した武士戯作者になりすました観がある。こういう特性が彼の文学に、趣味的・耽美的・錦絵的な文趣をかもしだしていったのである。

ただしこのような特性は種彦の外側からのみながめた評定であって、彼の一面にしんの強い、丹念克明な性癖のあったことも見のがせない。心のかたすみには武士的なモラルも消えずに残っていた。梅塢はこの点を強調してつぎの逸話を伝えている。

武士的モラル

先生は戯作に高名なるを以て、世の人の中には先生を徒らに風流洒落、放蕩の遊士であろうと思う者が多い。先生はさる輩に非ず。謹慎厚朴の人なり。ある江戸近郷の富農で、先生とごく懇意にしているものがあった。ある時先生に向って、「自分はここ数年お宅に出入りし親しく交際していることを有難く思っている。ついてはそのお礼として、何でも先生のお望みのことをいっていただきたい、自分の力の及ぶかぎりつとめましょう。」すると先生は笑って、「自分は何一つほしいものはない。ただ一つこれまで気にかかってきたことがある。自分ら微禄の旗本には領地とてもなく、普代(ふだい)恩顧の家来もない。当季半季に手当を与えて召使う家来だけである。もし万一、戦場にのぞむ時に至らばかかる輩はたちまちに逃げて物の用に立つはずがない。貴君は田舎で代々富豪の家柄なれば、定めし普代の小作人などで生死をも共にすべき者が多くいることだろう。そういう人たちを、いざという時に、三―四人も貸していただけたら何よりも幸いである。」と答えたという。是ら、なかなか放蕩の士の言うことかは。

この話は種彦がどこまで本気でいったのかはわからぬが、ともかく彼の内部の奥底にはなお甲州侍の義理と意地とが残っていたことを示すものといえよう。近代の永井荷風(かふう)が、デカダンと享楽主義を表看板にしながら意外に義理がたい、古風なモラルの遵奉者(じゅんぽうしゃ)だったのに似ている。荷風が種彦に心酔したのもこのような親近性によるのかもしれない。

もともと種彦はまじめな性格だった。まじめさが小心な注意ぶかさと自己をおしころす謙抑(けんよく)とを生みだしたのである。茶番や狂言に出ても度をこすことはなく、遊蕩にうつつをぬかすこともない。文人づきあいで遊ぶことはあっても、ある処までくるとバカバカしくてつきあっていられなくなる。

京山子(し)及び北馬子等と種々遊戯をなす。あまりに馬鹿〳〵しくてしるさず。(文化七年一月十六日の日記。京山は山東京山、北馬は画工の蹄斎北馬)

まじめで、凝り性だから、ずぼらで、のんきな戯作者たちにはついてゆけない。「物がたきうまれ」にして、「戯作者にはまれなる人物」(仙果)だったのであろう。はじめ戯作に志をたてたのも、当代の作者が「あたら梨棗(りそう)(木版)を罪して、かえりて世の勧戒にさまたげをなすもの多く、泰平の世の潤色ともならぬはかたはらいたければとて、勧戒を旨として稗官小説に一家の大手筆をおこしたり。」（梅塢『柳亭伝』）という。そういう大理想の点はどうかしらぬが、種彦の諸作が勧善懲悪を旗印にしたことはたしかである。『田舎源氏』で藤壺（藤の方）と源氏（光氏）との不義を、敵をあざむく苦肉の策としたのは勧懲主義にたつ上乗の手法だ、と馬琴もほめている。もっとも勧懲は当時戯作の常套手段で、とくに種彦の特長でもないが。ともかく、はじめは読本作家を志したこと、洒落本は全く書かなかったこと（『山嵐』一編で失敗する）などの点から、彼がどちらかといえばまじめな気性だったことが察せられる。

転じて合巻に筆をとっても、他の作者と異なって種彦の作は文章表現に品格を保ち、卑俗をさけて優雅を失わなかった。為永春水の人情本の流行に刺激されて人情本の作も試みなどしたが、種彦のものは余り上品なので喜ばれず、売れ行きも悪かったと弟子の四方梅彦が伝えている。ともかく種彦がまじめで凝り性な性格だったことは諸説が等しくこれを裏づけている。

彼はまた学究的な性格の人でもあった。古書を集めたり、古事故実を考証するときの熱の入れ方は、種彦が学究的な性格だったことをよく物語っている。

近松物よりはじめて元禄文学の蒐集に凝り、古板本・古写本を探索し、考証学に一家をなしたのは種彦のこの性格の一面を示す。後述するが、創作にあたっての徹底した凝り性ぶりなども彼の学究性のあらわれであった。

彼は評判の蔵書家であると同時に、無類の愛書家だった。糸が切れ、ぼろぼろになった古書を自分でとじ直し、さらに裏うちまでしたという。本を愛し、古書を探索することが種彦の唯一の道楽だった。角田竹冷によれば、種彦は袴羽織に小刀をおびて、古書肆浅倉屋の店へ坐りこみ、古本の中で一日暮すことなどもあったという。ほかに嗜好のない彼にとって、古本あさりが最も楽しいひと時だったのであろう。

三　歌舞伎熱

種彦の青春時代は歌舞伎とともに花ひらいた。彼が当代屈指の劇通となり、その創作のほとんどの作を芝居から生みだすにいたったのは、すべて青春時代の歌舞伎熱が実を結んだものにほかならない。

江戸庶民の最大の娯楽は、吉原と歌舞伎であり、とくに芝居は老若男女・武士町人をとわず、万人から熱狂的な歓迎をうけた。種彦の青年期は江戸の歌舞伎熱が最絶頂に達したときで、また、凝り性の彼ゆえ、その熱の入れ方もひとかたならぬものがあった。はじめは一般と等しく趣味娯楽からはじまり、しだいに熱が嵩(こう)じて素人芝居・茶番狂言に出演するほどになった。これがやがて院本・正(しょう)本の蒐集研究へと進み、彼の学識・教養の土台を作りあげてゆくのである。

種彦崇拝者の豊芥子(ほうかいし)石塚重兵衛(芥子屋(からしや)十兵衛)は、その著『花江都(はなのえど)歌舞妓年代記

歌舞伎
豊芥子

続編』（文化二―安政六、三三巻）の中で江戸歌舞伎の歴史をつぎのように記している（なお豊芥子のこの著は、談洲楼焉馬の『歌舞妓年代記』の後をうけたもの。後述するように種彦は焉馬と親しく、芝居好きなことで意気投合し、その演劇上の知識を焉馬に負う処もあった）。

天保十四年、水野忠邦の改革令によって由緒ある江戸歌舞伎が境町（堺町）葺屋町から浅草へ場所替えを命ぜられた時に、豊芥子は忿懣やるかたなきを抑えて記録する。

東都戯場起立より場処替年表

寛永元甲子年（一六三）二月、御免を蒙り、元祖中村勘三郎（中村座）中橋広小路に於て、櫓を上げ芝居興行す。同九壬申年の冬、祢宜町に替地を給はり、引移り、当所に二十ケ年在住。慶安四年卯年、境町葺屋町へ替地を玉はり、当年まで百九十二ケ年相続、此度浅草聖天町へ場所替る。

森田勘弥（森田太郎兵衛座）万治三庚子（一六六〇）、木挽町に芝居起立、年数当天保

十四癸卯年まで百八十四年相続す。此度猿若町三丁目へ引移る。

上方に生まれた歌舞伎が江戸に櫓をあげたのは中村座がはじめで、ついで堺町に都伝内の都座、村山又三郎の村山座(市村座)、木挽町に山村小兵衛の山村座、森田太郎兵衛座などができた。のち、山村座は江島生島事件のためにつぶれ、結局、堺町の中村座、葺屋町の市村座、木挽町の森田座が「江戸三座」の大芝居として公認され、その座元の特権は永続世襲として、櫓制度の中心となって繁昌していった。

江戸三座

江戸三座のほか、河原崎座・桐座・都座の三座も、櫓免許の由緒を主張して控櫓として認められ、三座休業中にかぎり、それに代って興行を許された。なかで河原崎座が最もふるく、文化年間では森田座に代り、しばしば小屋を開いている。右以外に、寺社境内の宮地芝居と称する小芝居もあり、ちょうど吉原の公娼に対する私娼のような弾圧をうけつつも、ほそぼそと小屋をかけ、また後述する人形浄瑠璃の操り座（孫三郎座・吉右衛門座）もあった。

このような芝居小屋を中心として歌舞伎は絶大な支持をうけ、生活の中にとけこみ、流行の発祥地となり、社会風俗に大きな影響を及ぼした。戯作界にも感化するところが大きく、あたかも種彦の青・壮年期は江戸歌舞伎の極盛期にあたり、彼の生活から、ひいてはその創作に強く影響していったのである。

当代の江戸歌舞伎でもてはやされた主要な脚本作者には並木五瓶（『五大力恋緘』寛政七、『隅田春妓女容性』同八、『青楼詞合鏡』同九、『玆着綿菊嫁入』文化二）、奈河七五三助（『隅田川続俤』天明四）、奈河篤助（『川崎踊拍子』寛政七、『けいせい薺佳節』文化三）、初世河竹新七（『嫭青柳曽我』安永四、『色里透小町曽我』天明三）、笠縫専助（『隅田川柳伊達衣』天明二、『浜真砂御伽双紙』同年）、瀬川如皐（『積恋雪関扉』天明四）、村岡幸次（『大三浦達寿』寛政一一、『八百八町瓢箪笄』同年）、鶴屋南北（『天竺徳兵衛韓話』文化元、『謎帯一寸徳兵衛』文化八、『東海道四谷怪談』文政八）、福森久助（『男作女吉原』文化一二）などがある。

これらの芝居がそれぞれ種彦の後の作品に摂取され、生かされてゆく。俳優には二代目坂東三津五郎（秀佳）・二代目瀬川菊之丞（路考）・中村仲蔵についで、七代目市川団十郎・三代目尾上菊五郎・五世松本幸四郎・岩井半四郎らの名優があらわれ、熱狂的な人気をうけた。

日常の風俗にも芝居の感化いちじるしく、浮世絵の役者絵・役者好みの髪型・衣装などがその時々の狂言や俳優になぞらえて流行した。前記した菊之丞の路考の風をまねた路考髷（まげ）・路考鬢（びん）・路考櫛（ぐし）・路考茶・路考結び（『江戸塵拾』）が流行したのや、沢村宗十郎から出た宗十郎頭巾（ずきん）、女形（おやま）の中村富十郎好みの大明（たいみん）頭巾、人形遣の吉田文三郎・文吾よりはやった長羽織（『武江年表』）等々、役者染・役者模様のはてまで、芝居は庶民の日常生活の大なる部分を占めるにいたった。

種彦もこのような芝居熱の感化をうけて、その青春時代をすごしたのである。

種彦の芝居好きには次のようなエピソードもある。

文政末の話だが、種彦の友人に小林金太夫という西丸の小十人を勤めている旗本があった。小林は堕落した旗本の中では珍らしく硬骨漢として知られていた。ある日、小林が種彦を訪れ、世間話をしているうちいつしか芝居の話になって、種彦がうっかり「あの路考さんが」といった。聞いたとたんに小林は顔色を変え、鴨居にかけてあった手槍をとって種彦にむかってきた。「御直参の身分でありながら、賤しい河原こじきを〝様〟つけにして呼ぶとは何事か、我々旗下一統の面汚しだ。親友の自分が手にかけ、その不所存の性根玉をつきつぶしてやる。」種彦は仰天してとびあがった。弁解するひまもない。槍の穂先は稲妻ときらめく。つき出す槍に追われ、あちこちと逃げまわったはて、種彦は縁の下深く這いこんでかくれた。小林は探しまわったが種彦を見つけられず、あきらめて帰り、種彦は危うく助かったという。

この時代でもまだ歌舞伎を河原こじきなどと賤しむものもあったのである。

河原者

はじめ歌舞伎はみだらなものとして幕府から制約をうけ、俳優は河原者として軽んじられた。新井白石・室鳩巣(むろきゅうそう)・太宰春台・荻生徂徠らの儒学者は儒教道徳の立場から、歌舞伎の淫風(いんぷう)が風俗を乱す、と批判している。

しかしまた一方では、政治・経済の立場から芝居を是認する考えもあり、「江戸城下に芝居や遊里を設けて諸侯や民の住み心持をよくし、太平を楽しみ乱世を厭うようにしたのは、神祖家康公が古今抜群の上策であり、大道術である」(徂徠『太平楽』)と説き、あるいはまた春台が芝居の利点を論ずる(『経済録』)など、一面には芝居を肯定する見解もあった。そこで幕府は、遊里と同様に、歌舞伎をも政治上の方便として消極的ながら認めざるを得なかったが、一部にはなお否定的な見解がひそみ、それが天保改革令などにからんでくる。

浄瑠璃

歌舞伎とあいともなって浄瑠璃も大いに流行した。はじめは上方くだりの太夫(たゆう)

だけだったが、のち江戸生れの太夫もあらわれ、芝居三座のほかに人形操専門の劇場として、肥前座・外記座・薩摩座などが明和年間から開かれた。義太夫ぶしが「宝暦安永の比は、江戸一めんに流行し、小者・調市迄も」（『塵塚談』）語るほどになり、その他、長唄をはじめ、豊後三流といわれた常盤津・富本・清元、あるいは河東節・一中節などが江戸市民の間に大流行をみた。町人だけでなく、武士の間にも行われ、刀をとるべき旗本がその手に撥をもち、三味線を習って、義太夫・清元など浄瑠璃の稽古に浮身をやつすのも珍しくなかった。当時、三絃は「旗本芸の一つ」とまで言われるほどだったという。

三味線の流行たる事おびたゞしきことにて、歴々の子供惣領よりはじめ、次男三男三味線引ざるものはなし。野も山も毎日朝より晩迄音の絶る間はなし。此上句下かたといふものになりて、かぶきの芝居の鳴物の拍子を素人がよりたかりてうつなり、其弊止みがたくて、素人狂言を企て、所々の屋敷〳〵に

（『賤のをだ巻』）

て催したり。歴々の御旗本河原ものの真似して女がたになり、立役・かたき役にて立さわぐ戯れなり。（略）其頃落首に、

年をへし三筋の糸の音絶て
羽織のたてはほころびにけり
（『賤のをだ巻』、享和二、森山某）

と伝え、あるいはまた、狂言師とよぶ女役者たちがやとわれて武家屋敷へ出入りし、浄瑠璃の師匠たちが大名の宴席にまねかれた。『甲子夜話（かっしやわ）』（松浦静山、文政四—天保十二の稿）が伝える如く、大名の身でありながら、自ら浄瑠璃の太夫を気どって何太夫などと称し、高輪（たかなわ）の料亭を会場として、業々しく立看板をたてて人を集め浄瑠璃の催しをしたものもあった、という。

このような風潮の中で種彦も芝居・浄瑠璃に夢中になった。素人狂言や茶番・所作事（しょさごと）などに出演し、二代目三津五郎（坂東秀佳）にのぼせ、その声色（こわいろ）に長じ、顔が似ていることもあって、「三津五郎其まゝに見るがごとくなる故、茶番連中にて三津五郎

三ッ彦三ッ彦」とよばれ、自らもそれを得意顔していたようだ。上掲の「三ツヒコ」の戯印はそれにちなんだものだという（なお大田南畝も三津五郎びいきだった、と西沢一鳳が『伝奇作書』に書きとどめている）。

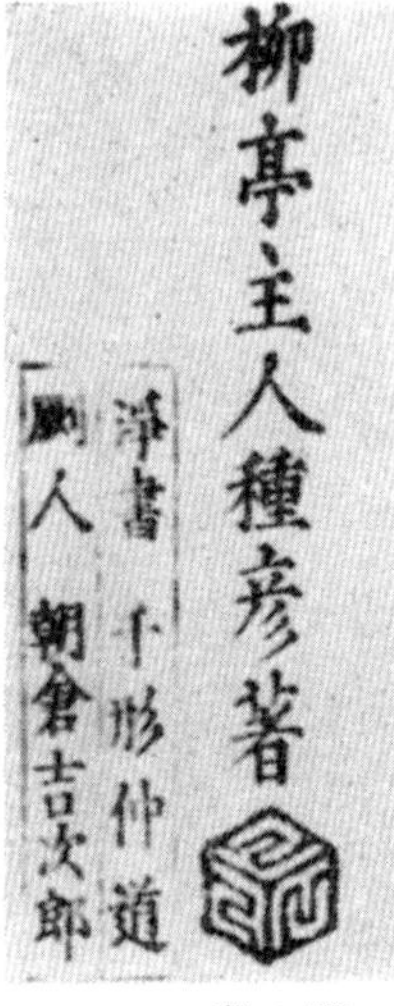

三ツ彦の印

しかしながらここに特筆すべきは、種彦が以上のような当代の芝居熱にあおられながらこれに流されず、よくふみとどまって研究考証に転換したことである。彼は単なる好劇家に満足せず、やがてこれを研究する態度をとり、教養を深めていった。近松その他の古浄瑠璃を読み、脚本をあつめ、劇文学に対して豊富な知識をおさめた。馬琴によれば、種彦は院本だけでも二－三百冊を蒐集していたという（『曲亭書簡集』）。このような劇文学の知識が、「正本製」など後年の諸作を生みだす。

彼が単なる〝旗本の遊冶郎〟に終らず文学史に名をとどめ得たのも、この研究的態度にめざめたからだった。この態度がやがて広く古典をあさり、故実を求める方へと進み、彼の博識・学殖、および好古趣味をそなえさせていったのである。

四　師

種彦の作にみられる特色の一つは、古典文学の感化、とくに元禄文学を粉本としたことである。元禄文学については後に述べるとして、まず古典文学の素養から考察しよう。

彼がはじめ唐衣橘洲の門に入って狂歌を学んだことは前述した。橘洲は種彦二十歳の年に没し、その後まもなく彼は宿屋飯盛の社中となり、狂歌をたしなむと同時に古典一般に眼をひらかれてゆく。

宿屋飯盛

宿屋飯盛は別号六樹園、石川雅望（宝暦三―天保元）である。石川家は北条氏に仕え、三代目孫三郎は天正の乱に小田原で戦死した。雅望の父覚翁は石川豊信と名のり、また秀葩と号した浮世絵の大家でもあったが、旅籠屋糠屋七兵衛の家付の娘と結婚し、糠屋へ入婿した。雅望はその五男であるが四兄はみな夭折し、あとをついだ。身分は町人だが家柄はよく、その妻りきは相川久左衛門の娘であり、その子の清三郎は塵外楼清澄と号して父とともに狂歌をよみ、のちに五側の判者として名をあげた。

　雅望の宿屋飯盛は蜀山人四方赤良に師事し、天明年間の狂歌流行の風潮の中で狂才をあらわし、先輩をおいぬいてたちまち第一人者となった。天明五年刊の『狂歌俳優風』（蔦重版）は役者評判記に擬えた狂歌人の品評であるが、その立役巻頭に四方側の飯盛があげられている。天明八年には飯盛編・歌麿画になる狂歌絵本『絵本虫撰』が上梓され評判となった。

　その後寛政三年、公事宿の嫌疑をうけて江戸構えに処せられ、しばらく府中在

『絵本虫撰』

鳴子村に隠退し、さらに内藤新宿に移った（『不問物語』）。これがかえって彼に修養の機を与え、後に国学者として名声を博するにいたらしめた。

享和末年赦されて江戸に帰り（南畝の享和三年の日記『細推物理』に飯盛と同席の記録がある）、狂歌壇に復帰、鹿都部真顔（しかつべまかお）と並び双璧（そうへき）を称え（とな）られた。やがて、真顔が俳諧歌を唱道したのに反対し、飯盛は、狂歌は落書より出たものと論じ、天明調の狂歌を主張して、真顔の四方側（よもがわ）に対立した。文化より文政にかけては飯盛の全盛期で、全国にわたって門人三千人を有し、その中より数十人の判者をだしている。

種彦にかえって、彼が飯盛の門を叩（たた）いたのは、文化年間に入ってからで、飯盛の声名にひかれたものであろう。

さて飯盛の石川雅望（まさもち）は博聞多識をもって聞え、狂歌壇のみならず国文学の方面でも一家を成す学者だった。国語学上の業績としては『雅言集覧』（文政九―嘉永二、五〇巻二一冊）が名高いが、中古文学の研究書にも『源注余滴』五四巻、『徒然草新

『源注余滴』

読本

講筵

註』などがある。六樹園の別号で『近江県物語』（文化五）・『飛騨匠物語』（同）・『天羽衣』（同）などの読本に独自の文境をひらいたが、その根底は国学者としての素養に基づき、平明典雅な雅文小説（麻生磯次『近世小説』）として認められている。荷風は六樹園の文才を高評し、「文章の優美なるは上田秋成の雨月物語に優り、優雅なる滑稽の趣致において江戸文学史上の珍珠にして滑稽小説の規矩となすべし」（『断腸亭日乗』、昭和四年十月三十日）と称讃している。

種彦もはじめは狂歌の師としてつかえたが、やがて国文学上にも教えを乞うにいたったものであろう。雅望は自宅に門弟をあつめ、古典の講義をしたこともあるらしいが、種彦もその講筵に列席したという。種彦が雅望から古典の素養を授かったことは疑いない。とくに『源注余滴』など、『源氏物語』の講義は、後年『田舎源氏』執筆に大きなプラスとなった。『田舎源氏』第三編の序において参照書目として掲げた『源氏』の通釈書・俗解書十数種の末尾に『俳諧源氏』を、「予若年の頃何意なく読たるが、今もとむれども未得」とことわりがきしたように、『源氏』はこのころから種彦の愛読書の一つとなった。

その証拠の一つとして、準処女作『阿波の鳴門』(文化四年、二五歳)の三之巻の巻末の趣向に、「螢の巻」を借り、文章をも擬えていることをあげておこう。

そのほか、種彦はこのころ他の古典一般についてもかなり広く手をのばしている。処女作前後の作のみを見ても、そこに引用されているのは、古くは『万葉集』『古今集』『土佐日記』『伊勢物語』『枕草子』から、『夫木抄』『清輔抄』『住吉物語』以後、仮名草紙に及び、また今様・催馬楽などの古謡に触れなどしているのである。

以上のように、種彦は雅望の指導の下に古典の教養を深めた。その博識のほどは後の作の随所にあらわれてくる。彼が古典の素養を積んだことは、もちろん彼の才幹・性向のしからしむるところだったが、それに加えて注意すべきは、彼の妻の出自（しゅつじ）のことがらである。

種彦の結婚については後述するが、その妻は国学者加藤宇万伎（うまき）（美樹、享保六―安永六）の孫であって、多少の学識もあり、種彦の著書の校合（きょうごう）などをつとめた、という。

加藤宇万伎

加藤宇万伎は美濃大垣の戸田侯の家臣で、幕府の大番騎士として二百俵を給せられ、浅草三筋町に住み、時々京摂に勤番した（『古学小伝』巻一）と伝えられているが、大番騎士だったことは疑わしい。早く国学研究を志して延享三年（一七四六）賀茂真淵の県居（あがたい）門に入り、『古事記』『万葉』より王朝文学にいたるまで幅ひろく業績をのこし、後世に大きな影響を与えた。『土佐日記解』（明和五）・『雨夜物語だみ詞』（明和六年稿、安永六年刊、『源氏物語』帚木巻の雨夜の品さだめの条の注釈）・『仮字問答』（田安宗武のために仮字を論じた書）・『古事記解』『伊勢物語注解』『古今集注解』『仮字訓纂』などの研究書がある。また詠歌のわざもすぐれ、千蔭・春海・魚彦（なひこ）とならんで県門四天王とよばれた。歌集に『静舎歌集（しずのやかしゅう）』がある。

本居宣長は宇万伎に遅れること一七年にして県居に入門したが、真淵は宣長に書簡を送り(明和四年十一月十八日付)宇万伎の神典学に達せることを告げ、交際をすすめた。宇万伎も真淵から宣長のことを聞き、両者の交わりは、明和七年のころ、宇万伎が『古事記伝』の原稿の借覧を乞うたところにはじまる。宣長はこれを快諾し、同学の士を得たことを喜んだ。その後も交際はあったものであろう。宇万伎が大阪在勤中の門下に上田秋成がある。

さて、種彦にもどって、種彦がこの宇万伎の孫娘と結ばれたことと彼の古典の教養の進暢(しんちょう)とは深い関係があると考えられる。

その結婚のいきさつは不明だが、ともかく彼がこの著名な国学者の孫娘を妻としたことは、種彦の古典への関心を深め、学殖を増す上に大きな力となったことは想像にかたくない。テキストなどを入手し利用するにも多大の便を得たことであろう。『田舎源氏』執筆の時、定本とした『源氏物語』が、この加藤宇万伎の書き入れした「湖月抄本」であった一事をもってしても、そのことが推察される。

浄瑠璃・歌舞伎への興味を土台としてそれまで元禄期文学にのみ傾いていた種彦が、しだいに研究の手をひろげ、古典一般に対して関心をいだきはじめた、ちょうどそのとき、この国学の名家と結びついたことは彼にとってまことに幸運な良縁だった。かくて彼の学殖・素養が深みをまし、後の創作においても、他の戯作者の草双紙にみられぬ情趣と韻致とをただよわすにいたるのである。

最後に漢学方面をみるに、彼が少年時代漢籍の素読に卓抜の才を発揮したことは先述した。師は明らかではないが、その面でも当時の武士の教養以上のものは身につけていた。そのことは、はじめ読本作者を志望したことからもうかがえるし、また処女作において『瑯琊代酔篇』『酉陽雑俎』など中国物からの暗示をほのめかしている点などによっても察せられる。

〃処女作には全てがある〃と言われるが、これは種彦の場合にもあてはまるようだ。彼が処女作『近世怪談霜夜星』を著わしたのは、文化三年、二十四歳の時であるが、この作において早くも彼の特色をなす、好古趣味・考証癖などの傾向が強くあらわれており、彼の教養・学殖の基礎はこのころまでに定まったものと考えられる。

五　元禄文学の感化

考証癖

前述のように彼の歌舞伎熱はやがて脚本・院本の蒐集・耽読（たんどく）となり、研究・考証へと進んだのであって、この方面に関する知識の深かったことは説くまでもない。彼の文筆生活を通じてみられる特性として、その凝り性と丹念克明な傾きがあげられる。性格的にも一事にかかずらわるとそれに深く打ち込み、徹底する方だったが、作品にもその凝り性ぶりを発揮し、それが彼の考証癖・詮索（せんさく）癖となって一篇の情趣をそこなううらみをも生ぜしめた。

しかし一面に、そのような精密周到な態度が『用捨箱』『還魂紙料』など卓抜な研究的著作を多く残すことにもなったのである。そういう丹念な性癖が劇方面にまずいとぐちをひらき、近松門左衛門・竹田出雲らの院本・古狂言の研究となった。種彦の草双紙を総じての特色は元禄期の戯曲・小説を粉本としたことであるが、とくに近松物に骨子を借りたものが最も多く、彼がいかに近松に心酔したかを知り得る。種彦自らもその作の序文などでしばしば原拠を近松にあおいだ旨を述べている。

たとえば、出世作ともいうべき読本『浅間嶽面影草紙』(文化五年稿)は浄瑠璃『浅間嶽』に拠ったが、これは近松の脚本『けいせい浅間嶽』(元禄十一年刊)を原拠とし、各種の浄瑠璃にとり入れられたもの。江戸では元禄十三年正月の森田座の『奥州浅間嶽懺悔之段』(外記節)が最も古く、一中節・宮古路節・河東節・常盤津節・富本節・清元節などの各流にひろく上演された。

種彦は「此ノ書ハ浄瑠璃本ヲ翻案シ、更ニ一点ノ実ナシトイヘドモ、唯善ナルハ栄エ、悪ナルハ亡ブルノ天理ヲ洩ラサズ、云々」と序し、後編の予告文では、「富本・常盤津のじやうるり本をもととして編めり、云々」と記している。また『勢田橋龍女本地』(文化八)は作者の新機軸作で「浄瑠璃読本」と表題して刊行したものだが、「此の書総て平安堂(近松)が作例にならへば、云々」としてその文辞表現をも近松に擬えたことを明らかにしている。

また、草双紙の処女作『鱸庖丁青砥切味』(文化八)の自序でも、この作の発端は近松作とおぼしき「東山しんによ堂のむね上」に拠り、「近松・竹田が院本を夫彼と翻案し」たものだ、と書くなど、種彦が近松への傾倒ぶりを示している。

その他、後述する合巻の諸作『高野山万年草紙』『千瀬川一代記』『浮世形六枚屛風』など、いずれも近松作の翻案であった。種彦の作百三十余編のうち、近松

近松への傾倒

物に取材した作は四十編をこえ、彼の近松への心酔傾倒を立証している。
後年、人にたのまれて『柳亭浄瑠璃本目録』数百冊を撰述するのに、わずか「朝四時より夕七ツ時までに記し」終っていることをみても、彼のこの方面の学殖のほどが知られる。

『作者部類』

近松についで種彦が傾倒したものは、元禄期の浮世草子であった。馬琴は『作者部類』において次のように書きとどめている。

(種彦)は文化の季(すえ)の頃より、読本を綴らず、臭草紙(くさ)の作を旨とせり。文化丙子(へいし)の新板、正本製(じたて)といふ合巻物(歌川国貞画、西村屋与八板)時好に称(かな)ひて、数続相続で出たり。此合巻、文を少なくして画を旨とす。其画精妙、本文に勝れり。又文政十三年の春の新板、田舎源氏と云合巻冊子、世評噪(さわ)がしき迄に行はれたり(鶴屋板)。これも画は国貞にて其絵ますく妙なれば也。既に数篇におよべり(但二十張合巻二冊を一編とす)。是をもて当今臭草紙の巨擘(きょへき)と称せらる。其身に於ても自負甚だしと云。此人させる学力も無けれど、狂才は余の作者の白眉たること、世の婦幼の評する所也。聞くに、旧き義太夫本数十種を蔵弃（所蔵）して、戯作の種とし、且西鶴が浮世本・八文字屋本などをも多く蔵めたりと云。さもあらんか……。

このあと馬琴は『田舎源氏』の流行をにがにがしげにとりあげ、肝心の原典たる『源氏物語』をろくに読まずに、その筋書本・通俗書のたぐいだけを読んで『源氏』を換骨するものが多いが、種彦のも「ひそかに是等の（俗書）を父母として作り設たるなるべし」などとけなしている。『田舎源氏』については後述するが、馬琴の他の戯作者に対する批評がきびしく、時に酷と思われるほどだったことは定評があり、この『作者部類』の、種彦評などもその例にもれない。

しかし種彦が、浄瑠璃本を蔵し、西鶴の浮世草子・八文字屋本を架蔵してこれを自作の粉本としたことは馬琴の想察するとおりだった。たとえば処女作『怪談霜夜星』三巻の第四回、吉原の風俗描写のくだりはすべて元禄期の吉原に凝らえ、その文章や辞詞を西鶴・其磧に学んでいる。

其磧・自笑の感化

次作『奴の小万物語』(文化四)は、そのあらすじは並木大輔・浅田一鳥らの合作の浄瑠璃『容競出入湊』と、近松の『津国女夫池』とによるが、細部の構成には西鶴作に負うところがかなりあり、『新可笑記』『本朝桜陰比事』『好色五人女』『好色一代男』などに暗示を得たとおもわれる個所が指摘される。

そのほかにも、以後の種彦作に近松とならんで西鶴・其磧・自笑の感化が認められる。浄瑠璃はともあれ、若年にして浮世草子を学びこれをよく消化して自作中にとけこましていることは、種彦の才幹が傑出していた一証左であり、「狂才は余の作者の白眉たり」の評言もまた当然のものだったと言えよう。

元禄本の蒐集

なお種彦が元禄本にうちこんでいたことは、自選の『好色本目録』『吉原書籍目録』や、そのほか『吉原考証』『西鶴五百員』など多くの手沢本が伝えられていることによっても察せられる。前者について大久保葩雪は次のように讃辞をおくっている。

『好色本目録』

柳亭種彦の博覧多識なる、世既に定評あり。其古書に接するや、最も深切叮嚀、熱心に解題考証し、時に評語を附するを例とす。此『好色本目録』の如き、蓋し其一種なるも、未だ梓に上らず、写本として今日に伝へられしなり。其記述する所、もとより自己の備忘録として手記せしものに過ぎざれど、其考証の正確周密に、且つ着眼の広濶精鋭なる点とに就ては、後の読書家並に考古家を稗益すること頗る大なりとす。（中略）今、種彦の記述する所を視るに、是等書冊の解題考証を試み、決して軽々に看過読了し去らざる痕あるを感ず。殊に考古の資料を是等の書中に索むる如きは、全く読書の趣味に富めるものといふべく、又其考証に就ても、『連理松』の如き、其文中に「正月七日の巳の日云々」とあるより、开は元禄五年または八年なれば、其頃の作なるべし、と考証せし類の鑒識は、後世に一種の範を貽せしものにして、また種彦伝の一部を補する所あるなり。(『新群書類従・第七』解題)

『吉原源氏五十四君』

そのほか右に類するもので種彦が愛読したと思われるものに『吉原源氏五十四君』『あづま物語』の二書が伝わっている。前者は貞享四年の刊本で、榎本其角の戯作、吉原の遊女五十四名を『源氏物語』五十四帖にかけて品評したもの。『続燕石十種』に収めたものは種彦の手写本であって、次のような種彦の奥書がある。

此書三十年前、故談洲楼にてはじめて見たり。原本は三谷とやらんにあるよしを聞けり。今度人の蔵せる本を見るに、三転四転のものなるべけれど、すこしは其角の書躰の残りて見ゆるがゆかしさに、自らすきうつしにしたるは天保十年己亥の春なり。画はことさらに意なき人のうつしおきしなれば、あやしく見わけがたきところもおほかり。画人の名は載ざれども師宣なるよし、談洲の話也。(以下略)

談洲楼は烏亭焉馬のこと、後述しよう。

これ一つをみても、種彦が『吉原源氏五十四君』の如き元禄期の遊女評判記のたぐいにまで強い関心をもっていたことがわかる。

『あづま物語』

また『あづま物語』(寛永十九)は徳永種久の戯著と伝えられる吉原細見で、『近世文芸叢書』に復刻したものは種彦旧蔵本に拠っている。その他『種彦俳書目録』も名高く、『山家鳥虫歌』を掘りだし、『反古染』に評注を加えるなど多方面にわたっている。

六　妻・家族・友人

妻

結婚の年月は不明だが、日記をみると、

文化六年七月五日、家内、羽左衛門、芝居見に行。

文化七年正月廿二日、お勝、山本へ行く。

廿三日、お勝かへる。

廿五日、母人・勝子・太郎、稲荷へ行く。

廿七日、母、勝子、芝居へ行く。

などとある。太郎というのはおそらく種彦の長子のことであろう。とすれば結婚はこれより前のことはまちがいない。早く父に死別れた総領だったことなどから考え、早婚だったことも想像される。

仙果の『よしなし言』によれば、妻の勝子は国学者加藤宇万伎の孫娘だったという。宇万伎については前述した通りである。宇万伎の妻は若くして逝き、子もなかった。『国文学者系譜』によれば、宇万伎のあとは養子の正樹（善蔵）がついでいる。

善蔵の名は『柳亭日記』に散見する。善蔵について丸山季夫氏の所見によれば、上田秋成が『荷田子訓読斉明紀童謡存疑』（上田秋成全集）の上田氏書面に、

一、此間加藤善蔵 宇万伎男 大坂在番出勤に被参……野上甚四郎 雅名尾張黒成 と中人

善蔵とは内縁のよしにて、云々。

とある。秋成は宇万伎の弟子であった。

勝子はこの善蔵の娘で、国学の名家の血をうけた。

馬琴はずっと後年、殿村篠斎（とのむらじょうさい）にあてた手簡で（天保二年四月二十六日）『田舎源氏』を細評した文中に、

彼人（種彦）の奥方も才女にて校合をいたし、良人の労を助け候よし、昔年聞き及び候が、夫婦の校合にて行きとどかぬか、云々。

と書いている。勝子が才媛なことは戯作者仲間で評判だったらしい。学者の家に出ただけあって、学も多少はわきまえていたことであろう。その遺書なるものも相当な筆跡で・文言も簡潔にして要を得ていたといわれる。家庭内も平和で、「老母との間も睦（むつま）じ」（梅塢『柳亭伝』）かったというし、種彦にとって申し分のない良

妻だったようである。

加藤家と姻戚になり、かつ、このような良妻だったのだから、この結婚は種彦にとって最大の幸運というべきであろう。

町人作家とちがい、文人との交際はさほど多くはなかったが、読本を書き戯作壇とのつながりができてからは、つきあいもふえたようである。日記その他によって見ると、新年会・花見の催しのたぐいや、書画会・賀筵などに出席し、戯作者・画工・板元たちと交わったありさまがしのばれる。

友人

親しかった文人のうち、めぼしい作家では梅暮里谷峨・談洲楼焉馬・山東京山、漢学方面では柏菴玉豕・萩野梅塢、画工の葛飾北斎・北嵩・蹄斎北馬・桃川らが青年期の種彦の周囲に見うけられる。

梅暮里谷峨

谷峨、通称反町三郎助、のち与左衛門、久留米藩士で黒田家の大目付をつとめた武士戯作者。洒落本の大家として高名であり、代表作『傾城買二筋道』（寛政十）、その続編『廓の癖』(同十一)、『宵の程』(同十二)の三部作によって人情本の基礎をきづきあげた。

種彦が交誼を求めたころ谷峨は六十歳にちかく、同じ武士階級出の先輩として親近したものであろう。種彦の洒落本『山嵐』と谷峨との間には何らかのつながりがあったかもしれない。

談洲楼焉馬も若き種彦にとって、狂歌・戯作・歌舞伎の各面にわたる知識の供給源であり、よき先輩だった。

文化七年正月二十一日、焉馬の落語の噺し初めに北嵩とともに出席、種彦は式亭三馬・京伝京山兄弟・歌川豊国その他当代に錚々たる有名文人と挨拶を交わす。同年三月三日には焉馬・北嵩と上野へ遊び、十一日には谷峨・北嵩と墨水の花をたのしみ、十八日には再び焉馬と角田川へ花見に行く、といったありさまだった。すでに六十歳をこえた老戯作者の芝居趣味や、雑ながら豊かな知識が種彦をとらえたものか。

後年(天保十年)、『吉原源氏五十四君』を手写したのち、種彦は「此書三十年前、故談洲楼にてはじめて見たり。(略)画人の名は載ざれども師宣なるよし、談洲の話なり。」と奥書し、若いころ彼が焉馬から知識を得たことを示している。

談洲楼、烏亭焉馬、別号桃栗山人柿発斎(ももくりさんじんかきはっさい)、通称和泉屋和助。本所相生(あいおい)町堅川(たてがわ)附近に住んでいたことから立川姓も名のった。談洲楼の号は五代目団十郎と莫逆(ばくぎゃく)の友であった所からとなえたという。宿屋飯盛について狂歌に長じ、茶番狂言・落語をよくし、天明六年向島に、はじめて噺の会を開き、また茶番を一般に流行させるなど、落語・茶番の中興の祖とされている。

戯作の古老にして、安永・天明・寛政年間まで、一枚摺物(すりもの)或は洒落本又は浄るりの作あり。また戯場に遊びて、狂言の作を補助せり。(『戯作六家撰』)

『歌舞妓年代記』の編述で知られ、二流作ではあるが、洒落本・黄表紙・合巻・

咄本など各種の作もある。

彼の意義は落語を江戸で始めたことにつきる。天明四年（一七八四）四月、柳橋の河内屋にてはじめて自作の落語を披露し、翌々年天明六年四月にはいわゆる「咄の会」としての第一回を開催、桜川慈悲成らとともに向島の武蔵屋権三の席を設けた。出席者の多くは狂歌師であったが、四方真顔（鹿都部真顔）はこの咄の会の模様を『咄の会記』に書きとどめている。この会は人気を博し、落語の隆盛をもたらした。第二回は天明八年正月、両国の京屋楼上で、この時には市川白猿（五世団十郎）も出席した。第三回は寛政元年（一七八九）二月、柳橋大のし楼、その後もひきつづき、寛政四年以後は正月二十一日を定会と定め、咄初と称し、さらに毎月二十一日を例会とした。非常な盛会で、その様子を蜀山人は『談洲楼おとし咄会の序』に記している。

その後寛政九年に咄の会の禁止令が出て、中絶したが、焉馬は内密でしばしば

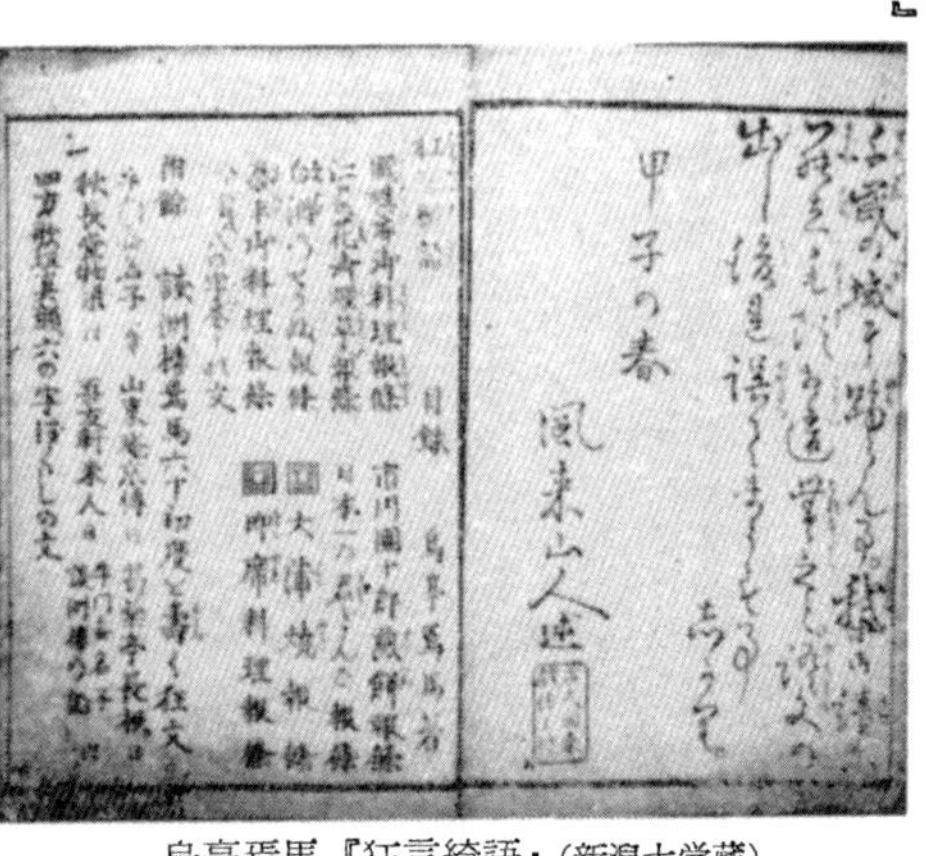

烏亭焉馬『狂言綺語』（新潟大学蔵）

開催し好評された。

　また焉馬は、当代文壇の中心的存在として社交面に名あり、風来山人をはじめとして京伝・三馬らの戯作者、蜀山・真顔らの狂歌人、豊国らの画家、劇壇人などその交友の幅はきわめて広かった。焉馬が六十歳の賀を記念して上梓した戯文集『狂言綺語』（文化元）には、風来山人の序（ただしこれは編集者の粉飾）、附録に京伝・芍薬亭長根・秋長堂物梁・吾友軒米人・四方真顔・六樹園石川雅望らの狂文がそえてあり、また彼の門弟筋にあたる三馬の滑稽本『田舎芝居忠臣蔵』（文化八）の巻首にも、「朝寝房主人落話会を寿く詞」の中で落語の祖として焉馬を賞讃している。

為永春水

やがて種彦の声名が高まるにつれて文人との交誼もひろまってゆく。馬琴によれば、文政の末年に西村屋与八の宴で種彦が為永春水や二世焉馬と同席し、種彦が『八犬伝』を讃め、執筆にあたっての作者の苦心をたたえたと伝え、また天保七年八月の馬琴の古稀の賀莚に参会した作家の筆頭に種彦の名があげられている。ただし狷介（けんかい）な馬琴なので種彦とはあうわけもなく、かえって対抗する如き関係となるのだが、これは後述しよう。

その他、家族ぐるみ往来しあった地本（じほん）問屋の西村永寿堂や、鶴屋仙鶴堂のこと、莫逆の心友となった歌川国貞のこと、仙果・種員以下の多くの門弟のこと、木村黙老（もくろう）・石塚豊介子（ほうかいし）らとのことなどについてもそれぞれ後で述べよう。

また朝倉治彦氏所見の文化十三年の日記によれば、国学者村田了阿・山村歌城・石川大浪・鳥海松亭などとも交わったようである。

第三　処女作時代

一　出版統制

作風

種彦はその作風において大衆に迎合する傾きがあり、総じては作家意識の低調だったうらみがあった。坪内逍遙は「剽窃（ひょうせつ）の専門家」（後述）と酷評し、何のオリジナリティなし、ときめつけている。幸田露伴は、種彦のリアリズムはわざと一枚皮をかぶった描写法であって、それは彼が武士出身の故であった、と次のように評している。

幸田露伴の評

三馬とか種彦とかは、京伝とは其作風が違っているために、京伝ほどに時勢に密着しておらぬ。ことに種彦にいたっては江戸の人で、江戸の事はよく呑

土佐風の描写

み込んでいる人ではあるが、其作風が狩野派ほどに唐風でないにしても幾分か土佐風のようなもので、王朝時代のものに憧(あこが)れた風があり、其物語は時勢を写すよりも、物語の筋を時勢に適応させ、脚色を発展させることに重きを置いたために、時勢を直接に描写するという方面からいうと値打が少い。これは、一つはその人の位置がそれに適せぬためもある。すなわち、微禄ではあるが士分であって、忌憚(きたん)なく社会市井(しせい)の雑事を写すに適しなかったのである。それでわざと皮をかぶったような書き方をしている。すなわち薄紙を一枚かぶっている。

三馬は種彦と違って身分も卑くもあり、どういうことを書いても忌憚なき地位にあったから、思いきって世俗に親んでいる。三馬は其才の働きは京伝と違うから、其作品も京伝のように上品でないが、市井の姿を大胆に写したという点では京伝に劣らない。(露伴、「江戸と江戸文学」大正元年十月、『中央公論』)

この露伴の見解は妥当の説である。種彦が直参の身分にしばられていたことは大きなマイナスだった。そのほか前述した彼の性格、丹念できまじめな、細心な性格なども思いきったことの書けぬ、薄紙をかぶったような作風をもたらした。

さらに、彼の文学態度を規定したものに、当時の苛酷な出版統制のことがあった。彼の少・青年期は幕府の言論弾圧の嵐が戯作界に吹きすさんだ時期であり、彼が登場せんとした文界はその嵐のなごりがまだおさまりきらぬ情勢下にあった。そうした情勢が種彦の執筆態度を制約し、彼を去勢したことも考えるべきであろう。

黄表紙

洒落とうがちを本領とする「黄表紙」は恋川春町・朋誠堂喜三二にはじまり、京伝によって大成された。

京伝の『江戸生艶気樺焼』(天明五)がそのユーモラスな内容にふくまれた諷刺

と、文辞・会話にひらめく洒落の妙巧とによって江戸ッ子の大歓迎をうけたことは余りにも名高い。本作は町人の生活理念たる〝通〟の道を、あますところなく描写し、説きつくしたものであって、当時、主人公艶二郎の名が一つの流行語となるほどもてはやされ、また、草双紙界をも大きくゆさぶるのである。

そのほかの黄表紙作家として、式亭三馬の『稗史億説年代記』(享和二)巻末の「名人戯作者六家撰」には、喜三二・春町・万象亭(森島中良、狂名竹杖為軽・築地善好)・市場通笑(小倉屋小平二)・芝全交(山本藤十郎)・唐来三和(和泉屋源蔵)があげられている。

洒落本

黄表紙と並んで「洒落本」も流行した。黄表紙にあらわれた当世風の写実やうがちの傾向が、遊里を舞台として、恋愛感情の真髄を衝き、通の道を描きだす洒落本を生みだした。当時、吉原を代表として遊里の事情に精通し、いき、いきで気のきいた「通人」たることは、江戸人のあこがれであり、一種の教養でもあった。洒落本はそういう通の道の指南書として、吉原細見としてもてはやされたのである。

早く宝暦年間よりあらわれ、安永―天明期には、田螺金魚・朱楽菅江（山崎郷助）・蓬萊山人帰橋・山手馬鹿人（蜀山人）らや、前記した万象亭・三和らが筆をとり、また、京伝はここにもその才華を発揮した。京伝の作では『令子洞房』（天明五）・『通言総籬』『古契三娼』（共に同七）・『傾城買四十八手』（寛政二）などがそれぞれ読者の喝采を博した。

『武江年表』

以上の情況を『武江年表』および『同書補正略』はつぎのように記録している。

草雙紙の事、寛延―宝暦の頃は、多く古の合戦武功の次第、或は敵討などの類をつづり、童児の戯玩なりしを、明和―安永の頃より、世上風俗の敝慝、男女の情態を述べ、編輯多く、此草紙大に世に行はれ、幼稚のみにあらず、大人専ら是を弄びて巧拙を論じ、消日の談となすに至る。寛政よりこのかた、山東京伝これを一変せしも、勧懲を旨として、多く作れり。其内善玉・悪玉の草紙、殊に行はれたり。（『武江年表』）

田螺金魚の『傾城虎の巻』は烏山が事をかけり。所謂洒落本の始めにて、女郎買の草紙なり。又さもなきは、源内が『天狗』『しやれかうべの縁起』『菩提樹辨』、其外あまた皆小本なり。それも、『根無草』までは大本なり。草双紙と洒落本と二つに分る。『花巷訛』などいふものは、袋入にて一冊なり。これらは今の草双紙・洒落本とわからぬものなり。実は落し咄の類なり。後、洒落本といふは、皆好色・淫情の妓家の話なり。外場所の事を書しは、蓬萊山人帰橋が『遊里軽談』、又『辰巳園』などなり。後はこれを小本とのみもいへり。京伝が『錦の裏』『吉原楊枝』など行はれたり。又深川のことを書しは、『仕掛文庫』尤も流行れり。（略）　（『補正略』）

寛政の改革

以上のような情勢の中で田沼時代が終り、かわって定信が登場、綱紀粛正を旨として風俗の矯正、言論出版の統制にのりだす。まず喜三二が隠退せしめられて戯作の筆を絶ち（天明八）、春町が切腹をうわさされる（寛政元）にいたる。

京伝筆禍

寛政二年五月、書物類の出版を統制する五ヵ条の町触がだされ、草双紙といえども「博奕及び遊里嫖客の趣を書あらはすこと」は禁ぜられた。ところが書肆蔦屋重三郎・耕書堂は利欲にめがくらみ、京伝にすすめて洒落本『錦の裏』『仕懸文庫』『娼妓絹籭』を書かせ、上袋に教訓読本として発売した。これが発覚して、「京伝は手鎖五十日、蔦重は身上半減の闕所仰せ付けられ、行司両人は商売御かまひのうへ、所追放」となり、「京伝は深く恐れて、是より謹慎第一の人となりぬ。且つ口斎することも、この比より始れり。」(『伊波伝毛乃記』)。このため戯作界は一時自粛して静まりかえった。

蒟蒻本

しかし洒落本は出版元の儲けが多かったので、禁令の目をぬすんで発行するものがあとを絶たなかった。洒落本は一名蒟蒻本と称されたように、薄茶色の表紙をつけた粗本で、半紙を二ッ裁にしたものを、三－四十枚つづり、仮名ばかりなので筆工もルビをつける手間もいらず、板木の彫刻代も一枚銀二－三匁という安さでできる。しかるに売り値は一冊銀一匁五分（約四百円。中本形のは二匁五分）だから板元の利益が大きい。貸本屋なども、新板は銭二十四文（約九十円）、古板は十六文の見料をとった（黄表紙の売り値は一冊銭八――十文合巻、の草双紙でも五――六十文、約二百円）が、それでも借りるものが多かった。

酒落本の価格

利益が多いので法網をくぐって出板する板元があり、寛政八-九年のころ洒落本四十二種があげられ絶板となり、板元はみな罰金三貫文を科せられた。その中に「馬喰町なる書物問屋若林清兵衛は、身代半減闕所。日本橋四日市なる上総屋利兵衛は軽追放」（『作者部類』）となった。

定信解任の後、寛政末より享和にかけて洒落本も多少は板行されたが、もはや京伝作のごときはあらわれず、わずかに梅暮里谷峨の名をのこすにとどまる。

歌麿吟味

その後も禁令はきびしく、文化年間に入って肝煎名主四人を定めて検閲させた草双紙だけでなく、錦絵の方も地本行事の査閲を要し、文化元年、喜多川歌麿が

『絵本太閤記』

『絵本太閤記』の人物を錦絵に画き、その中に遊女を描き入れ、また草双紙に作りなどしたことをとがめられ、歌麿は吟味中入牢となり、その他の画工歌川豊国・勝川春英・喜多川月麿・勝川春亭ら、および作者の十返舎一九（じっぺんしゃいっく）らは手鎖五十日の刑に処せられた。歌麿はそのため出牢の翌年死没している。この事件以後、錦絵・道中双六はもとより、狂歌や書画会の摺物（すりもの）にいたるまで、名主らに呈閲して免許を乞わねばならぬほどのありさまとなり、出版統制は厳重に行われた。その他、石部琴好や式亭三馬らまでが、かりそめのことから処罰されるなど、この方面への弾圧は手きびしく加えられた。

以上のような情勢のもと、洒落本・好色本のたぐいや、諷刺的作物はその影をひそめ、戯作者たちは敵討物や滑稽本にかくれ、あるいは勧懲を旨とする読本へと逃げ道を見いだしていったのである。

種彦が名のりをあげようとした江戸の戯作界はだいたいこのような情況だった。

こういう厳しい出版統制の下で、しかも直参の武士たる種彦に許されたものはただ読本の作あるのみだったのである。

町人戯作者はとがめられても看板を勧善懲悪にぬり変えれば命だけは助かるが、武士の方は、喜三二・春町のように、闇から闇へ消されるおそれがある。峻厳な出版統制を目のあたりにして成長した種彦には、そのおそろしさが腹の底までしみこんでいた。

元来が小心な彼にあって、それはなおさらのことだっただろう。戯作界にうって出るそもそもから、種彦には抵抗の姿勢はおろか、うがちゃ諷刺の趣意は全くなかった。ひたすら幕吏の命にそむかざらんことを願う戯作者そのものに徹しきっていた。

この心構えが彼をしてまず読本にむかわせ、さらに合巻に移っては耽美的な作風をとらしめていった。後年『田舎源氏』の筆禍事件も、この意味で作者にとって身におぼえなき災難だったのである。

二　読本作家

種彦はその習作期に黄表紙を書いた、という説があるが、真疑のほどはわからない。今のところほぼ確実なのは、彼の処女作およびそれにつづく数篇が読本であることから、種彦ははじめ読本作家を志した、と考えられることである。彼が読本をねらったのは、その素養・学識などの理由もあろうが、要するに読本が当代小説壇の中心としてようやく人気をあつめかけており、それが彼の創作意欲を動かしたものであろう（読本の出版は、享和二年八篇、文化元年十四篇、文化三年三十二篇、文化四年三十一篇、文化五年七〇篇と急増した）。また、定信の改革によっても何のとがめもうけなかったのは読本だけであって、上司のお咎めを何よりもおそれる種彦が、文界に発表できるものとしては読本をえらぶほかなかったのであろう。

種彦が手本としたのは当代読本界の流行作家、京伝と馬琴とであった。

読本は、赤本・黄表紙などの草双紙や洒落本とあい並んで、やや程度の高い一部の読者層の間に普及していた。はじめ上方にあらわれ、近路行者（都賀庭鐘、享保初ごろ―寛政初ごろ）や上田秋成（享保十九？―文化六）の作などが上梓されてから江戸に入り、しだいに流行のきざしをみせてきた。

秋成

江戸でも多少の作はあったが「多くははかなき浮世雑談、或は柳巷梨園の褻語、或は輪廻応報の物語のみなり」（馬琴『作者部類』）という情況で、総じては中国の小説を翻案した類のものにすぎなかったが、建部綾足（享保四―安永三）があらわれて新趣向をひらき、京伝・馬琴に大きな影響を及ぼし、宣長・雅望・春海らの国学者までが読本を書くという風潮をおこした。当時京阪地方の実話に拠った『西山物語』（明和五）や、中国の『水滸伝』を翻案した『本朝水滸伝』（前篇明和十年成、安永二年刊）が代表作である。

綾足

かくて江戸に移った読本は、先述したような黄表紙の内容の変化、洒落本の発禁などの事情により、ようやく小説界の主流としてのしあがってきた。構想の骨組みを中国の白話(はくわ)小説に借りることは依然として変らぬが、しかし一面にはわが古典・伝説に材をとり、あるいは浄瑠璃・歌舞伎を脚色するなどの新機軸をこらし、のちには雄大なスケールを構えた長篇もあらわれ、読者層も広がって読本全盛時代をむかえる。京伝・馬琴が群を抜いて他の追従をゆるさず、寛政から文化年間にかけては、両家の競作時代であった。

京伝の読本

京伝は、前述した、寛政三年洒落本執筆による処罰をうけて以来、当局の忌諱(きい)に触れることのない読本に専念した。『桜姫全伝曙草紙(さくらひめぜんでんあけぼのぞうし)』(文化二)・『昔話稲妻表紙(むかしばなしいなずまびょうし)』(文化三)・『本朝酔菩提全伝(ほんちょうすいぼだいぜんでん)』(文化六)などが代表作である。文化十年に出した『雙蝶記(そうちょうき)』六冊は、浄瑠璃で名高い『雙蝶々曲輪日記(ふたつちょうちょうくるわにっき)』に材をとり、作者の自信作であったが、意外の不評をまねき、馬琴の『岡目八目』の文によって酷評されるなどのことも重なって、京伝は本作を最後として小説の筆を絶った。このころ、馬琴の名声は嘖々(さくさく)として高く、もはや京伝の才をもってしても到底馬琴に及びがたい情勢となっていたのである。以後馬琴の独壇場となり、彼の全盛期をむかえる。

京伝の本領

京伝の本領は何といっても黄表紙・洒落本にあり、読本には苦心のわりに、傑作を残しえなかった。朋友唐来三和が評したように、「京伝は挿画の画組みと、時代の好みを把(と)らえることに巧みであった。だから草双紙はもとより、読本においてもまず挿画より腹案して、その後に文章を考える。」というのが彼の才分だったから、読本では見かけだおしで内容の浅薄な失点をまぬがれなかった。時勢にのって勧善懲悪のよそおいをこらしたが、しょせん彼の柄ではなかった。構成も趣向があまりにも入りくんでまとまりのつかぬものがあり、ことさらに怪奇な題材をえらびすぎて失敗したりしている。馬琴の読本が、壮大な構成をたて、堅確周到な叙述をもってしたのに比すべくもなかった。

種彦の資性は京伝にちかく、その点やはり読本作家にはむかなかったわけである。

一方、馬琴は京伝の知遇を得、京伝が筆禍のとき、その代作をするなどして戯作界に入った。書肆蔦重（しょしつたじゅう）に寄食して、黄表紙をよすがとしたのち、寛政七年読本『高尾船字文（たかおせんじもん）』によって名のりをあげ、『月氷奇縁（げっぴょうきえん）』（享和三）の好評より地歩をかためていった。

馬琴は生涯洒落本を書かず、謹厳実直な硬骨漢であって、とくに楽翁（松平定信）の改革以後は草双紙などの戯作を強く否定する傾きをとった。三馬・一九・春水はもとより、師匠すじの京伝をも手きびしく難じ、種彦の『田舎源氏』なども冷評した。つねに武家の出身であることを誇り、自尊心も強く、儒教思想に立つ勧善懲悪主義を小説の第一条件とした。また、努力家で博覧強記なることも比較を絶し、資料の博捜は、わが古典・随筆・軍記・実録・野史はもとより、中国小説の珍書・奇籍から仏典の類にまで及んでいる。

これらは読本作家として最適の特性であり、馬琴にとって寛政の改革は、彼の才華をひらかせるチャンスだった、とも言えよう。文化元年『稚枝鳩』『石言遺響』の二篇が大評判となり、以後一作ごとに人気を高め、京伝と肩をならべ、やがてこれをぬいて読本界の第一人者となった。『旬殿実々記』(文化四)・『椿説弓張月』(文化三―七)・『南総里見八犬伝』(文化十一―天保十二)など長短あわせて四十七篇を数える。黄表紙・合巻・考証随筆とともに驚歎すべき業績である。

「彼は才気横溢の天才的な芸術肌の人物ではなく、むしろ苦心惨怛、拮据経営の努力家であった」(麻生磯次『近世小説』)。文を練り、想をこらし、三思熟考するタイプの作家だった。この馬琴の彫心鏤骨ぶりに、種彦も感服したのである。後述するように種彦は『八犬伝』執筆にあたっての馬琴の苦心に対し深く敬意を表している。

しかしながら以上のような馬琴の成功にも拘らず、彼の衒学趣味は日常生活における狷介な態度とともに、これを厭うものも少なくなく、京伝を高評する人々の多かったことは、やがて種彦の合巻を考える上でも注意すべきであろう。馬琴のペダンティズムを貶した文は多いが、例えば西沢一鳳の『伝奇作書』（天保十四）などにも次のようにある。一鳳は、京伝と馬琴を比べ、「馬琴は博識だが文中に癖がある。また馬琴は偽作や類板を嫌って、断わりなしに自分の名を掲げられることをいつも歎いていた。博識といっても京伝が文化年間に死歿したのに対し、馬琴は今も生きているのだから、年々と書物を読めば知識の豊かになるのは当然だろう。また、名を売られることを嫌うが、馬琴が自作の中に変名で詩歌連俳などを挿入したのは一種の売名となる。京伝には絶てこの事なく、著作堂（馬琴）よりは一段勝れし所あり。」というふうに書きとどめている。

『伝奇作書』

その他同時代の国学者小山田与清・山崎美成・岸本由豆流らの一派や、三馬系統の江戸ッ子気質の戯作者たちにも右と同趣の文があり、馬琴の衒学臭と驕慢癖とをくさしている。以後明治に入って坪内逍遙が『小説神髄』で馬琴を粉砕してよりこの傾きは一層強まり、現代にいたっている。

種彦も読本を書くにあたり、京伝作からもヒントを得たが、しかし、大もとの骨法は馬琴の作に学んだようである。日記、文化六年七月二十二日に「曲亭作の詠本（読本）をみる」などとある。史実を引き故事を考証する技法や、叙述の仕方など馬琴作に類似する処が多い。前述の如く、宿屋飯盛の狂歌門で、種彦と馬琴とは同門であり、単なる先輩作家として以上に親しみを感じたのかもしれぬ。馬琴も、のちに種彦の読本『綟手摺昔木偶』（文化十）をことこまかに考証・批評し、「この作者、これほどまでには至らじと思ひしが、思ふにまして上達せり。前年この作者があらわせし、『阿波の鳴門』とかいふものに比れば、別人の作れるが

『をこのすさみ』

如し。当今古き作者の作れるを、師とせらるゝとおぼし。」（馬琴『をこのすさみ』）と賞讃し、種彦が自己の作に擬えて古典に拠っていることを自慢半分に指摘している。

しかし後年、種彦が合巻本『正本製』で人気を博すると、馬琴はたちまち掌をかえすが如くにこれをけなし、さらに『田舎源氏』の大成功をみるといよいよ硬化し、手に触れるさえけがらわしい、という態度へと変ってゆくのである。

三　処女作『近世怪談霜夜星』

処女作

種彦の処女作、読本『近世怪談霜夜星』五巻は文化三年春書きあげられた。作者二十四歳である。出版は翌々文化五年で、友人の柏菴玉豕の漢文の序と葛飾北斎の画をそえた。その自序に文化三年四月の日付があって、これより前の作なることは動かず、また、玉豕の序文は文化四年十月一日に書かれているが、その文中に、本作が数ヵ月前から届けられていたという言葉があり、その他、文辞や技法の稚拙なことなどをも考えあわせて、これを処女作としてほぼ誤りないものと考える。

ただし出版されたものとしては『阿波之鳴門』が最も早く文化四年に刊行されており、伴雲の序文には文化四年九月九日の日付がある。あるいは『阿波之鳴門』の方がさきに書かれたという推定もなりたつ。判断に苦しむが確証もないまま一応『霜夜の星』を処女作としておき、後考をまつことにする。

『四谷怪談』

『近世怪談霜夜星』
（早稲田大学図書館蔵）

内容は四谷怪談の先駆作をなす因果物である。寛文のころ、四谷左門町のお先手組下同心、田宮又左衛門の娘お岩が、嫉妬のために自殺し、その怨霊が夫に祟りをなしたという巷説が当時伝わっていたが、種彦はそれに取材し本作をなした。当代読本界にも京伝の『安積沼』（享和三）以来『桜姫全伝曙草紙』（文化二）に見られる怨霊もの、馬琴の『稚枝鳩』『盆石皿山記』（同年）などの因果もの、怪異譚が流行しており、種彦もそれらに暗示をえた。その他、作中に掲げた『瑯耶代酔篇』『酉陽雑俎』など中国の作物からも借りたものと思われる。

梗概

梗概は、上総国笠森観世音（千葉県長生郡）の開帳の場より始まり、主人公の浪人高西伊兵衛が、悪者の半六に脅迫されているお花姉妹を救ったことが縁となり、互いに想いをかわす。伊兵衛がお花の家を探すうち、和田山々中にて姉妹は半六一派の賊に襲われ、姉は殺され、お花はかどわかされて花街に売りとばされる。伊兵衛も手傷を負ったが村人に救われ、お花を求めて小網町に落着き、数年を経る。

須崎に住む浪人花方求次郎が友を招いた酒席で、伊兵衛の身の上の怪異を物語る。籏ヶ谷に住む室田主計の娘お沢は生来の醜女だったが、伊兵衛は道具屋三次の口車にのって接脚婿となり数ヵ月をすごす。たまたまお花の消息を知り、その隣家に移って華道指南の業をなし、機会をうかがう。お花は今は、老人伊藤快保の妾となっていたが、日蝕の一日、鏡によって伊兵衛の顔を見きわめ、二人は快保の目をぬすんで忍び逢うようになる。快保は両人をあわれみ、天羽歓次を仲人として正式に婚姻させんとする。伊兵衛は貞淑なお沢をあざむき、はては姦通の濡れぎぬをきせ、はかなんだお沢は投身自害、以後怨霊となって関係者一同に仇をむくいる。

まず歓次の娘歌次は花方求次郎の腰元として仕えていたが、お沢の霊が蛇に化して苦しめ、身にのりうつって狂死。ついで求次郎は吉原の遊女津島に通っていたが、頬刈組の悪党卯月官太夫に斬られ、快保の養子伊藤金吾は狂死し、快保も逝く。一方、伊兵衛は首尾よくお花と夫婦になり、悦五郎・お村の二人の子をもうけるが、お沢の執念がいろいろたたりをなし、まず悦五郎が殺され、やがてお村も、伊兵衛もとり殺されてしまう。お花は尼となり一同の冥福を祈る。
道具屋三次が官太夫にかたられて金を奪われ、官太夫も溺死する。最後に遊女津島がやはり剃髪して尼となっている庵に、お花と、求次郎の下男の作助改め僧円順とが邂逅し、一同の念仏の中にお沢の怨霊もようやく成仏する。

怨霊話に取材し、因果応報説にこじつけたため、全篇の構成に破綻を生じ、不自然な作為臭濃き拙作である。叙述もつたなく、読本としても二流作にとどまる。ただ、種彦の処女作として記念すべく、また、彼の全作を通じての特色となった古典趣味・好古癖・故実考証などの傾向が早くも顕著にあらわれている点において注目すべきところもある。作中、『枕草紙』『徒然草』『住吉物語』『古今集』『清輔抄』『夫木集』などを引き、笠森観音・津の国のをとめ塚その他を考証したりしている。いずれもただ読本流にとり入れたというにすぎず、いかにもわざとらしく生硬であり、この手法は次作『阿波之鳴門』をまって暢達するのである。

しかし故実考証の周到な点は異彩を放ち、二十四歳の年齢としては賞讃すべきものがある。たとえば三巻第四回の吉原の風俗描写の箇所などもそれであって、本文は化政期のそれに非ず、とくに元禄期の風俗を丹念に考証し、きめこまやかな文章で綴っている。

吉原の風俗描写

三谷通ひは稲荷の岡の馬に乗り、又兵衛どのはのんやれ網すきよといふ唄をうたひ、爰に三瓦かしこに五瓦、酒などひさぐ看板は桜の梢に結ひつけ、蒸蕎麦の店は一膳六文かけ値なしとしるせし行燈を出す。(花魁の風俗は)瑇瑁の櫛象牙の簪には、金粉もて唐花を画かせ、千弥染、三好染、加賀絹の色染、鯨べら入れたる大磯風のむすび髪、きしたて眉に、友禅染の丸づくし、鶯袖にしたてたるわらはげたるあり。(略)此の頃よりなべて芙蓉といふ妓のはでをまねび、一様に綸子鼻緒の馬下駄は今様にしていと目だち、手々にうちはを持つあれば、人形をかい抱くあり、羣れ集まるかひて共は、ちまたをおのがじゝに歩む。品あるなかに朧富士の野郎笠は肩をかくし、辰之助染に黄繻子のうちつけたる羽織、はつばの大小を片岡風にさしたるは、勘七が刷毛め鞘なるべく、淡竹紫竹の杖つきたるはよしや風呂丹前姿の余風なり。

以下この文趣で、角太夫節・中川喜雲の口あい・手綱染・蜻蛉むすびの茶筅髻・託宣の道行・葵の上の浄瑠璃・ろうさい・のんやれ節・小諸節等々の諸遊芸、元禄風俗を写している。いずれも作者が私淑した西鶴・其磧の浮世草子、近松・出雲の浄瑠璃などに拠るものではあるが、ともあれそのゆきとどいた考証ぶりは高評さるべく、また作者の文筆活動を総じての一特色となってゆく。

つけ加えて本作は、前述の如く四谷怪談に先鞭をつけたもので、その点にも多少の意義はあろう。四代目南北の名を高からしめた『東海道四谷怪談』の初興行は文政八年七月（江戸中村座）で、南北は自作『謎帯一寸徳兵衛』（文化八年七月）の結構に四谷怪談の巷説を結びつけたものではあるが、しかし大筋のストーリーと、怨霊の仕組みなどは種彦の『霜夜星』とほとんど変らず、この意味において、種彦作に先駆的意義が認められよう。

なお山口剛氏は本作に近松の浄瑠璃『心中刃は氷の朔日』(宝永六)の影響ありと説いている。

『阿波之鳴門』

第二作は『阿波之鳴門』五巻。漢文の序は伴雲山人、画工は北斎。発表作としてはこれが処女出板で、文化四年に出された。

開巻まず「彼の阿波の鳴門と題号せし浄瑠璃本に、十郎兵衛といへる者あり、主君の為に千辛万苦して遂に其志をとげしごとく書なせしは、実ににくむべきの盗賊なり。」と書きおこし、いわゆる巡礼お鶴の悲劇に名高い阿波十郎兵衛の事跡を考証して物語る、という体裁をとっている。

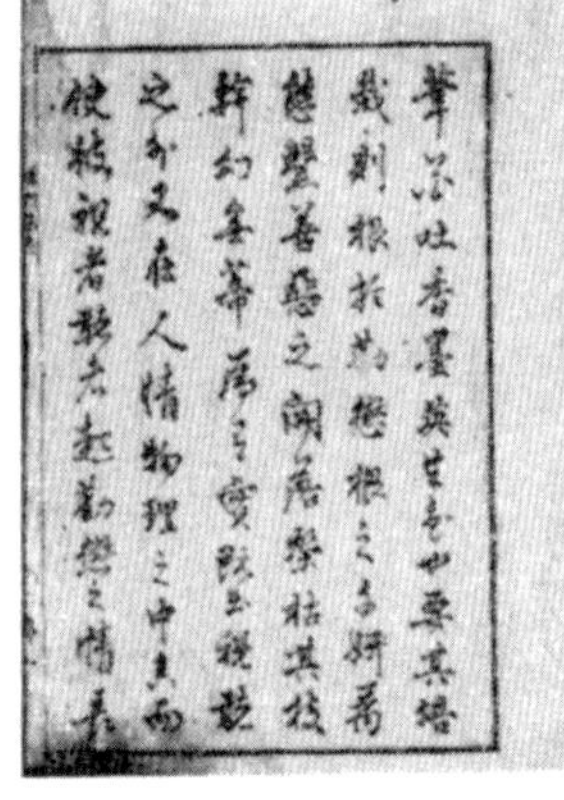

『阿波之鳴門』（東京大学図書館蔵）

元弘―正慶のころ、津の国（摂津）東生郡北長柄村に二五作という百姓あり、その孫に今市という者があったが、これが後に西国に横行した海賊の首領十郎兵衛となったものである。二五作の家は土地の富家で、一夜強盗に襲われて娘を犯され、娘妊って因果の子今市を生んだ。その後十七年、隣に鉾杉与次右衛門という郷士あり、妻浅茅との間に次郎九郎・弓子をもうけ、老母水無瀬と幸せに暮す。お弓は美しく、今市懸想するがはねつけられ恨む。ある日、にわか雨に降りこめられて阿波の国司畠山国清の弟多門が来たり、お弓と末を誓いあう。たまたま与次右衛門が平野に湯治に行き、多門の家臣の桃井軍太より多門と娘お弓との婚姻を頼まれ、百両を贈られる。

お弓、水無瀬と母恩寺の桜の宮に花見にゆき、悪計にかかって、お弓は海賊小浜の治郎にかどわかされ、水無瀬は狂乱のはて自害する。困惑した与次右衛門は軍太に事情を語るが、軍太は悪心をおこし与次右衛門を斬って金を奪う。多門は世をはかなんで本国阿波の徳島へ下る。浅茅は悲しみより盲目となり、愚直な次郎九郎が観音に願をかけるなど孝養をつくす。

近隣の猟師橘平よりもらった雉子によって浅茅の眼が直り、またその孝行の故をもって次郎九郎は国清から二十両を贈られるが、今市改め十郎兵衛にだましとられる。一方お弓は土佐国田浦の里の女院、浦松の塩木に責めさいなまれ、あくまでも操を守るので焼火箸を顔におしあてられんとするところを、折よく来あわした多門に救われ、ここに二人はめでたく結ばれる。

次郎九郎は往来で木偶(でく)を舞(まわ)して母を養っていたが、立身出世したお弓と偶(ぐう)会し、皆幸せになる。また橘平は雉子の不思議に感じ出家していたが、これもかつて施した恩義によって見出され、その妹立田はお弓の侍女に出世する。やがて多門、お弓の間にお鶴が生まれる。暦応(りやくおう)元年、多門一家は海を渡って阿波へ下るが、途中、今は阿波の鳴門を根じろとする海賊の首領となっている十郎兵衛に襲われ、多門は斬られ、お弓は捕えられてその根拠地にひかれ、お鶴のみ立田の働きで難をのがれ橘平に救われる。

十郎兵衛はお弓をともなって阿波より讃岐の八栗山にかくれ、お弓は固く操を守り逃れんとするが果さず軟禁される。六年後お弓は、十郎兵衛に身をまかせ、油断させて逃れんと計る。たまたま娘お鶴が巡礼となり、まよって訪れたのをそれと知らずして泊める。そこへ折から修行者となってきた父の仇、桃井軍太を討たんがため、お鶴の金を奪い、誤って殺し、軍太をも討ちとめる。やがてお鶴を探しにきた橘平と再会、事情判明して歎くが、蘇生丹にてお鶴はよみがえり、お弓は身を恥じて自害する。その後十郎兵衛は海上で、同じ海賊の首領小浜の次郎に会い、親子の名のりをあげるが、まもなく畠山の軍に攻められ、お弓の怨霊のため捕えられる。やがて次郎九郎・お鶴はお弓の霊に助けられて仇を報じ、お鶴は国清の養女となってめでたく栄える。

蘇生丹

読本全盛時代の作ゆえ、その傾向に擬(なぞら)えた痕(あと)深く、とくに馬琴読本の体裁を学んだ処が多い。素材は浄瑠璃の『傾城阿波の鳴門』(近松半二・八民平七・吉田兵蔵ら五名の合作、明和五年六月、竹本座)に拠った。しかし阿波の十郎兵衛の巷説を考証し、その実説をさぐって種々の新趣向をもったところは一創意であり、またかなり複雑な筋立を比較的むりなくこしらえあげたあたりにも才幹がうかがえる。前作『近

浄瑠璃『阿波の鳴門』

世怪談霜夜星』より進境いちじるしく、当代の読本としてはかなりの出来栄えといえよう。

さらにまた本作には、作者種彦が後の合巻の諸作に流れる特性、および、やがて『修紫田舎源氏』を生み出す素地をなす傾向が見うけられる。次にそれらを少しながめてみよう。

特色

まず第一に『阿波之鳴門』の特色は、古典を踏み、故事を引くことの多い点である。作者が好古趣味・考証癖あることは前述のとおりであるが、本作においてその特性をほぼ完全に作りあげ、そこに、一九・三馬流の戯作者とは異なる情趣をただよわせ、学殖の深みをのぞかせている。『伊勢物語』(一の巻)・『源氏物語』(三の巻)・『土佐日記』(四の巻)をはじめ、今様(二の巻)木偶舞いの歌(四の巻)を引き、「雉子塚」の故事を『河内志』と比較考証し(四の巻)、「蘇生丹」(同)の由来を説き、南北朝の時代背景を挿んで年代を確定するなど、作者の好古的傾向はいたるところに見られる。前作『霜夜星』のごとき単なる読本流の衒学趣味ではなく、このころより種彦が古典を消化していることが行間よりくみとれるのである。

とくに三の巻の巻末、お弓が螢籠をもって男の顔をてらし、はじめて多門とわかる場面の趣向は『源氏物語』の「螢の巻」に借り、

『源氏物語』螢の巻

> これなん螢のともす火にみると、源のいたるが女車と思ひて、なりひらの車になまめき、又玉かづらの君を、兵部卿の宮にみせまゐらせんと、翠簾のひまへ、螢をいれしおもかげあり。弓子もさかしき女なれば、是よりやおもひあたりしならん。是れ則ち雨宿りのをり、笄をおくって、偕老を誓ひし情人なりしかば、且喜び且みなりのいやしきを恥ぢ、手下よりとりおとせば、籠くだけ羅やぶれ、螢たかく飛びあがり、文なき暗をてらしぬ。

の情趣ふかき文辞・技法など作者が『源氏物語』への傾倒をしのばせ、『田舎源氏』創作の契機を早くも暗示しているのである。

ついで本作の特色として、その表現・叙述の情趣的なることをもあぐべきであろう。右に引いた「螢の巻」の如き、古典の一文をよくかみくだいた表現の中にとけこまし、情緒をかもしだす手法が各所に点綴(てんてつ)され、本作に艶麗(えんれい)の美をそえている。これは馬琴・京伝の場合と異なり、種彦が情趣を本領とする資質をそなえていたこと、すなわち、あるいは人情本へと進出し得る才分の所有者であったことを示しているのである。

その他、浄瑠璃・歌舞伎の感化もうけており、合巻本へとつづいてゆくが、この点については、なお後述しよう。

ほかにこの年文化四年に出板されたものに『奴の小万物語』八冊（優遊斎桃川画、山崎平八板元）・『江戸紫三人兄弟』八冊（桃川画、同板元、文化八年まで）の二種があるが省略する。

四　出世作『浅間嶽面影草紙』

種彦の出世作とすべきは『浅間嶽面影草紙』である。日記の文化五年六月の項、五日に、「あさまがだけおもかげ双子一ノ巻、改たにいだすしらべをなす」、十二日「あさま書きかかる、二ノ巻すへなり」、十四日「頭痛なしてくるし、されどやすまずあさまを書く」などとある。自序に「浄瑠璃本を翻案し、更に一点の実なしといへども……勧善懲悪の素意、空言の中にこもるべし」と記し、この年の六月に一・二巻を書き、十月に三巻の稿を完成したと書きとどめている。刊行は翌文化六年であった。

幸いに好評を得て続編にとりかかり、「あさま後編執着物語、さる頃筆初めなし、今日実に書きかかる」（日記、文化六年七月八日）。続編は『浅間嶽面影草紙後帙・逢州執著譚』（一名、本朝長恨歌）五巻、画工は蘭斎北嵩、文化九年の刊行である。

正続あわせて作者の特性を最もよく発揮した代表作であり、種彦の名を広めた出世作であった。

前編―丹波柏原の鏡師木の瀬が幼い娘宇の葉をつれて京へ上る途中、淀の川船に乗る。船中にやはり幼い姉妹の娘をつれた男が乗りあわせ親しくなる。そこへ数名のあぶれ者が乗りこみ仲間同士喧嘩をはじめ、船客たちが避難する。暗闇まぎれに木の瀬と男とはそれぞれ子供をとりちがえ、わかれわかれになってしまう、というのを、「何某なる僧、この船に乗り居て、旅日記のうちに留め置きしを、さる方より索め出し、後の物語に符合なせば、書い誌して発端とはなしぬ」と書きおこす。

足利将軍義満のころ、陸奥国牡鹿郡真野荘に五千貫を知行する浅間巴之丞良治があり、母遠山尼と豊かに暮していた。春の一日、遠山尼は供をつれて石の巻の長福寺に参詣かたがた花見に行く。侍女杜鵑花は須崎角弥と相思の仲で、今日もかくれ忍ぶ処を、かねて杜鵑花に横恋慕する悪家老星影土右衛門にみとがめられ、不義の罪におとされんとする。遠山尼は土右衛門の悪計を見やぶってこれを放逐し、二人をみのがしてやる（この二人が後篇で、御所の五郎蔵と遊女杜鵑花となる）。

茶道の奥儀書

良治の茶の師匠団一斎（だんのいっさい）には姉妹の娘あり、姉は忘貝（わすれがい）、妹は寄居蟲（やどがり）という（妹は発端にでてきた宇の葉（うのは）である）。一斎は茶道具の金を良治より預かって帰る途中、土右衛門に斬られ金を奪われる。一斎は臨終に際し、寄居蟲の身の上を明らかにし、茶道の奥儀書を託して死ぬ。

姉妹の後見をする奈古平（なごへい）は悪人で、姉妹を苦しめ、父の仇をうつためとだまして出羽の羽黒山の麓までつれだす。姉病み、その薬代にことよせて奈古平はついに忘貝を遊女に売りとばし、妹は忠僕に助けられ、姉と父の仇を探す。

右と前後して浅間良治は京よりの帰途、土右衛門に襲われ悩む巡礼の娘を救い、館に伴い時鳥（ほととぎす）と名づけて寵愛した（時鳥は発端の段でとりちがえられ、木の瀬に育てられた娘

後編

である）。一方、かつて上洛中の良治に懸想して、ついに良治の室となった大臣師良公の姫瞿麦は、良治が時鳥を別館にかこって寵愛するのを嫉妬し、月見の宴席で時鳥を辱かしめ、毒酒をもって疥癩を病ませた。良治は時鳥をいたわるが、京都勤番の任にあたり、やむなく京へ発つ。

後編―良治は京にあっても時鳥を忘れえず悶々の日を送るうち、一日五条坂の廓に遊び、あぶれ者に襲われたところを俠客―御所の五郎蔵に救われる。五郎蔵は旧臣須崎角弥で、その妻杜鵑花は遊女の境涯にあった。ここで良治は、時鳥の面影のある全盛の大夫逢州とあい、逢州が団一斎の娘忘貝であったことを知り、彼女から秘伝の奥儀書を渡される。その夜逢州となじみかわした良治の前に、突然郷国にいる時鳥があらわれ、時鳥がかつてわかれわかれになった逢州の実の妹であったことがわかるが、語り終ると時鳥の姿は消えてただ白木の位牌だけが残る。やがて国元から老臣雪枝弥総太の一子小織之助が来、時鳥の横死を報じた。

良治の上洛後、瞿麦は時鳥を惨殺したが、時鳥の怨霊のため瞿麦も狂死したもので、いま良治・逢州のもとにあらわれたのは時鳥の霊であった。

良治は時鳥への思慕もかさなっていよいよ逢州になじみ、五郎蔵夫婦は逢州を身請けして旧恩に報いようとするが、金策がつかない。たまたま星影土右衛門が入京し、杜鵑花への積年の想いをはらさんとし、金を与えて五郎蔵との仲をさかんとする。五郎蔵は杜鵑花の本心をさとらず、その誠を疑い、誤って逢州を殺し、過ちを悔いて自害、杜鵑花も後を追う。悲劇の最中に、切平に伴われた寄居蟲は、三味線と四ツ竹とにあわせて風流新口説（くどき）を歌いつつ門口にたち、逢州の死を語る。座に居あわせた逢州の老女お杉の懺悔より、お杉が木の瀬の妻で、時鳥を虐（しいた）げた継母であったことがわかり、守袋を証として寄居蟲と実の母娘の名乗りをかわす。

その後良治は小織之助と共に逢州の死を案じて五条坂に赴く途中、たまたま寄居蟲の仮寓に宿るが、時に逢州の幽魂は、良治を夢に唐土清涼山に誘引（いざな）って宿縁を告げ、寄居蟲はすべてを物語り、父一斎の秘伝書の残部をささげる。良治は小織之助と寄居蟲を結び、逢州・時鳥の霊は、寄居蟲の肌守の観音像の霊験によって仏果を得る。

やがて小織之助・寄居蟲は、切平・お杉および五郎蔵夫婦の霊に助けられ、獅子舞に扮装して仇土右衛門を討取った。

附言

先述したように本作は、近松の脚本『けいせい浅間嶽』を原拠とし、それより派生した外記節(げきぶし)・富本(とみもと)・常盤津(ときわず)などの浄瑠璃本をあわせて骨組みとしたものである。作者は後編の末尾に次のような「附言」をそえ、題名の由来や典拠について述べている。

此の書には一点の真実もない。ただ戯場で古くからもてはやされている浅間嶽狂言を基として作ったので面影草紙というのである。また後編を執著(しゅうじゃく)と標題したのは、その狂言の終りに石橋・英獅子・執著などと呼ばれる獅子舞の一幕があるのに拠った。芝居の獅子舞は謡曲『望月』より出たもの、と教えられたので復讐の一段は望月によって書いた。
人名は大体創作だが、土右衛門・鏡ねり・木の瀬の名は『室町物語』にあり、前編発端の喧嘩買の条も同書による。遊女が五衣着たることは『曽我物語』にみえ、舞女が車にて行くというのは『平家物語』に出ている。この話は永和・永徳年間の物語だから遊女の様子などどうかと思われる所もあるが、かかる飄草紙はそういう故事にとらわれぬ。挿絵も専ら当世風に写し、文体も中古の様式で叙述した。
茶の湯が東山時代に始まり、三味線が永禄年間から行われたことなども常識的な知識で、それを永和年間の事としたのも狂言綺語と赦されたい。(以下略)
典拠を示し故事を考証して博識ぶりをにおわすところは種彦の筆ぐせというよ

り、馬琴など当代読本作家のひそみにならったものであろう。ともかくこの附言で、作者が学んだ原典のあらましと、作者の創作作法、換骨奪胎の手法とが推測される。種彦の以後の諸作は、大体この小説の手法、すなわち浄瑠璃・脚本を土台とし、それに中古・中世の古典、故事・巷説を適当にアレンジするという技法によって書かれてゆくのである。

わずらわしいので省略するが、本作中にとり入れた古典は作者があげた以外に、『万葉集』『拾遺集』をはじめ漢籍・仏典に及び、とくに前編三の巻、時鳥のエピソードを『源氏物語』の朧月夜の内侍のそれに擬えたあたりは、作者が『源氏』への傾倒ぶりを示すものであった。これは、後編の副題に「本朝長恨歌」と記し、玄宗皇帝と楊貴妃の史実の引用（後編巻の一・三）とともに『田舎源氏』への進展と脈絡している。

またこの作者独自の手法として、作中に古典的ムードを盛りあげ、しっとりと

軟派的小説

した情趣的雰囲気をかもしだした個所が目につくが、これは作者の才能が〝軟派的小説〟にむいていること、『弓張月』や『八犬伝』などの堅確な史伝作家のタイプではなく、谷峨(こくが)や春水に近い〝人情本ふう〟の資性であったことを示す。「これを芝居の狂言に比せば、前編は大序(たいじょ)より、第一番め序幕より、大切(おおぎり)に至るがごとし。」(後編予告)と書いていることとあわせて、やがて作者が『正本製』へと転向するであろうことを暗示している。

泉鏡花の評

近代作家のうち、種彦に最も心酔し、その文趣をくみとったのは泉鏡花(いずみきょうか)であるが、鏡花はこの『浅間嶽』を評して次のようにいっている。怪談といえば草双紙や合巻につき物だが、多くは遺恨だの仇討だのに限られ、また中国物の翻案が多くて感服するものは少ない。さすがに京伝や種彦の作には敬服するものがあり、たとえば『逢州執着譚』の描写などは賞讃に価いする。瞿麦(なでしこ)の方が琴を弾いていると俄かにその音が鳴らなくなる、いぶかしむと天井に声あって、鳴るものか、此身が圧えているという、あの辺など何となく凄愴の気がただよう。怨霊が家の棟にいて鋸引きをするとあって、天井からバラバラ木屑が落ちてくるやら、有名な「幻ぎぬた」の音がするやら、読んでいて何となく引入れられる（鏡花『旧文学と怪談』明治四十二年十二月）。つまり種彦作における怪異が自然で、あわれ深い点を讃えているのである。

『かくやいかにの記』

なお本作にヒントを与えたものとして、ほかに『妹背山婦女庭訓』と、西鶴の『男色大鑑』第二巻などもあげられている（『かくやいかにの記』）。またずっと後の元治元年（一八六四）、本作を河竹黙阿弥が脚本に改作し、『曽我綉侠御所染』（御所五郎蔵）として上演している。

五　読本浄瑠璃『勢田橋龍女の本地』

読本浄瑠璃

文化七年、種彦は「読本浄瑠璃」という新趣向を考えだした。彼の浄瑠璃好みの凝りかたまった所産ではあるが、一面には、京伝・馬琴の読本を追いぬくため

代膺

の試作という意味もあったかと察せられる。

この『勢多橋竜女の本地』は、淡海なる湖水にちかき、名所々々をたねとして作りまうけしなれど、紫式部が筆のすさみにもならはず、近代、平安堂近松門左衛門義太夫に歌はせ、傀儡にまはさんとて書ける、浄瑠璃にもとづき、近曽もつぱら世に行はれつる、小説に混じてあらはすなれば、新たに読本浄瑠璃とはいふなり。

此の書つねの小説とは異なれど、しひて節をくださんとにもあらず、院本ともまた等しからず、共に相半ばする一体の書なり。（下略――「代膺」）

と序し、巻末に漢文で、「重ネテ吟覧スルノ君子、音節・墨譜ナド加筆アラバ幸甚。」とつけ加えている。

在来の読本とさほどの違いはないが、上巻を「大序」、中巻「二段目」、下巻「三段目」などと院本ふうに飾り、文中処々に、オロシ・三重など浄瑠璃の節づけを加え、あるいはまた、上巻の途中に『法の華郭の花』『頓作街売苦海経』という新作浄瑠璃の一段を挿入するなど作者の苦心の痕はみてとれる。

　文化八年正月の開板、板元は西村永寿堂、絵は北斎である。

梗概

　朱雀帝の御代、平将門下総に乱を起し、下野の押領使田原藤太秀郷が追討を命ぜられるが、秀郷は思うことあって下向せず、家来の大友蔵人を送って、真相を探らせる。秀郷の妻司の父で、舅にあたる藤原忠平は、ひそかに将門と気脈を通じ、悪計をめぐらして秀郷に陰謀に加担をせまるが、秀郷は同意せず、ために司とも不仲となる。また秀郷の弟宗郷・友郷の二人は忠平について謀叛の仲間となり、蜈蚣の幻術をつかう松羅陳人を一味に入れ、忠平の密書を渡さんとするが、密書は秀郷の手に入る。秀郷には忠臣大竹五郎、その弟玉櫛多門などがある。

　秀郷の先妻の娘、玉の井姫には許嫁の小六郎貞武があるが、貞武は浮世を厭い、玉の井に逢わず、多門とその妻小織の機転で、二人はようやく結ばれる。

将門討伐祈願のため管絃の催しがあり、悪人たちは、松羅がむかでに変じて隠れている琴を運び入れるが、勢田の竜があらわれてむかでと争い、松羅をあばきだし、秀郷の蟇目（ひきめ）の弓によって松羅は肩を射られ、逃れる途中で蔵人に討たれる。秀郷は遊女海神（わだつみ）となじむが、彼女は蔵人の妹小枝（さえだ）で、兄とともに忠節をつくす。蔵人・大竹五郎の二人は秀郷の計らいで悪人たちの仲間となり、陰謀をさぐる。秀郷の夢の中に竜神あらわれ、遊女海神が、自分は湖に住む竜女で、むかでのために子をとられ苦しんでいる、と告白し、秀郷にむかでを退治してくれと頼む。秀郷はむかで退治に行くが、留守中、司が玉の井を殺さんとし、蔵人が危きを救う。蔵人の娘小よしが玉の井の身代りとなって死に、その妻の小そのも自害する。

以上があらすじで、種彦は後編を書くつもりだったらしく、その腹案を「附言」にかかげ、「勢田の橋竜女の宮」の縁起を物語る予定だ、など述べているが、後編は上梓されなかった。野心作だったが意外に不評で、気をくさらしたためであろう。ただし、後に合巻『邯鄲諸国物語』初編に改作され大評判を獲得する。

例によって本作の骨子のおおよそは近松の『傾城懸物揃』(正徳二年)により、その他近松の『天鼓』や『平家物語』や『源平盛衰記』などから材を借りている。また京伝の『捷経太平記』になぞらえ、資料として『将門記』を参照した気配もある。

内容は平凡で、筋の運びも善玉・悪玉のこなし方など型にはまっており、とりたてた新味には乏しい。ムカデ退治に幻術使いを入れたあたりに多少の創意が認められる程度で、未完のため一層まとまりがなく、読本としては凡作の域をでない。

しかし、読本浄瑠璃と銘うったように、叙述の体裁や文章には、さすがにこの作者らしいきめのこまかな神経がゆきとどき、一種の浄瑠璃として味読にたえる文趣をそなえている。一例として『頓作街売苦海経』の一節をあげておこう。

『頓作街売苦海經』

夕ぐれの鐘が夜明の揚屋町、かたちを作るしなつくる、かはい〳〵の烏瓜、夜をはなるる遊君は、南北に道中し、東西に姿をかす。其の風俗も物ごしも、世界の外のせかいにて、情あきなふ色を売る。恋をあはせて三ツ蒲団、三仏性の三歯の下駄、三ツを三ツにて九品の蓮台、そのしな〴〵を云はうなら、烏瑟の髻やなぎの髪、梅が香匂ふ髱の艶、濃紫の腰がはり、紫雲に乗ずるうちかけは、是れ上品の大夫職。さて中品は来迎の、阿弥陀ざしなる笄に、菩薩の数の二十五を、天神とこそなづけたり。下品はつぼね端女郎、如露の情を線香の、如電に契る青暖簾、はかなき夢のゆめの間に、恋ぞこもるや初瀬山、はなに霞の袖几帳。花がわらへば柳の糸も、乱れ心やみだれみだれて野辺行く人の、さはらばおちん色見ゆる、露もつ萩はうはき者、招いてついとあちらむく、風の芒は人じらし……。

要するに種彦の才は読本にむかず、情趣を主とする〝錦絵的〟な草双紙にその持ち味があった。本作の不評はさすがにこたえたらしく、合巻へと転換してゆくのである。

六 『綟手摺昔木偶』

『綟手摺昔木偶』は種彦読本の最後を飾る代表的長篇である。文化九年秋書きあげ、翌十年板行した。画工は柳川重信である。

この年、山東京伝は『雙蝶記』を最後として戯作の筆を絶ち、種彦もまた本作をあとに読本界を去って二度と還らず、読本は、この年以後馬琴の独り舞台となった。

綟手摺

作者は題名の由来を考証して、「綟手摺というのは、元禄時代に人形遣いの姿を観客に見せるために、綟の衣で張りめぐらした手摺のことをいう。近松の『虎が石』上演のときにはじまったものだが、本作も近松物に拠ったので、それにあやかってこの題をつけた」と説き、その他、五巻十章の各章の副題に、都富士・玉端・小女郎手・富士下風・焼印編笠等々と目せき笠の古称を目次とするなど、例によって好古癖を発揮している。

梗概

嘉応－承安のころ、出羽の月山（山形県）の麓に怪兆あり、村人が琴引谷の崖を崩すと、岩屋の中から仙女赤魚があらわれる。赤魚は諸人の運命を占うが、時に東国武士葛野磯六の娘小桜に、義のために戦死するであろう、と予言する。

源三位頼政

治承四年源三位頼政は高倉宮を擁して軍をあげる。頼政の肱股の臣に渡辺競あり、宇治川の戦で討死するが、その妻六浦はさきの小桜で、彼女も夫のあとを追って戦死、死に臨んで娘千鳥を家来の黒丸に託し、同族の渡辺授の子染丸と千鳥との婚約を果すよう遺言する。黒丸は千鳥を連れ逃れる途中、さきに討ちとった千寿太郎の子水雄丸に父の仇と斬りかけられる。また授もその妻堅田も戦死し、染丸は郎党坂門部破門一盛に伴われ落ちのびる。

十余年後、頼朝の治下、鎌倉に富度(ふど)の吉三(きちさ)という楽器道具屋あり、父与次右衛門は隠居して閑楽と言い、母の吹雪(ふぶき)と家業にいそしむ。閑楽はさきの破門で、染丸を吉三と改め連子して吹雪のもとに入聟(いりむこ)となったものだった。

また黒丸・千鳥は佐吾七・菖蒲(あやめ)と名を変え、兄妹と称して相模六浦(横浜市金沢区六浦町)の海岸で漁師をしていたが、たまたま吉三は菖蒲を見染め相思(そうし)の仲となる。閑楽夫婦これを知って佐吾七を手代に召しかかえ、菖蒲を養女として吉三に娶わせんとするが、吉三は幼時の許嫁(いいなづけ)を想って承知しない。

鎌倉仮粧坂(けわいざか)の廓に時めく遊女薫(かおる)があった。さきの水雄丸は長じて水泡信夫之助(みなわしのぶのすけ)となり、仇を探すうち、ふとしたことより薫と一夜の契りをかわす。薫は信夫之助の子信夫(しのぶ)を生むが、信夫之助は花ヶ谷に隠棲して二度と訪れず、三年後薫に遺言して自害する。

一方富度屋では菖蒲に横恋慕した吹雪の甥田子松が、悪手代の段八と共謀して

薫と菖蒲

吉三を陥れんとし、水苔（かわな）という乞食女を手先きに使って佐吾七・菖蒲を追いだしてしまい、吉三を廓につれこむ。

吉三が亡き夫信夫之助の面影に似たるより、薫は吉三に恋し、二人は深い仲となり一年たつ。吹雪はやむなく菖蒲をむかえ、薫を妾にしようと考え、薫を訪ねて事情をあかし、薫は吉三を諦める。その夜、佐吾七兄妹は吉三の帰途を擁して歎願するが、吉三は二人の仲を疑って赦さず、兄妹は田子松・段八を討たんとし、誤って吹雪を刺し殺す。吉三は田子松の奸策にかかり母殺しの疑いをかけられて永の勘当（かんどう）となる。

薫は吹雪のために身請けされており、苦境におちた吉三を助け、二人はわび住いの身となる。この零落した吉三を「舟にも駕籠（かご）にも得（え）のらいで、編笠をさしかざし」と小唄に作った。

吉三は母の仇を探すうち病み、貧にせまられて薫が大磯の遊女となり、名をお香(こう)と改め二度の勤めにでる。お香のもとに通いつづける鬼総太(きそうだ)という客あり、ある夜お香の手をかりて自殺を企て、自ら佐吾七なるを明かした。そこへ吉三と菖蒲がかけつけ、佐吾七の物語と証拠の胡蝶の香筥(こうばこ)によって、彼らが染丸・千鳥の許婚(いいなづけ)であったことを知る。また吉三らの身を案じた閑楽は、無事にかくまっていた吹雪と共に来って一切を明かし、さらに再三佐吾七らを苦しめた水苔もきて、吉三の実母であったことを告白した。かくて佐吾七の黒丸は信夫の刃(やいば)にかかり、お香は尼となり、水苔は自害し、吉三・菖蒲の夫婦は信夫を養子とし、頼朝に見出され亡父授の旧領を賜わり、豊かに富み栄えた。

全篇の構成は比較的むりなく、筋も読本物としては出来がよい方である。サスペンスもほどほどにあり、挿入した情緒的場面も効果的であるなど作者の代表作たるのみならず、当代の佳篇の中に入れらるべきものであろう。当時『小説外題かゞみ』は「古今無双の名作」と賞讃したという。

『松の葉』

種彦は元禄の小唄集『松の葉』にある「富度の吉三」の歌に興をそそられ、例によって近松の『心中刃は氷の朔日』『淀鯉出世滝徳』などから骨組みを借用して一篇をなした。次述する馬琴の評語のようにドラマティカルに過ぎた、のきらいはなくもないが、しかし趣向・叙述ともに在来作に比して創意に出るところ多く、作者の技倆の暢達は十分にうかがえる。

馬琴の評

本作に対して馬琴は「をこのすさみ」（文化九）の一文を草し、細評を試みた。馬琴の評は、各巻の細部にわたって史実・文辞・人名などをこまかく詮索・考証し、誤りを正し、各巻末にそれぞれ総評を掲げる、という念の入れ方で、例の筆ぐせから、なくもがなの言辞も見えるが、ともあれ、さすがの馬琴も、この種彦作にはかなり動かされたことは疑いない。

主要なところを摘出すると、まず第一巻は、「競が妻六浦の勇力はあまりにそらぞらしい、これは雑劇の趣向を旨として書いたからだ。」第二巻では、「一般に種彦の文章はすべて義太夫節を手本にしているが、読本では異例に属し、首肯しがたい。田子松らが佐吾七兄妹を追い出す筋立は拙劣だ。」第三巻の、「吉三の性格描写もまずい。吉三のような主人公は読者の同情を買うように描くのを作者の上手というべきだ。また、菖蒲を故なく養女にする箇所は説明不足で、覆線としても拙劣だった。」終巻の「吉三が田子松に家を継がせんため、わざと放蕩する場面は、芝居狂言の筋立どおりで自然味に欠ける。」

以上のように細評したのち最後に、「しかし発端より結末まで構成はよく考えて立案してある。この作者はこれほどのびるとは思わなかったが、予想以上に上達した。先年の『阿波の鳴門』とかいうものに比べれば、別人の作の如き観がある。」と讃辞をおくって結んでいる。酷評することでは定評のある馬琴にこれだけほめられたのだから、種彦としても、以て満足すべきところであろう。

本作も鏡花愛読の一篇で、六浦が出陣の場面などは暗記するほどだった。「こみ入る敵の兵卒を投げたり倒したりあしらいながら、小手すねあてをつけて、鎧をさっと投げかける、その鎧の『揺ぎ糸の紅は細腰に絡ひたる肌着の透くかと媚いたり。』という描写などみごとに美しい。」（鏡花、談話「いろ扱ひ」明治三十四年一月）とほめている。

以上、本編は好評され、作者は自信をもって前進すべきところだったが、種彦は身をひるがえして合巻に転じ、読本界を去っていった。

七 洒落本『山嵐』

種彦に洒落本『山嵐』一編がある。文化五年の板、画工は盈斎北岱である。読本執筆の間の筆のすさみに、自己の才幹を試みる気持もあって書いたものであろう。読本作家への道が意外に険しいので、局面打開の意味あいもかねていたかもしれない。

三巻にわかれ、浅草の段・心中の段・かこはれの段と浄瑠璃調で洒落ている。

『山嵐』

「山嵐と題号するは、康秀が古詠を慕ふにあらず、一日街上に、豪猪といふ優揚戯を見るに、画工異獣を丹青し、内に豬一蹄をつなぐ、是この冊子に相似たり。」何故ならば本書も表はこけおどかしに俗眼を惑すけれど、内実は豚と等しく人を化かす術もなく、読んでも益なく、読まなくても損もないからだ、と序言している。

繁昌をきわめる浅草境内の水茶屋に梅太郎が憩うている。家は本所辺の富裕な飛脚商花兄屋、梅太郎はそこの息子株である。町医者春夕が来あわせ、梅太郎の馴染みの春待屋室咲からの手紙がとどいていると知らされ、春夕の家へ行って女の文を読む。室咲は情人梅太郎を店でせかれ、くらがえして宿下りしている処を梅太郎によびだされ、せっぱつまって二人は心中せんとする。そこへ近くの「口ききらしい男」があらわれ救われる。二人は叔父の世話で一緒になることになり、「室咲は廓の方へもわたりをつけ」山谷あたりに囲われ、お町と改める。その家の近くにはお耶輸という芸者、鉄棒引のおなるという魚屋の女房、小物屋のお杉などがいて喋舌りあう。ところへ茶わんばち屋が来、女達に値切られ、逃げるところを転んで商売物をこわしてしまう……。

というところで中絶し、作者は、「此小冊がお気に入り、書房の懐をうるおすことがあれば、後篇も書くつもり」と断っているが、後篇は出なかった。

一篇を通じて、趣向や筆づかいを全く京伝洒落本に擬え、とくに後半は京伝の『古契三娼』（天明七）を粉本とした痕が濃い。話に何の新味もなく、洒落や地口も二番煎じで、うがちも利かず、全くとるところない。「其の描写人情本に類して其の上に出でず、全然失敗の作なり」（朝倉無声『徳川文芸類聚』）という評の如き作である。

ただ、二段目の途中に、「此道具ぶんまはすと、本舞台三間の間かき落しの土手、此上に常磐津連並よくならび、よき所見合」とト書きして芝居の台本めかし、「上るり」「せりふ」などと註をつけ、道行ぶりの一節を挿入するなど、全体に芝居がかっているところが作者の本領であろう。後の「正本製（しょうほんじたて）」の原型はこの『山嵐』にほぼできあがっていたのである。

しかし要するに『山嵐』は京伝の亜流作にすぎず、評も悪かったのであろう。種彦自らも気がさしたか、ついに二度と洒落本の筆をとることはなかった。

第四　文界進出

一　合巻の成立

読本にみきりをつけた種彦は、以後合巻の草双紙に専念し、ついにこの分野で自己の才華をはなひらかせ、草双紙界の大達者となる。

彼の成功にはいろいろの条件が幸いしたが、要するに種彦の資性が合巻むきの才幹だったことが最大の理由であろう。

種彦の戯作観

岩本活東子によれば、種彦はその戯作観として次のようなことを語ったと伝える。

——戯作者も俳優や傾城と同じだ。たとえば、傾城は顔ばかり美人であっても、張も意気地もなく、また髪の飾りとか衣裳の美しさがなければ客がつかない。役者も顔つきがよく、芸も上手であっても、衣裳の美しさや愛敬がなければひいきの客がつかない。この理屈と同じで、戯作者も一篇の出来ばえは上手に、うまく書きあげたとしても、下手な画工に挿絵をかかれたり、まずい彫工の手にかかったり、外題(げだい)が悪かったりしては見栄(みば)えがせず、売れないし、当りをとることも難かしい。後に大成して上手と言われるような者は、まだ未熟な初めのころから心構えがちがい、早くからその器があらわれるものだ。その例として、俳優中村仲蔵（秀鶴）が、まだ芸の未熟な見習い時代から衣裳によく気をくばり、ために劇場の役人の目にとまって抜擢され、次第次第によい役がついて昇進し、ついに名人となった、ということがある。「天下に名を轟(とどろ)かす者は、初よりその器量衆にこえたり。戯作もこの秀鶴が心がけにて、常に心を用い、一句一章たりともおろそかに書くまじきものなり。・

丁寧反復して、つづまやかに筋の通るように書きたけれ。画わりにも工風を
こらすべきか。」

と語ったという。種彦の戯作観を、その長短ともによくいいあらわした話である。

種彦が常に用いた硯は茄子の形をしたもので、その蓋に、自詠の狂歌を彫らせてあった。

茄子の狂歌

種彦愛用の硯蓋

名人になれ〳〵茄子とおもへども
とにかくへたははなれざりけり

これらによって、種彦が技巧主義・形式主義・表現第一主義など、当代の戯作者と同じ立場を信条としていたことが理解され、とくに、大衆迎合的な傾きの強い点が合巻むきだったことが

わかるのである。

合巻の成立

順序としてまず合巻の成立からながめてみよう。

前述のように松平定信の改革以後、黄表紙界は大きく変貌した。それまでの洒落・うがち・頽廃的な作風から、まじめ・教訓・武士的道義を主とする内容へと転換し、軽妙洒脱なスケッチ的文趣より、筋を主とする物語ふうなものへと変っていった。

『心学早染草』

変換の第一作は山東京伝の『心学早染草』(寛政二)であった。『燕石十種』所収の『戯作外題鑑』の寛政二年の項に、

早染草に善玉悪玉と云事を初て書出し、京伝が妙作、殊に教訓の意深く、大に行れて、二編三編に至る。後世に善玉悪玉と云言葉は此時に発るか。

とあり、黄表紙はこの作ごろからめだって変ってゆく。『心学早染草』は、当時

流行の心学をとり入れ、善魂悪魂の趣向をもって教訓の意を寓した作である。情勢の推移をおもんばかった京伝が、一転機を計って案出した趣向だったが、流行に乗じて評判を博し、以後教訓物があいつぎ、洒落本の筆を断たれた戯作界を一時うるおした。

怪談と仇討物

教訓物とならんで行われたのは怪談と仇討物である。ともに赤本・黒本の主題として早くよりみられたが、読本の影響もあってこの頃から再び草双紙の方にとり入れられるようになった。前出の『戯作外題鑑』には、

此頃化物咄(ばなし)の本行はるゝ。是より四-五年の間に怪談多し。又一代記・軍書の類行はれて、今年の出板軍書怪談類多し。戯作少し。此頃より世間の風俗街談等を綴ることを憚りし故、加様の作に移りかはるなるべし。(寛政四年)

と記録する。ついで、南仙笑楚満人(なんせんしょうそまひと)の『敵討義女英(かたきうちぎじょのはなぶさ)』(寛政七)は敵討物を再興して青本界に一時期を画し、享和四年には京伝・馬琴も敵討物を書くなど、この

年の新刻「敵討三分の二」を占める。以後文化三年ころからは、草双紙の大部分が仇討物となるほどの大流行であった。

式亭三馬

このような傾向に対して、式亭三馬などは、「大道廃れて仁義あり、大通廃って野暮発る。頃日報讐の青本行はる。噫御江戸の名物たる戯作の道も、既に澆季に及んだり。」(『親讐胯膏薬』文化二)と、敵討物の流行を白眼視したが、その三馬でさえ後述するように、書肆のすすめあればやむなく敵討を書かねばならぬ情勢だった。

一般の読者も在来黄表紙の洒落や滑稽に飽き、かえってまじめな話や趣向を歓迎するように変り、また、文武奨励の幕府の政策もこうした傾向を助長したのである。

出版形式の変化

以上のような草双紙の内容上の変化は、やがて出版形式の面にも波及した。元来草双紙は五枚一冊に定まっていたが、内容が複雑になるにつれ二―三冊続きとなった。とくに実録物・敵討物となると絵よりも筋書に重心がうつり、漸く長篇的な出板様式が必要となってきた。

長篇的な出版

享和二年、京伝作・豊国画になる黄表紙『春・通気智之銭光記』『夏・呑込多霊宝縁記』『秋・賢愚湊銭湯新話』『冬・枯樹花大悲利益』の四部、各三冊が、四季になぞらえ同時に出板されて好評を博した。これに二種あり、一つは上紙摺にして厚表紙をつけ合巻にした。比志島文軒は『増補青本年表』の中で、本書を「合巻の権輿」と称しているが、これは、いわゆる合巻本ではない。

合巻の権輿

やがて敵討物の流行となり、楚満人の作が五冊物・六冊物に仕立てられて出板され（享和三年『敵討巌問鳳尾艸』以降）、馬琴・一九なども同形式の草双紙を出すようになるなど、長篇出板の機運がもりあがってきた。かくて三馬の『浅草観音利益仇討 雷太郎強悪語物』（文化三年、前後篇各五冊、歌川豊国画）があらわれ、合巻の誕生となる。

合巻の誕生

おのれ三馬敵討の双紙は嫌ひなりしが、西宮のすすめにまかせて、始て敵討絵双紙を編み、且は絵双紙合巻といふものを始たり（合巻とは五冊ものを一巻に合巻して売る也。されば合巻の権輿は、作者にて、予が工夫、板元にては西宮が家に発る）。文化三年の春発兌したる、『雷太郎強悪物語』十冊ものを、前後二編となして合巻二冊に分て売出しけるが、大に世に行はれて幸を得たり。さる程に合巻は表紙外題の数も繁からず、製作も便理なればとて、其翌年より双紙問屋不残合巻となりて、ことし文化七年に至れど今に合巻流行す。

（三馬『式亭雑記』）

翌年から残らず合巻になったというのには誤りがあるが、本作以後草双紙は次第に合巻へと進んでいったのである。

合巻成立の時期には異説が多い。小池藤五郎博士が文化三年以前を唱えたのをはじめとして、諸家それぞれに論考がある。水野稔氏は「京伝合巻の研究序説」（『明治大学紀要第一号』）においいて文化四年説をたて、また、鈴木重三氏の「合巻物の題材転機と種彦」（『国語と国文学』昭和三十六年四月）によれば、文化元年刊『東海道松之白浪』に「合巻」の字の入った題簽が貼られている由である。

『雷太郎』は五冊一巻としたが、ふつう合巻は、三十枚六冊を前後二巻としたものが多い。大きさは青本すなわち黄表紙と変りがないが、時には小型のものもあった。種彦の『忍笠時代蒔絵』（文政十一）などがそれであって、後篇の表紙に「新形稗子」と記してある。

摺付表紙

黄表紙は貼外題を用い、合巻も初期のものは貼外題であった。この貼外題がだんだん大きくなり、はては表紙の全面をおおうようになった。画組も複雑になり、やがて錦絵仕立の摺付表紙に変った。『増補青本年表』によればこれを考案したのは江見屋吉右衛門で、文化四年ごろから行われはじめたという。早いものに京伝の『糸桜本朝文粋』（文化七）がある。

鈴木重三氏の前記論文によれば、文化六年刊の、一九や馬琴の草双紙に錦絵摺付表紙のものがあるとのことである。

美麗な装幀

合巻は錦絵の発達とともにいよいよ華美になり、一時禁令によっておさえられたが、法令が緩むとともに再び美麗な装幀をこらして庶民に喜び迎えられた。寛政頃は『あづま錦絵』の最も発達した時代で、文化以後には、その彫りや摺りなども巧緻（こうち）をきわめ、合巻の流行とあいまって著名な浮世絵師を生んだ。合巻では、黄表紙と等しく、挿絵が重要な役割をもっていた。本文と挿絵とは不即不離の関係にあり、挿絵をはなれた、本文のみの鑑賞は成りたたない。種彦の「正本製」『田舎源氏』は劇画の名手、五渡亭国貞の挿絵によって、いよいよ評判を高めた。

画工の地位

したがって画工の地位は高く、見識も作家に劣らず（馬琴と北斎、三馬と勝川勝亭および一陽斎豊国との衝突などが名高い）、作者とあい並ぶ地歩を占めた。時代は歌舞伎の隆盛期だったから挿絵にも芝居絵・舞台絵がとられ、豊国・国貞・国芳らが艶麗の筆をふるい、合巻流行に一役を買った。

大衆性

合巻は、代表作家京伝における如く、大体において読本を小型化し、通俗化したものといえる。文界の主流たる読本が当時の知識階級の読物だったとすれば、合巻の草双紙はより低級な一般大衆むきの娯楽読物であった。読本の主題や内容をかみくだき、わかりやすい表現に変え、艶美な多色摺の挿絵とあいまって大衆読者に愛玩されるところに目標があった。

『浮世一休廓問答』

種彦は、その草双紙『浮世一休廓問答』(文政五)の序文で、

この冊子は、はじめ読本を書こうと思って大体の趣向を立てておいたのだが、都合があって草稿が書きあげられなかった。といって全く反古(ほご)にしてしまうのも残念なので、そこでその読本の筋書を簡単にし、要旨だけをとって草双紙に仕立てたものだ。

柳下亭種員

と書いている。また種彦の弟子の柳下亭種員は、「戯作を膳部にたとえてみれば、読本は二ノ膳つきの本格料理、滑稽本などの中本類は会席膳で、草双紙は夜食のお茶漬のようなものだ」といっている。

敵討物・怪異物・巷談物・歴史物など、読本にとられ、書かれた題材がそのまま合巻にむし返えされた。ただその筋を簡単にし、文章もわかりやすく、思想内容なども単純な勧懲道徳や因果応報思想で説き結んでいるにすぎなかった。

かくて合巻は大衆文芸として広く行われ、読本と並んで江戸戯作界の主流となり、明治初期に至るのである。

二　京伝・馬琴と種彦

種彦の合巻執筆

種彦が合巻にむかった理由はいろいろ考えられる。『綟手摺昔木偶』は好評だったが、その他の読本はおおむね不評であり、とくに野心作『勢田橋龍女本地』

の不人気には手痛い打撃をうけ、自信を失った。自分の才能が読本にむかず、読本では到底馬琴を抜くことはできぬと観念したことであろう。そのときちょうど合巻があらわれて大衆読者層に歓迎され、草双紙に新分野を開こうとするきざしが見える。書肆西村屋のすすめもあり、心機一転、ここにおいて種彦は合巻に転進してゆくのである。

合巻の特性

　種彦が合巻で成功をおさめたのは、次のように合巻の性格が作者の文学的資性と最もよく適合していたからである。まず第一に、その読者層の好みのことがあげられる。合巻は知識教養の低い大衆が対象であって、彼らは洒落本・黄表紙には飽きがきていたが、といって馬琴のような、作中に難解な漢語や故実・考証をつらねる読本にはとっつきがたく、何か別の新しい読物のジャンルを求めていた。はじめにあらわれた草双紙は実録的な怪異・惨酷もので、最初のうちは眼新しかったが、たびかさなるうちに厭気がさし、もっとしっとりした情趣的な絵双紙が望まれるようになった。その点、種彦の文趣・技法は、国貞の艶麗な挿絵ととけあって化政期江戸町人の要望にみごとに応(こた)えるものだった。

初期合巻の惨酷異常な傾向について、当時官憲から次のような取締りがでている。

合巻作風の心得

合巻作風心得之事

一、男女共兇悪の事

一、同奇病(おなじく)を煩ひ、身中より火など燃出(もえいで)、右につき怪異の事

一、悪婦強力の事

一、女ならびに幼年者盗賊筋の事

一、人の首など飛び廻り候事

一、葬礼の体

一、水腐の死骸

一、天災の事
一、異鳥異獣の図

右の外、蛇などを身体(からだ)へ巻きつけたり、近親相姦(そうかん)を材としたり、時勢を写実的に書いたりすることは宜しからず、と役頭(やくがしら)から名主へお達しがあった由、ご案内申上候。（文化五年九月、書肆蔦重より馬琴宛書簡）

これによっても初期の合巻に惨酷物語が多かったことがうかがえよう。

演劇性

やがて、読者大衆は時代が下るにつれ、情話的なもの、芝居物を求め、筋を知ることよりも、すでに熟知のお染久松・吾妻与五郎などの巷説や芝居・浄瑠璃で名高い話を、絵双紙で眺めてたのしむ、といった態度で接するようになる。京伝を代表として草双紙の多くは先蹤(せんしょう)作の翻案であり、とりわけ浄瑠璃・歌舞伎に材をとったものが多かったが、それは読者の要求でもあったのである。

種彦も『画傀儡二面鏡(えあやつりにめんかがみ)』（文政三）の序で、

『画傀儡二面鏡』の序（東京大学図書館蔵）

芸流供奉志に肉傀儡ということがある。これは肉をもって人形に代えるという意味で、童子芝居のたぐいであろう。この双紙も画をもって人形に代えたので、画あやつりと名づけた。地の文章は主として浄瑠璃にならったが、会話は芝居の脚本に似せた。つまり浄瑠璃狂言を歌舞伎に仕組んだものと見て頂きたい。

と書いている。この傾向は作者が読者うけをねらったためであることはいうまでもないが、当時歌舞伎全盛の世にあって、読者の好みが草双紙にまで歌舞伎的たることを要求した、そのあらわれでもあったのである。

このように合巻は浄瑠璃・芝居の狂言をくり返し、作り直せばそれで事たりたが、これは演劇通たる種彦の最も得意とするところで、まさに彼の文才に適合の分野だったわけである。

芝居がかり

第二に、合巻は右のような性質上、叙述の進め方も芝居がからねばならなかった。合巻の成否は挿絵の出来ばえに大きく作用され、作家はその絵組みに配慮しながら筋をすすめねばならない。挿絵は一種の舞台であって、観客に喜ばれる劇的な場面が描かれねばならず、したがって物語の運びもそれに応じた劇的な進行・叙述が必要とされる。毎丁(ちょう)ごとの挿絵は毎丁ごとに変化あり、筋もあいともなって毎丁ごとに劇的であることを要する。

このドラマティカルな叙述手法も種彦の本領とするところだった。彼の内部には、芝居の精粋がすでに骨肉化といっていいほど消化・吸収されており、読本において見たように、彼の小説作法は劇的な叙法にほかならなかった。かくてこの点においても種彦が流行作家たるの条件はそなわっていた。

なお種彦が下画なども巧みにこなしたこと、画工歌川国貞との密接な友誼などについては後述する。

第三に、合巻の作者および作風の変移のことがらがあげられる。初期合巻の代表作家は、やはりこの分野においても山東京伝であった。『於六櫛木曽仇討』（文化四）・『岩井櫛粂野仇討』（文化五）・『八百屋於七伝松梅竹取物語』（文化六）などを代表作として文化年間に約八十篇を刊行している。それらのほとんどは読本の型をとり入れ、勧懲・因果応報の思想を根底とした翻案ものであるが、黄表紙で熟達した絵双紙の手法と、豊かな彼の画才とによって人気を博し、大衆読書界に歓迎された。馬琴にも合巻はあるが、このジャンルでは、さすがの馬琴も京伝にカブトをぬいでいる。

したがって、一転して合巻に進出した種彦が、まず手本としたのが京伝だったことは想像にかたくない。事実、種彦合巻の初期のものには京伝になぞらえた痕がうかがえる。

情話と歌舞伎

京伝の合巻は敵討物・陰謀物（御家騒動物）が大部分を占める。前述のように敵討物の流行は戯作界の当時の大勢で、合巻もその例にもれなかった。しかし敵討が飽きられてくると作者も新機軸を考えねばならぬ。京伝が案出したのは巷説もの、情話的素材、八百屋お七・お夏清十郎などをとり入れることと、歌舞伎的趣向をもりあげることであった。文化七年に発表した京伝合巻における第二の長篇『糸

『糸桜本朝文粋』

桜本朝文粋（もんずい）』はこの年の当り作であったが、全篇にわたって浄瑠璃『糸桜本町（いとざくらほんちょう）育（そだち）』（安永六年三月初演、作者紀上太郎）の筋立てを借用したものである。『糸桜本町育』は芝居でも上演され、この年の正月興行で、鶴屋南北と二世桜田治助との合作『心謎解色糸』

が市村座にかけられ、評判になっている。あるいは京伝はそれを当てこんだのかも知れない。前述のようにこの『糸桜本朝文粋』は、草双紙装幀上にエポックを画した記念作であり、また口絵にも芝居の看板絵を載せるなど歌舞伎的ムードをみなぎらせた作であった。

演劇化の傾向

このような演劇的色彩は時代とともにいよいよ濃くなり、一篇のクライマックスに著名な浄瑠璃・歌舞伎の場面を借り、あるいは筋立てなどもすべて翻案し、本文まで浄瑠璃調を用い、挿絵も役者似顔絵をとりいれる、というほどまでに芝居がかってくる。文化八-九年以降京伝の合巻はこのように演劇化の傾向を深めていった。

三馬の『稗史億説年代記』には、「柳文調、役者似顔の元祖、勝川春章続いて似顔絵を書く。」「春好続いて似顔絵を書出す。俗にこれを小つぼと称す。但し、役者・角力なり。」とある。

水野稔氏「馬琴の短篇合巻」（明治大学文学部紀要『文芸研究』第十一号、昭和三十九年三月）によれば、馬琴合巻を四期に分って、その第二期（文化七―同十四）に演劇種のもの十数篇を数える由である。

種彦の芝居好きは京伝と等しく、以上のような合巻の傾向は種彦にとってまさにタイムリーな機会だった。種彦の「正本製（しょうほんじたて）」は、京伝のこしらえた土台の上に花ひらいたものだったのである。

情話的性質

第四に草双紙の情話的変化のことがある。戯作一般における変貌として、殺伐な仇討や惨酷物がすたれ、実録・史伝の面は読本に生かされる（大久保葩雪文化九年）とともに、草双紙の大勢は情話的なもの、谷峨（こくが）から春水へと流れる人情本的なものへと移っていった。化政期の爛熟した町人文化を背景として、かた苦しい勧懲思想・教訓性が敬遠され、頽廃的・耽美（たんび）的傾向へかたむいていった。頽唐的風潮は当代社会の大勢であり、草双紙界も例外ではなかった。幕府の風紀取締の間隙をぬって、いかがわしい戯作が板行され、合巻もしだいに情趣的・唯美（ゆいび）的に流れていった。

『寛天見聞記』　寛政より天保年間にいたる社会風俗の変遷を目撃し、これを書きとどめた『寛天見聞記』は、すべて勧善懲悪の本意を失って婦女子の心を惑わすものばかりになった、と歎き、

文化年間になって合巻という草双紙が出てからは、絵も豊国・北斎などが巧みを尽し、毎年の出板はおびただしい数にのぼったが、それもしだいに婦女子の心を悦ばすことを専一とするため芝居の風俗を写したりし、勧懲の趣意はきわめて薄くなった。芝居の狂言なども、ただ芸の出来ばえだけに心をくばり、人気ばかりを気にするため、女子供へ不身持の種をまくようなものになったことは、合巻の草双紙と同類だ。

と書きとどめている。

このような合巻の傾向に対しても、種彦の文趣—軟派的・錦絵的な資性はまことに適合のものであった。すでに読本時代にみられたように、種彦は、がっちり

とまとまった構想をたてたり、オリジナルな筋を仕組むことは不得意であって、劇的な場面を構え、それを情緒的な文章で書きすすめ、情趣的ムードをかもしだすところに彼の本領があった。

鏡花と荷風

馬琴・京伝のようなストーリーの作家ではなく、三馬・一九の滑稽の才もなく、都会的情緒と耽美的な趣味を第一とする下町作家であった。近代作家に例をとれば、硯友社系統の作家、とくに泉鏡花や永井荷風にちかく、鏡花・荷風が種彦に心酔したのも、かかる文学的親近性からみて当然のなりゆきだったといえる。

ともあれ種彦が合巻に成功し、『田舎源氏』が熱狂的な歓迎をうけたのも、一つにはこのような彼の情緒的文趣が、時代の頽廃的風潮と合致したからであった。

稿料

なお馬琴の場合は、その合巻は全く潤筆料めあてであったという。読本は士君子の文学を標榜するだけに苦心を要し、しかも稿料は合巻よりずっとやすく、割にあわない。ただ作者の表看板として体面を保つために読本を書くのだ、と語っている。しかし種彦の場合は潤筆料がめあてで合巻に進出したとは考えられぬ。かりにも二百俵取の旗本であれば、ある程度生活は安定していた。だからはじめは武士としての品格を保つために読本作家を志したのである。読本で成功すればおそらく合巻に手をのばすことはなかったであろう。たまたま『田舎源氏』が大成功となり、その稿料で邸を新築するという噂が流れたが、これは作者の計らざる、全くの僥倖（ぎょうこう）である。

道楽としての創作

種彦が戯作の筆をとったのは、他の武家作家と同様に、あくまでも筆のすさびとして、趣味・道楽としてであった。合巻を書いたのも読本で名を成し得なかったからで、当時の原稿料の程度を考えても、金銭がめあてだったとは思われない。馬琴・京伝と肩をならべ、何とかして文筆界に声名を獲得したい、そういう純粋な文学的野心が彼をして草双紙の筆をとらしめたのであろう。

種彦が京伝・京山兄弟と親しく、情趣的文境や芝居好きの点などにおいて一脈あい通ずる処があったことを前述した。しかし、先輩作者のうち種彦が最も敬服していたのは馬琴だった。

種彦の『八犬伝』評

文政十二年冬のある日、板元西村屋与八の家で、種彦は為永春水・二代目焉馬の三人で一夕の歓をつくした。よもやま話のはて、話題が当代の戯作に移った。種彦は、ちょうど出板された『八犬伝』第七輯のことをもちだし、これを絶讃した。種彦の評は一般読者のものと異なり、実作者の立場から馬琴の苦心のほどを想像したもので、『八犬伝』執筆にあたって馬琴がどのように彫心鏤骨の思いをしているか、その努力に対して感服のほかはない、と種彦は語ったという。

天保七年八月、柳橋万八楼で行われた馬琴の七十歳の賀筵にも種彦が出席し(京山は欠席)馬琴を喜ばせた。馬琴はその様子を殿村篠斎に知らせた手紙の中で、参会者の筆頭に種彦の名をかかげている。

馬琴対種彦

馬琴もはじめは種彦に厚意的だった。前述した『綟手摺昔木偶』を評した馬琴の「をこのすさみ」の文を見てもそのことがうかがえる。しかし種彦が合巻に移ってからは次第に白い眼をむけるように変る。草双紙を蔑視したのは馬琴のもちまえの戯作観であったが、種彦が『正本製』で人気を博し、『田舎源氏』で大当りをとると、馬琴の種彦攻撃は露骨になる。篠斎にあてた書簡（後述）をみると、馬琴が種彦をいかに白眼視していたかわかる。

当時流行の草紙に『明烏（あけがらす）』などいう人情本あり。また『田舎源氏』という合巻の絵草紙が大いに行われて、三十五－六編まで続刊した。これらはみな〃誨婬導慾（かいいんどうよく）の悪書〃だから風俗の害となるものだ。（馬琴『著作堂雑記』）

これが馬琴の種彦観のしめくくりだった。

種彦の方も合巻に転向したときから馬琴に対する感情も変わっていった。読本界にあってこそ馬琴は先輩であり、見習うべき先蹤（せんしょう）作家であるが、草双紙

『著作堂雑記』

界では何ら教わる処もない。馬琴が草双紙を軽侮し、否定していることを見聞きするにつれ、むしろ、種彦の内部には馬琴に対するライバル意識がめばえ、もえあがっていった。

種彦の馬琴批判

そして、声名比すべくもない馬琴と肩を並べることが種彦の目標となり、さまざまな思案・試作のはて、たどりついた趣向が『田舎源氏』だったのである。その自信作『田舎源氏』に対する馬琴の酷評には、さすがに腹にすえかねるものがあった。彼としては珍しく、馬琴の読本創作の態度を評し、その文学観が理屈づめで、儒教的道徳観にしばられている点を非難して、「馬琴は、『旬殿実々記』(文化五)が歓迎されて当り作となって以来、常に恋愛を義理づめに描き作った。しかし、もともと色欲などは人間の煩悩のあらわれであって、義理や理屈でわりきれるものではない。」と喜多村信節に語っている。馬琴読本の失点をついた適評であり、同時に種彦の、自己の恋愛小説について一見識を示したことばであった。

三　合巻の初作『鱸庖丁青砥切味』

種彦合巻の初作は文化八年に上梓された『鱸庖丁青砥切味』で、画工は北嵩、板元は永寿堂―西村屋与八である。前年文化七年の日記に、二月五日「青砥一ノ巻五丁目、北嵩方へ遣す。」同七日「青砥四ノ巻書く。」などとあり、かなり時間をかけた苦心の作だったことがわかる。さて、この西村与八は馬喰町二丁目に店を構え、西宮新六・岩戸屋源八・蔦屋重三郎・鶴屋喜右衛門・和泉屋市兵衛などと並ぶ代表的な書物問屋であり、出版商であった。江戸の書物問屋は文化五年に五十六軒あったが、出版に従事したのはその一部に限られ、右のほか数軒あるのみだった。これらはふつう地本問屋をもかねたが、原則として出版する戯作は読本にかぎられていた。地本とは江戸の地でできる書物の意味で、黄表紙・合巻などの草双紙をさしているが、洒落本や滑稽本も地本問屋が出版している。三馬の

西村永寿堂

『稗史憶説年代記』（享和二）によれば、草双紙出版中の板元と、休業中の板元とをあわせて二十軒の地本問屋があげられている。

地本問屋

なかでもこの西村は、天明年間につぶれた地本問屋鱗形屋孫兵衛の二男が、西村屋に養嗣となり二代目西村与八を名乗ったもので、多少の筆もたち、文政の初めには、三巴亭青江の号で合巻の作もある。したがって見識も高く、「板元は作者や画工の名を宣伝してやるようなものだから、作者の方から出版を依頼に来べきものだ。自分の方から執筆を頼むことは決してしない」といっていたという。

西村与八の見識

京伝の作を出して当たってより、京伝・豊国とは親しかった。

種彦も文人づきあいから知己となり、個人的にもきわめて親しく、お互いの家族同士も行き来しあう仲だった。種彦の前期の読本・合巻はほとんどみな西村屋から出板されている。

種彦が合巻の花形作家となったのには、この永寿堂とタイアップしたことも大きなプラスだったと思われる。永寿堂は京伝の当り作『於六櫛木曽仇討』『岩井櫛粂仇討』をはじめ京山・一九の草双紙・読本を板行して、読者の要求を察知するにさとく、種彦に何かとアイディアを提供したであろう。彼は冬・春の夷講をはじめその時々に京伝や豊国を招いて宴をはった。種彦もその席で、戯作者や豊国をはじめ歌川派の画師を知った。とくに国貞とあい知って親交を結んだことは種彦にとって最大の幸運だったのである。

合巻の初作

さて読本から合巻へ転向するにあたり、種彦は人気を得るためにかなりの苦心をはらった。読本界を敗退し、体面をすてて女子供の読物である絵双紙の筆をとる以上、ここでもし失敗すればもはや戯作界に名をあげることは絶望にちかい。種彦は自己の文才のすべてをかたむけ、新趣向をこらした。これが『鱸庖丁青砥切味』である。

あらすじ

筑紫国関屋の里の桜戸綾太郎が初花をめとる。初花は綾太郎の弟雪次郎とひそかに愛しあっていたもので、雪次郎は絶望して行方をくらます（雪次郎はのち賊徒筑紫の権六となる）。初花は子桂之丞を産むが、綾太郎は拾いあげた棄子の落葉之介を後嗣ぎとする。桂之丞は雪次郎の胤であったことがのちに判明する。やがて綾太郎は病死し、初花も病死の体にして出奔する（のちの高根となる）。

重宝詮議

落葉之介・桂之丞は北条家に仕えていたが、北条家に害心を抱く八劔軍藤太の奸計により、保管していた二つの重宝を奪われる。賊は鬼惣次で、落葉之助は計をたてて鬼惣次の娘小雪をめとり、その縁で鬼惣次から宝剣を返される。落葉之助は実は鬼惣次が棄てた子であること、落葉之助の本妻更汲が離別されること、落葉之助の自害、および鬼惣次が自殺に際して宝鏡が賊の東権六のもとにあるを告げることなどがある。

青砥輝綱

鎌倉の忠臣青砥輝綱の指示により、桂之丞は更汲・小雪および下僕の八平をつれて宝鏡探索のため上方に旅立つ。途中軍藤太に襲われ、小雪は権六に奪われ、更汲は投身するが、雪次郎改め筑紫の権六に救われる。京に上った桂之丞は道具屋老松屋の喜太作に救われて養女となっている小雪にめぐりあい、小雪の聟となる。老松屋の女房茨木は桂之丞に横恋慕して小雪を虐げ、はては桂之丞にもつらくあたり、彼を殺害せんとするので二人は逃げだす。その夜東権六が老松屋に忍び入って茨木を殺す。同時に別の賊筑紫の権六も来たり、喜太作は軍藤太の難をさけるため、望んで連れられてゆく。

桂之丞は病み、小雪は貧より江口の太夫となるが、覆面の遊客実は青砥輝綱に身請けされる。

筑紫権六は、強欲の名ある近江土山の絹屋の女主人高根の家におし入り金を奪い、その金を、主人桂之丞に忠節をつくす八平に恵む。八平は誤解され賊として高根より訴えられる。桂之丞は東権六に出会い、宝をとり返えさんとして宝鏡を持っている権六の手下の腕を切り落し、川中の鱸が鏡もろともその腕を呑みこむ。

鱸宝鏡を呑む

おりから青砥輝綱および軍藤太は京の勤番の帰途土山にあり、軍藤太は高根の訴えによって、桂之丞・八平を処断せんとする。そこへ筑紫権六あらわれ、二人の濡衣(ぬれぎぬ)をはらし、事情を明かす。輝綱もまた小雪身請けのことを告げ、東権六を責めて軍藤太の罪をあばく。筑紫権六は雪次郎であり、高根は初花であることなどすべて判明、初花は自害する。かくて、桂之丞・小雪・更汲らの奇(く)しき邂逅(かいこう)の場となり、これらの血のよごれから鱸の腹中より宝鏡と、更汲が投身の折に失った持仏(じぶつ)の弥陀の尊像があらわれる。

内容

人物・事件が複雑にいりくんで波瀾万丈の筋を運び、加えるに推理小説的な覆線を構えてサスペンスをもりあげている。読本の骨法を土台としたが、読本以上に劇的な趣向・場面を重ねている点は京伝など当代の草双紙にならい、絵組みにあわせて場面の変化に心をくばっている。陰謀物を骨組みとし重宝探索、親子の死の対面、同名の二人の賊のからくり、その他善玉悪玉の紋切型など芝居の常套(じょうとう)

的筋立てそのままで、魚が宝を吐きだす奇蹟の一段に多少の創意あるほかは、とりたてた新味は認めがたい。

しかしこれだけ複雑な筋を破綻をみせずにまとめあげたことは作者苦心の成果であり、覆線の仕組み方も絵草紙的興味にほどよくマッチして効果をあげるなど、当時としては水準をぬく作といえる。評よく、人気をあつめて、作者の名を広める記念作となった。

門弟笠亭仙果は後年、種彦の作をふりかえって、「そも〳〵翁の草造(ママ)紙、永寿堂にて梓行せし『鱸庖丁』を初めとし、本店にて『権三の槍の篠穂』を以て終とす。」（『諸国物語』伊勢の巻序）と記録している。

題名および内容よりうかがうに、作者は、青砥裁判物の構想をかまえ、とくにサスペンスを盛ることに配意した作と思われる。序言に「発端の趣向を近松門左衛門いまだ若き頃の作にや、東山しんによ堂棟上といふ万太夫が狂言本を元とし

先蹤作の感化

て編めり」とあり、その他、「近松・竹田が院本を夫彼と翻案した」ともいう。また口絵の附言によって、京伝・三馬の作にヒントを得たことも察せられる。とくに京伝の読本『本朝酔菩提』（文化六）と三馬の合巻『一対男時花歌川』（文化七）とが直接の粉本であろう。ほかに紀海音の『忠臣青砥刀』などの感化も想察される。

ともあれ作者の苦心が報いられて、本作はかなりの評判をかち得た。種彦の合巻の初作は成功だったわけである。かくて彼はこのあと自信をもって草双紙界にのり出していった。

代表作「正本製」を書くまで、『梅桜振袖日記』（文化九、画工―歌川国丸）・『鸚鵡反言辞鄙取』（同年、鳥居清峯）・『春霞布衣本地』（同十、柳川重信）・『花吹雪若衆宗玄』（同年、勝川春扇）など数編の草双紙を、いずれも西村より出板し、相応に人気を博した。

四 「正本製」

以上述べたような種彦の才幹が最もよく花ひらいたのが「正本製(しょうほんじたて)」であった。この新様式において彼は、その劇通、情緒的文趣、挿絵と文章との調和の才分などを遺憾なく発揮し、歌舞伎の世界を草双紙に移して、目に訴える映像文芸として読物界に新しいジャンルをきりひらいた。

文化十二年初編『お仲清七』六巻を刊行して好評を博してより以来、「正本製」は十余年にわたる大成功をおさめ、戯作界における種彦の地位を確立し、彼の代表作となった。

『正本製』初編
（東京大学図書館蔵）

草双紙における歌舞伎調はかなり早くから行われており、その意味では必ずしも種彦の創案とはいえない。赤本・黒本時代における芝居がかりからはじまり、黄表紙時代に入ると歌舞伎・浄瑠璃の仕組みをとり入れることがふつうの仕方のようになった。忠臣蔵・曽我物・梅が枝狂言などをはじめ種々の当り狂言の趣向を借り、あるいは各種の浄瑠璃に擬(なぞら)えた文辞・洒落(しゃれ)・地口(じぐち)を使うことが黄表紙の一つの叙述法であった。

合巻にいたってさらに進み、歌舞伎的色どりは作の主要な基調となり、時代・世話をとわず芝居の筋立てや趣向がそのまま摂取されるようになった。既述の如く、当代の一般社会に及ぼした芝居の感化はきわめて深く草双紙もその風潮にそって、古くからの有名作、当代の当り狂言などを換骨し、多少の新味を加えて作りだすのが合巻の一つの定法(じょうほう)であった。読者の方もすでに熟知の芝居の筋を草双紙によってあらためてたのしみ、そこに新趣向を味わえばそれで満足していたのであって、必ずしも全くの創作を要求しなかった。そういう風潮から、歌舞伎・浄瑠璃がかりはいよいよ盛んになっていった。

この傾きは役者絵・劇画に長じた歌川豊国およびその門下の国貞らのいわゆる歌川派が挿絵の筆をとるに及んでいよいよ度を進めた。

役者似顔絵

錦絵としての役者似顔絵は安永のころ勝川春章がその基礎を作った。春章は巧妙な構図と生彩ある筆致によって写実手法を深め、芝居絵の趣きを一新した。その芝居絵に接するやあたかも「画中自(おのず)から出語(でがた)りの三味線と足拍子の響をさえ聞くがごとき心地」(荷風「浮世絵と江戸演劇」)があるとされる。

歌川派

この春章の手法を草双紙にとりいれたのが豊国・国貞らの歌川派であった。歌川派の描法は、それ以前の鳥居清経・清長らの鳥居派がきめの荒い手法を用いたのに対し、「精密な細画にて書入も細かく」(『国字小説通』)、精緻(せいち)な技巧と艶麗な色彩とをもって絵草紙界の人気をあつめた。豊国は挿絵に役者の似顔をかかげ、図柄を芝居ふうにすることをはじめて、国貞があとをうけ、文化七-八年ごろより年を追って流行し、文化十年以後にはほとんどの草双紙が芝居絵を載せるほどになった。

婦人子供の読み物

元来草双紙の読者は読本(よみほん)とちがい、教養の低い階層が中心で、女子供の読みものをねらったものであって、読者は大体において文字をたどって読むよりも、その絵組み、挿絵の図柄をながめ、ついでその筋や趣向を走り読みしたものと思われる。だから草双紙の成否は挿絵の巧拙に大きく左右された。画工の地位が高かったことはこの事情による。二-三流の合巻では図柄が第一で、内容は第二でさえあった。現代における写真グラフやマンガ本の場合と同じようなものだった。こういう性質から歌川派の芝居絵が流行するとともに、合巻の内容はいよいよ芝居がかりとなっていった。

似顔がかり

挿絵の似顔がかりについて、山東京山は、京伝の『於六櫛木曽仇討』(文化四)のとき豊国の思いつきで巻中の人物を役者の似顔にしたのが最初だ、と『蜘蛛(くも)の糸巻』に記しているが、坪内逍遙は、京山の処女作である『讐討妹背山物語』（文化四）や、京伝の『岩井櫛粂仇討』（文化五）などが似顔絵の初作にちかいものと推定している。ともかくこの頃から挿絵の歌舞伎がかりは本格的となり、京山の『昔雛女房気質』（文化七、国貞）、三馬の『旧内裡鄙譚（むかしだいりひなものがたり）』（同九、国貞）など年ごとに似顔式がすすみ、後には合巻のすべてに行われるようになった。

種彦の『正本製』は以上のような芝居がかりの流行を背景とし、とくに山東京伝の合巻に感化されて生まれた。

京伝の芝居がかり

前述のように京伝の長篇合巻『糸桜本朝文粋』（清峯画）は、その華麗な外観によって草双紙界に新機軸をひらいたものとされているが、内容は中村座の当り狂言『糸桜本町育』（安永六年二月——当時も紀上太郎の脚色になる絵入り筋書本が版行されている）をそのまま焼き直し、口絵にも鳥居風の芝居看板絵や古版本の挿図などを転載するなど著しく芝居調をかもしだした作であった。ついで同年刊の『梅於由女丹前(うめのおよしおんなたんぜん)』には『茜染野中隠井(あかねぞめのなかのこもりいど)』の長吉殺しの趣向をとり入れ、『戯場花牡丹燈籠(かぶきのはなぼたんどうろう)』にも歌舞伎の「牡丹燈籠」を借りるなど、京伝作にも芝居がかりがいよいよ強まっていった。

『牡丹燈籠』

ことに『牡丹燈籠』には俳優尾上松助や沢村源之助らの似顔絵が描かれており、また演劇的技巧に気をくばって、「三冊め四冊めを一番目とし、五冊め六冊めを二番目とし、牡丹燈籠の事二番目の趣向とす。」「これより二番目牡丹燈籠の段始まり。」などと芝居ふうの叙述を用いている。

演劇的手法

こういう演劇的手法はその後いよいよ進み、文化八-九年になると京伝の合巻はほとんどすべて浄瑠璃・歌舞伎の人名趣向をとりいれ、あるいは芝居の有名場面を一篇の中心に組みいれ、挿絵も豊国・国貞らが役者の似顔絵をかかげるというふうに万事芝居がかりになってくる。十年には『春相撲花錦絵』『児(ちご)ケ淵桜之振袖』のような、ただ芝居の狂言をいくつかつなぎあわしたにすぎぬ作すらでた。

前者は「将門」と「双蝶々」とを、後者は「静御前」と「梶原」とをむりに結びつけたものである。これは要するに、合巻が一貫したプロットをもつ読みものとしての魅力を失い、歌舞伎・浄瑠璃のムードを再現するための脚本的な存在となったことを意味する。草双紙はここにおいて文芸としての独自な存在意義を失い、芝居に従属する第二義的位置に転落したともいえよう。

このような傾きは京伝作のみならず、他の作者の合巻においても同様であった。草双紙はその特色であった絵画面の飛躍的な変化にともなうストーリーの妙趣を棄てさり、芝居ムードの再現のために、場面転換を芝居にあわせ、セリフを細かに写し、役者の似顔絵を挿絵の中心とする、というように全く芝居がかっていった。

こうした合巻の変貌の中から種彦の「正本製」が生まるべくして生まれたのである。

国貞の劇画

先述の如く種彦は京伝・京山の兄弟と親しく、何かと感化をうけ、合巻の手本としたのも京伝作であった。また国貞とも親交し、彼の劇画の才華(さいか)にひかれ、強く暗示せられるところがあった。「正本製」の直接のヒントは、国貞の錦絵「三芝居楽屋のつづき絵」であった。「文化六年京伝作国貞画、西与板にて大あたり」(『式亭雑記』)をとった『八百屋於七伝 松梅取竹談』をはじめ、京伝・国貞のコンビになる『戯場花牡丹燈籠(かぶきのはなぼたんとうろう)』『咲賛花二番目』『女俊寛雪之花道』(文化八)・『児ケ淵桜之振袖』(文化十)なども種彦を刺戟したであろう。かくて京伝らのつちかった土台の上に「正本製」の花が咲いたのである。

『正本製』の独自性

しかしながら『正本製』は他の合巻と異なる独自の特色をそなえており、また、そのゆえにこそ十余年もつづく成功をおさめ得たのであって、そこに種彦の思いきった飛躍と創意とが認められる。京伝らの合巻は演劇的色彩を深めたとはいえ、根本は依然として絵草紙の型からぬけきれなかった。読本を小型化し通俗化した読みものという概念から脱しきれなかった。敵討物・陰謀物・情話物など読本の筋立てを主とし、そこに歌舞伎の趣向を入れ情緒をかもしだすというのが大もとの手法であって、芝居的ムードは従属的要素であり本体はあくまでもストーリーにあった。京伝の『児ケ淵桜之振袖』や『春相撲花錦絵』が支離滅裂の筋立てとなったのは、もともと結びつけるのが無理な二つの主題、読本的なテーマに芝居の当り狂言のテーマを結びつけたためであったが、これは京伝がなお合巻の重心を物語性に置いていたことを示している。

視覚的機能

しかるに種彦はそういう読みものとしての型をぬけ、作の重心を思いきって視覚的機能の方に移しかえた。読みものとしての役割を第二義とし、挿絵・絵組みを第一として、目に訴える映像文芸のジャンルを創りあげた。文字・ことばによる読物的働きを大きく後退させ、目で見る歌舞伎の世界をそのまま草双紙にうつし、視覚によって芝居情緒を再現することを考えだした。ここに種彦の創意があり、「正本製」が成功をおさめる理由があった。

野崎左文の回想

さきにも述べたように草双紙はもともと絵組み・図柄を第一とした。宝暦のころまでは鳥居派の絵本などに見るように文字の書き入れなどはきわめて少なく、黄表紙時代に入ってようやく書き入れ（塡（はめ）詞・書込みなどともいった）も細かくなり、合巻になって読本の影響をうけ読み物となったのである。読者は「貸本四-五編を借入れるや否や、まずその挿画を順々に目を透（とお）して、事件の変遷や巻中人物の浮沈・消長等を腹の中に納めたのち、おもむろに本文に取掛って、自分の予想を確めて行くという読み方で、たとえば一度通過した名所を、今度は案内者の説明づきで再遊すると同様、そこに何とも言えぬ興味が湧いて、此先はどうなるかお先まっ暗に読んでゆく読み本とは、その面白さは比べ物にならぬのであった。」（野崎左文『草双紙と明治初期』）というのがふつうの見方だった。作者も板元もそういう読者の鑑賞の仕方をねらいとした。種彦はこの草双紙本来のはたらきを最高度に生かしきったのである。

また当時の歌舞伎の人気に便乗することにおいても「正本製」の趣向は最も効果的なやり方だった。草双紙の読者層はおおむね婦女子で、芝居を最高の娯楽としていたが、本書によって居ながらにして芝居気分にひたれるし、また芝居も自由に見物できぬ奥女中などが有力な読者だったから、草双紙によって芝居の情緒を味わい得るということは「正本製」の大きな魅力であり、歓迎されたわけである。この点においても種彦のねらいはまさに的を射ていたといえる。

坪内逍遙の評

以上のように「正本製」は、芝居の雰囲気をそのまま草双紙の中にもちこもうとした一種の映像文芸であった。したがって読物としての意義は乏しく、次のような坪内逍遙の論難（「柳亭種彦の評判」『中央学術雑誌』明治十九年八月）も生じた。

（略）「正本仕立」の如きは、巧は巧なるに相違なけれど唯に翻案が巧なるのみ。概しては近松派の浄瑠璃を梭（さ）とし、当時の正本を緯経（けい）として新規に織出

小説と演劇の相違

せる段物に過ぎねば、「成程面白く翻し得たる者かな、いかさま斯う換へたは思ひ附ぞかし」と、かように冷淡に評判するより外には一言も下しがたきなり。（略）更に他の瑕瑾をとりいだして示さぼ、つねに正本の趣向に泥みて、ひたすら眼にのみ訴へたる事なり。真成の演劇はしばらくおき、我国従来の演劇の如きは専ら眼と耳に訴へたる者にて、「肚」を示すことは極めて稀なり。されども小説は之に反して影なく形なき真理を写して、之を活動して示すべきものた

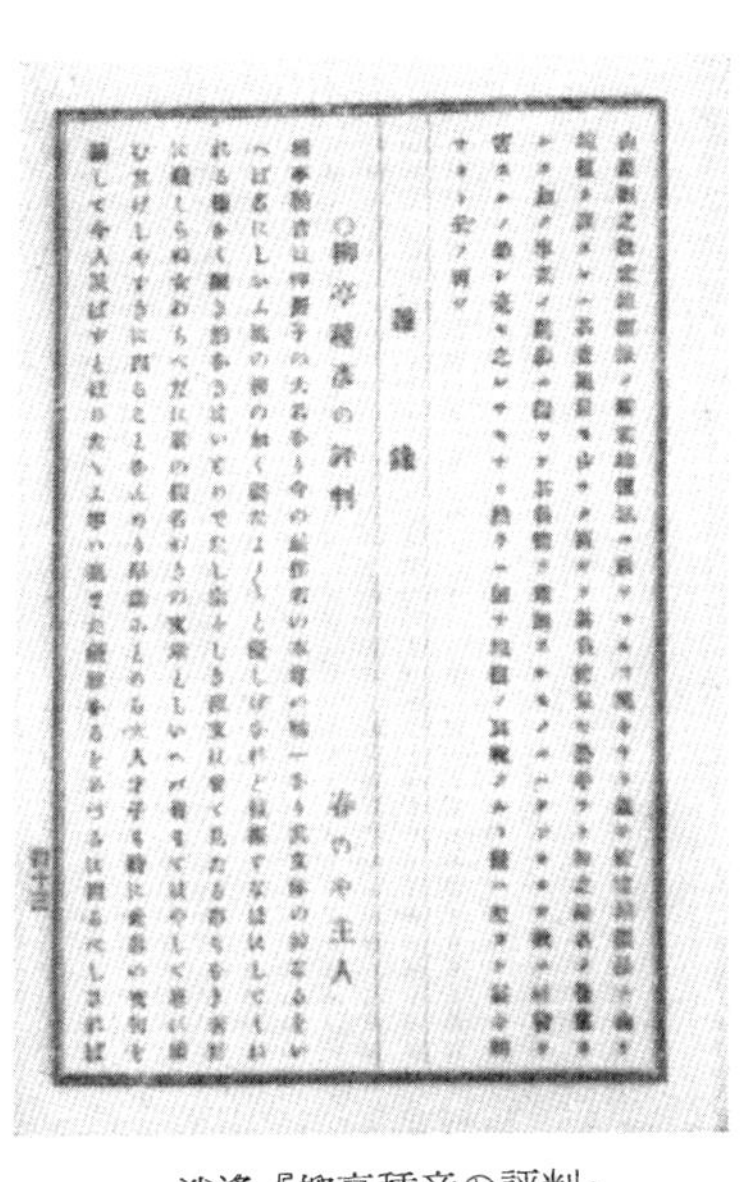
論説
○柳亭種彦の評判　春のや主人

逍遥『柳亭種彦の評判』

り。故に外形の美麗と新奇は決して重立たる事にてはなし。然るに此翁は其辺をば思はず、稗史（はいし）と演劇とを同じやうに心得、「見栄（みばえ）」専一に工風を凝らして、総ての草双紙を綴りたるゆゑ、翁のものしたる小説の如きは、文の必要を感ぜざるが多かり。殊に其挿絵に手をこめしことゆゑ、少しく注意して絵様を見れば文意は読まずして察し得べきなり。現に予が如き草双紙狂は大概絵のみを見て文意を知るなり……。

見栄専一の種彦

『小説神髄』の著者からみれば、この酷評は当然かもしれぬが、当時江戸の草双紙界の大勢からすれば、その点にこそ種彦のオリジナルな才分が認められるのである。

「正本製」

「正本製」とは正本仕立の意で、当時「歌舞伎草双紙」の別称があったように、一巻の体裁をすべて芝居の脚本風になぞらえた合巻である。正本とは浄瑠璃における太夫正伝（たゆうしょうでん）の原本を言い、古浄瑠璃時代には読む目的から挿絵を含むものもあった。種彦はその体裁をまね、さらに挿絵によって当時の歌舞伎の雰囲気をくまなく写し描くという技巧をこらした。

舞台そのまま

口絵には、作者や画工があたかも役者が舞台で口上を述べる如き絵をかかげ、その他舞台装置・楽屋・下座（げざ）の鳴物・舞台稽古のありさまなどを組みこみ、挿絵はすべて舞台そのままに人物は団十郎・三津五郎・菊五郎・半四郎などの役者の似顔を写す、というふうで、本書を読めばあたかも芝居を見るようなムードにつつまれる、というのが「正本製」の特色である。毎巻「正本製」第何編としていることから総じて「正本製」と呼んだが、初編は「お仲清七 正本製楽屋続絵（がくやのつづきえ）」、二編「曽我祭・小稲判兵衛物語」、三編「当年積雪白標紙（ことしつもるゆきしろぞうし）」（顔見世物語）の如く、それぞれの編に副外題や別名がある。

刊行

刊行の年月・巻数は次のようである。初編「お仲清七」六巻文化十二年、二編

「正本製」口絵

『小稲半兵衛』六巻文化十三年、三編『顔見世物語』九巻文化十四年、四編『お菊幸介』六巻文政三年、五・六編『双蝶々』十二巻文政五・六年、七・八・九編『お染久松』十八巻文政七・八・九年、十・十一・十二編『夕霧伊左衛門・花咲綱五郎』十二編文政十一・十二・天保二年。

すべて芝居がかりの趣向で初編の口絵はみな楽屋裏で、談洲楼焉馬の似顔なども載せている。挿絵には梅が枝の手水鉢のような名場面を入れ、各段の

版元口上

終りを「チヨン(此道具ぶんまはす)」「井筒屋の場をはり」「此みへよろしく幕」「此とたんよろしくチヨンと黒幕にて船を消す」などと書き、編末は「まづ後編はこれぎりめでたく打出し」と結ぶ。第二編には「茶番狂言稽古の場」をはさみ、劇中劇といった複雑な趣向をこらしている。三編は顔見世の「暫」で大薩摩浄瑠璃があり、つづいて「西村屋見世の者口上」と題して、

先以まして当店御愛顧と御座りまして売出早々賑々敷御購求下さり升る段、版元与八は申上升るに及ませず、都べて絵双紙に打掛升る者共心魂に徹しまして有難仕合に存奉り升る。扨当年は顔見世狂言の趣に書綴らせましては厶りますれど、初編にも御断り申升した通り、真実の狂言とは殊の外違ひました所も御座りませう。高が草双紙じやと御免下さりまするやう偏に願奉り升る。此所は浄瑠璃の趣に厶り升れば、則ち外題を御目に触れます。○浄瑠璃名題「菱川が昔振」「歌川が今様」「写浮世画姿」「弥浄瑠璃始り、左様に御

読被下（くださり）ませう。

と口上をあげ、浄瑠璃の文句をつづける。

四編は「昔模様女百合若（ゆりわか）」と題して水木辰之助演ずる百合姫の一幕を巻首に載せ、作中に近松門左衛門を登場させる。五編の初めには種彦・国貞が並んだ画をかかげ、次の口上を述べる。

種彦国貞の口上

（国貞）　私儀此度伊勢参宮より上坂仕りましたにつきまして、彼の地の芝居の趣を正本仕立五編目へしたゝめまするやう板元のすゝめによりまして、又候（またぞろ）相変りませぬ不束（ふつつか）なる絵双紙を御覧に入れます。

（種彦）　国貞申上げまする通り、板元の頼みに依りまして、愚作致してはござりますれど、私は上坂仕りましたことがござりませねば、彼の地のたねほんを借受けまして、唯かうでもあらうかと推量ばかりおしあてぐさあてると申すがえんぎになり、例年よりは百層倍、

（貞）　お求め御覧のほどを、
（両人）　偏に願ひ奉ります。

板元口上

第七編は「立物抄」と題し、芝居興行の作法にならって二番目すなわち世話物の建ものとしゃれ、第十編には巻頭に「板元口上」をかかげる。

（板元口上）　東西〳〵　引「正本製ト申ス絵草紙、昨年まで九編相続きましたる処、御退屈も遊ばされず御高覧下されまする段有難く仕合に存じ奉ります。随ひまして当年も右の後を御覧に入れまする様申シ附ましたる処、作者種彦申シまするは、私事本来歌舞伎不案内にて是迄書綴りましたるは真の推測の事ゆゑ、はや趣向も之なく、右の作は免し呉れまする様辞退仕りましたる折柄、市村座にて御評判の忠臣蔵人形がゝりの大道具、其の長谷川を歌川が絵に写し、浄瑠璃狂言幕なしの趣きに著述仕りまする様相勧め、取敢ず御覧に入れ奉ります。はや拾編に充てますれば、正本製の切り狂言に御座りますなれども、末編まではこと長う御座りますれば、緩々御高覧の程を希ひ奉ります。先は此処恋ヶ窪出口の段始り左様東西引東西。

と芝居がかっている。ちなみにこの板元口上の文中にみえる市村座で評判の「忠臣蔵」というのは文政十一年六月興行のもの、坂東簑助の一人七役が評よく、初日より七月十三日の千秋楽まで大入りつづきで、あまりの評判にさらに数日の日のべ興行をした、というものである。

内容はいずれも歌舞伎でおなじみの外題をほとんどそのまま敷きうつし、それに多少の小説的粉飾をほどこした程度のもので、創意になる趣向は乏しい。まず初編の『お仲清七』は、前年文化十一年森田座・中村座で評判を博した狂言『恋女房染分手綱』(吉田冠子・三好松洛作、寛延四年竹本座初演)を当てこんだもの。この狂言は同年市村座でも『染纏竹春駒』と改作上演されるなど、当代の人気狂言であった。また同じ文化十一年にライバルの馬琴が、国貞の挿絵で、合巻『駅路鈴与作春駒』（六冊、岩戸屋）に翻案して相応に人気をえており、それらの時流に便乗した気味もあったかと察せられる。『恋女房染分手綱』は近松の『丹波与作待夜の小室節』（宝永四年）を原拠とし、そのあらすじは丹波国の城主由留木家の息女しらべの姫は十歳そこそこで関東の入間家へ輿入れすることになるが、出立まぎわになって姫がむずかり乳母滋野井らが当惑するところを馬士の少年三吉の機転で姫も気が変り、皆が安堵する。三吉は滋野井がかつて離別された夫、伊達与作との間にもうけた実子だったことがわかるが、姫の体面上因果をふくめて母子別れとなる。一方与作はおちぶれて馬士となり、馴染の白子屋の小万が、父が年貢米の未進から水牢の責にあっているその女の苦悩を救わんとして失敗、わが子と知らずして三吉を罪におとす……というようなもので、作中「滋野井三吉の母子別れ」の場が最も名高い。

滋野井の子別れ

種彦の「正本製」は右の筋立てに、世話物の仕組みをからませている。まず開巻「荏柄天神の場」は、小浪屋の養子清七が小越木家の家中大倉佐賀右衛門に会い、主家の難を聞く。息女調姫は、かねて大友判官の子息小太郎と許婚の仲で、将軍の下知により婚姻をせかされている。ところが姫も小太郎も幼時から行方不明で、姫には正宗の守刀、小太郎には吉広の脇差が証拠としてそえてある。また清七は芸者のお仲と深い馴染だが、小浪屋の別家の娘で許嫁であるお梅にも慕われている。「貸座敷井筒屋の場」は、お仲に横恋慕する団九郎が貸金にことよせて清七に恥をかかせ、質として清七の脇差をとりあげる。「油堤の場」は、悪婆のかしこと生の八の二人が悪計をめぐらす件と、お仲が正宗を守刀としていることより調姫その人であることをほのめかして結ぶ。次の「花水橋貸船の場」は、別荘代りの借船で、清七がお梅主従に会い、また不身持の件で養母に責めたてられる条と、悪婆のかしこが調姫になりすまし清七から金をいびる場面。ついで「元の

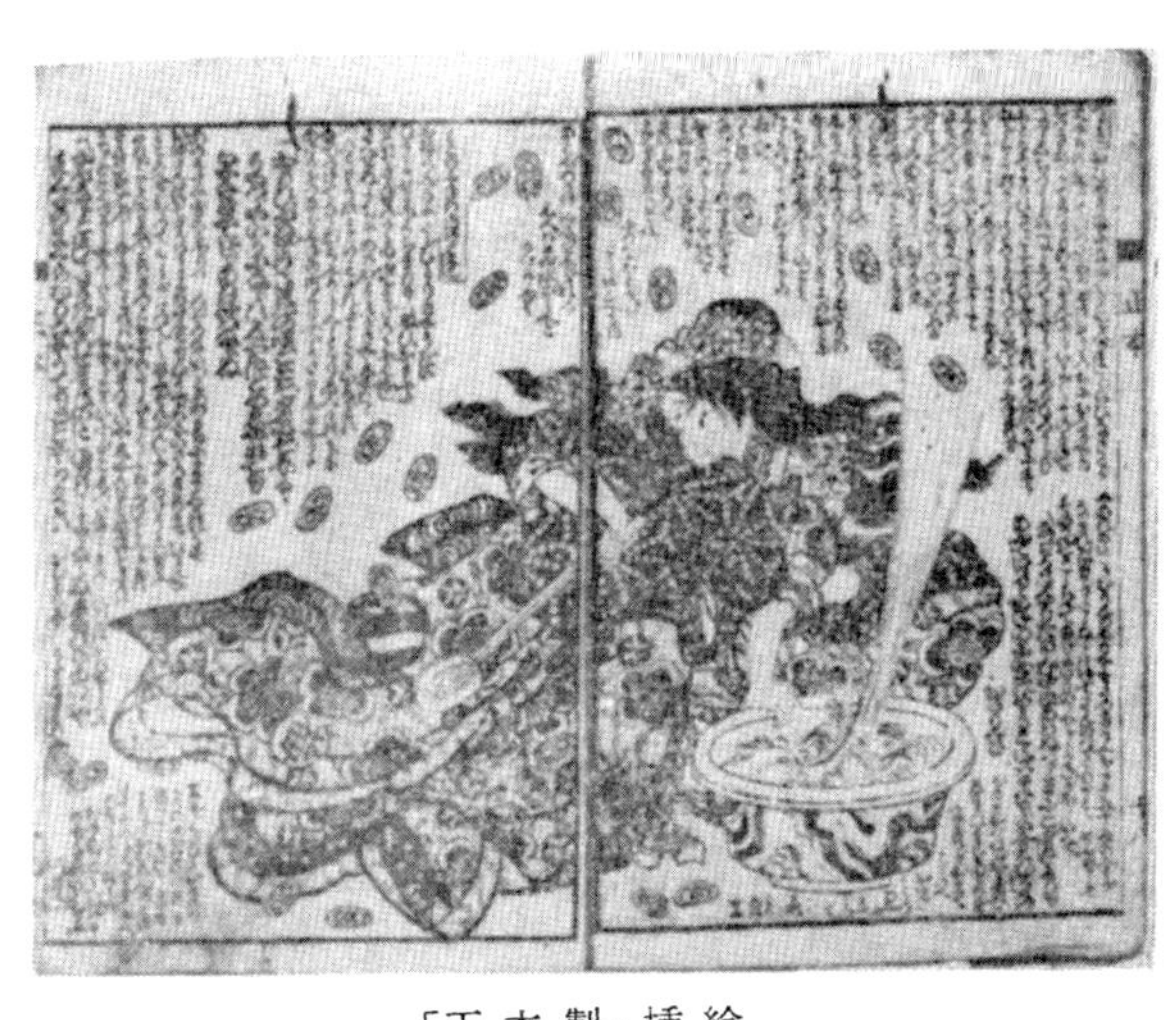

「正本製」挿絵

船の内の咄の場」は、清七が金に困っているのを見かねたお梅が、「梅ケ枝の手水鉢」の趣向で思わぬ金を手に入れるところ。「大磯河岸の場」「花水屋二階の場」は団九郎・かしこらの悪策と佐賀右衛門の救助、せっぱつまった清七お仲の心中の相談、つづいて道行は「浄瑠璃の段」「いま捨つる身にもおそろし犬のこゑ、夜はふけねども風あれて、なつのやなぎのかげくらき、つゝみづたひを清七が、お仲とふたり相がさに、右とひだりのそでぬれて、ゆうべのまくら思ひだす、手と手とかさなるからかさの、えにしも細きたんぼ道、しばしこかげに立ちどまり」にはじまり、すべて道行の場の調子になぞらえる。いよいよ自害というせつな佐賀右衛門あらわれ、清七が小太郎でお仲が調姫であることがわかり、お梅も御部屋に上ることとなって万事解決(まず初編はこれぎりめでたく打出し)に終る。

在来のお家騒動物の骨組にありふれた恋愛三角関係をとりまぜた凡作で、構想に新味はないが、前述した芝居がかりが人気を博し絵草紙界の評判作となったもので、この人気にのって種彦は同趣向の「正本製」をつぎつぎに発表していった。

『曽我祭』

第二篇は『曽我祭』と題し、芝居の「二の替り」即ち正月からの春狂言が、曽我物をかけるのを吉例とした、それになぞらえたものである。ここで作者は巻頭に「菊畑の場」を置き、「かつみ屋の内証・茶番狂言稽古の場」をもうけるなど劇中劇の趣向をこらし、曽我の対面の場の稽古を描きながらその進行につれて一篇の筋も展開する、というふうに一篇の構成に意を用い、芝居気分をいよいよ盛りあげている。

重宝詮索物

あらすじは、沢瀬小二郎は殿様望月判官公が秘蔵の白玉の硯を割って父の郷太夫から勘当される。その後郷太夫は雨雲闇九郎という浪人に殺害される。小二郎は賊に盗まれたお家の重宝菊一文字の短刀を詮索してそれを手柄に帰参するため、大工の判兵衛となって鎌倉へ上る。その途中近江にいる兄の磯太郎から父の横死を聞く。大磯の芸者小稲となじみ、共に宝刀と父の仇をさがすうち、父の下僕逸平や、小稲の兄多門などにめぐりあい、悪人の賛平が父の仇闇九郎と同一人であることをつきとめ、また宝刀の犯人も同人のしわざと判明、仇を討ちとりめでたく帰参する。

『顔見世物語』その他

その他、第三篇『顔見世物語』は十一月の顔見世興行にちなみ、歌舞伎の常例狂言である、土蜘蛛・将門・滝夜叉の三幕を骨ぐみに仕立てている。第四篇は水木辰之助が『昔模様女百合若』を演ずるのを主要人物が見物に来るという趣向ではじまり、お家騒動と世話をからませる。作中、近松門左衛門がさばき役で登場する。

五・六篇は『藤屋吾妻と山崎与次兵衛』『双蝶々』の濡髪長五郎と放駒長吉との二狂言をおりまぜた作。七・八・九編は『お染久松物語』、十・十一・十二編は『夕霧伊左衛門』の情話となっている。

ないまぜ物

以上が「正本製」のあらましである。全巻歌舞伎がかりのところが芝居好きの江戸町人の好みにかなって高評を博し、十余年にわたるベストセラーとなったものであるが、その内容はすべて芝居の狂言や巷説のたぐいを数種組合せた「ないまぜ物」にすぎず、創意乏しく文学的価値も低い。

しかしながら「正本製」の人気は合巻の世界に大きな波紋をなげ、このあと種彦のひそみにならった追従作が続出する。この傾向はさらにすすみ、ははては「団十郎作」とか「梅幸作」などの如く、俳優の執筆をよそおって読者の歓心を買わんとする偽作品まであらわれた。『伽三味線閨爪弾』（文政五、七世団十郎作、芳信画、実は五柳亭徳升の代作）・『お房小糸結合縁色糸』（文政六、梅幸作、花笠文京の代作）・『名残花四家怪譚』（文政九、尾上菊五郎作、文京代作）などこの種のものが多い。

五　『昔々歌舞妓物語』

「正本製」の大当りに自信をえた

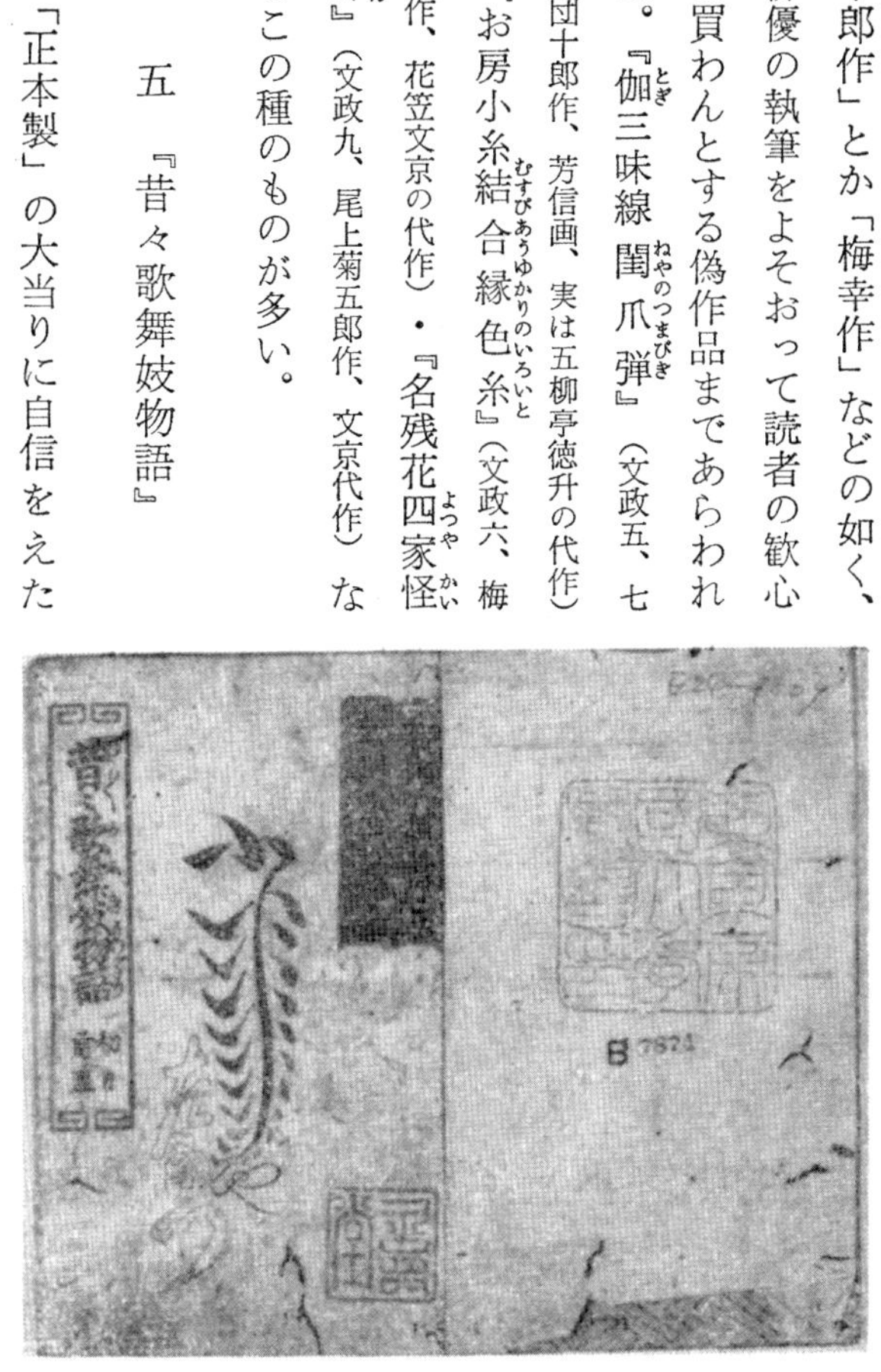

『昔々歌舞妓物語』（東京大学図書館蔵）

種彦は、さらに工風をこらして新趣向を考えだした。当時「正本製」などでいよいよ盛上ってきた歌舞伎熱は落噺(おとしばなし)の分野にも感化を及ぼし、落語家も高座で鳴物を入れ、道具だてを用いるなど芝居がかってきた。当時、正本物語・芝居ばなし・三座穴さがしなどといって、噺家(はなしか)が歌舞伎狂言そのままを見るように語ることがはやるようになった。

種彦はこれに目をつけ、この噺家の語りぐちや高座(こうざ)の風を絵草紙に写しだそうとした。『昔々歌舞妓物語』(初編天保元年、国丸画 二編同二年、国貞画)がそれである。

作者口上

「初日前座」(初編上のこと)の序で、例によって作者が口上を述べていう。

さて初編といいたさず、初日と記しましたるは、近年正本物語・芝居ばなし、又三題穴さがしなど名づけ、落し噺しの連中にて道具建をかまへ鳴物を入、かぶき狂言を其まゝ見ますやうにいたされまする名人がござりますれば、絵やうもそれにならひましたる故にござりますなれども、末々まで、私の化物のやうな顔で身振をいたして居ります絵では、御興にもなりませぬから、当時の役者似貌にかきくれますやう頼みまして、画人国丸の随意につかまつりました。初日より七日目まで出しつゞけて売出しまするの間、あるひは百年五十年むかしくのかぶきばなしを御聞あそばすとおぼしめされ、おんもとめの程を願ひあげます。

とある。文体も当時の噺家の「ござります調」の口語体を以てし、写実的な筆づかいである。挿絵は聴衆を前にした高座の様を写し、噺家の顔を役者の似顔絵として噺家の芝居ばなしとはまた異なる新味をそえている。ふつうの合巻とちがい、毎丁ごとに挿絵を入れることをせず、文字も噺本めかして大きくしている。

夕霧七年忌

初編は近松の「夕霧七年忌」二編は「水木辰之助餞振舞」をそれぞれ翻案した。夕霧の死後、それに生写しの島原大阪屋の難波に溺れて勘当された藤屋伊左衛門は、夕霧の七年忌に二人の間に生まれた娘おせきを連れて大阪に来る。おせきは父が島原での借銭を返済するために身売りしたいとて新町へ行く。ことわりなしに大阪へ住みかえた難波の不誠実を、伊左衛門はうらみ罵るが、それも実は彼の借銭を返さんがためであった。客と偽わっていた藤屋の番頭江七は、難波の心底を見とどけ、身請けしてめでたく伊左衛門の妻にする。

（二編）鎌倉扇ケ谷(やつ)足立家の当主辰馬は箱根へ湯治に行き、その留守に継母の承知院が家老たちと奸策をめぐらす。辰馬は湯女(ゆな)のお専になじみ、お専は悪人どもに殺される。お専の怨念が辰馬を苦しめるが、真相が判明して悪人ほろび、怨霊も解脱(げだつ)する。

大体近松の原作どおりで、多少合巻の常套的な趣向をそえた程度の作である。題材が古めかしく、作者の考古癖もマイナスとなり、挿絵の変化も乏しく、あまり喜ばれなかった。「正本製」の平明な芝居ムードに比べ、あまりに凝りすぎて一般には受けなかったようである。七編まで出す予定のところを右の二編のみで了っている。

本作は失敗したが、「正本製」の手法は以後の種彦作の骨幹を作りあげ、その創作技法の土台をきずくこととなった。後述する合巻の諸作はもとより、その骨法は『田舎源氏』にまで及んでいる。また種彦の門弟柳下亭種貞・二世種彦らの長編合巻『白縫譚(しらぬいものがたり)』(嘉永二年以降)なども、その題材に「正本製」から一部をとりいれている。

『白縫譚』

第五　流行作家時代

一　国貞と種彦

挿絵

「正本製」の成功は画工歌川国貞の挿絵に負うところが大きかった。それまで種彦作の画は蘭斎北嵩(ほくすう)・歌川国丸・柳川重信・勝川春扇(しゅんせん)らが多く描いていたが、「正本製」以後、種彦合巻のほとんどすべてが国貞の画筆にまかされる。馬琴は「正本製の挿絵は本文よりすぐれている」と評し、国貞の妙筆をたたえた。作者をけなし、絵師を褒めるのは馬琴のへそまがりだが、それにしても国貞の画才が「正本製」の評判にあずかって力あったことはまちがいない。種彦がその才華を認め、彼とタイアップしたことが、彼をして草双紙界の第一人者としての地歩を固めさした、ともいえる。

前述したように、種彦は談洲楼の席や永寿堂の宴で豊国・国貞と親しかったが、とりわけ国貞とは気質的にもウマがあった。後述する『蛙歌春土手節』に見るように国貞が芸者と面倒なゴタゴタを起すと、その解決にひと役を買ってでるような間柄となった。二人ともに芝居好きで、戯作界にのり出した時期も同じく、ともに読本では失敗し、黄表紙の筆をとらぬなどの点も共通していた。

これらとあいまって種彦・国貞の名コンビができあがり、『田舎源氏』へと発展してゆくのである。

妖艶美

国貞の画風はその妖艶濃厚な耽美的風趣に特色があった。歌麿の細緻はないが、艶麗な筆づかいと大胆な構図によって、特異な頽廃的ムードをかもしだすことに妙をえていた。得意とした芝居絵はもとより、その他の錦絵においてもこの特性によって浮世絵史に独自の作を残している。

『国貞ゑがく』

泉鏡花の小説に『国貞ゑがく』（明治四十三年一月）の一篇がある。これは鏡花が自分の少年期の体験を語ったもので、主人公の少年が家に伝わる二百枚ほどの国貞の錦絵をめで、ひそかに錦絵中の美人にあこがれている。たまたま教科書代に窮し、絵をこれに換えるが、手ばなしたあとでも国貞えがく美人への思慕はたちきれなかった、という作。鏡花が種彦を愛読し、その蔵書中種彦作が最も多かったことなどとあわせて、鏡花の浪漫（ロウマン）主義小説をはぐくんだ国貞の役割がうかがえる。

種彦の下絵

ただし国貞の挿絵は種彦の下絵によるものであり、種彦の画才がその効果をたかめていることも見のがしえない。のちに『田舎源氏』の項で述べるが、種彦の下絵はきわめて精巧であった。現存する草稿と国貞の板本とを比較してみると、種彦の下絵がいかに精密で整っていたかが知られ、また板本をみると、これが全く原図どおりに描かれ、構図からこまかな模様、諸道具のはてまでほとんどすべて種彦画の通りに描きだされていることがわかる。種彦の画才は京伝に劣らず、一九などよりはるかにすぐれていたのである。

こういう種彦の画才を、坪内逍遙は、

いかさま此翁を下絵師としていはば、無双のお上手かも図られねど、翁を小説家と位附けて評せば、件の巧緻なる挿絵なる者は却つて大瑕瑾の種とこそなれ。(略)凡そ稗史家といはるゝ者は絵画に写しがたき妙想を描きて、それを活動して見すればこそ美術の随一ともたゝへらるるに、絵画に画き得べき真理のみを写さば、件の効能は跡形なうなりて、無下に価なき者となればなり。

(『中央学術雑誌』)

と痛評し、作家にとって画才あることはマイナスだ、と説いている。近代小説の観点より見ればその通りであろう。しかし草双紙をこのように評価するのは酷であり、種彦の下絵を土台として国貞の艶冶な挿画が生まれ、文学史を飾る合巻があらわれたことは否めないのである。

「国貞、号を五渡亭といひ、後香蝶楼といふ。俗称角田庄五郎、本所五ツ目の産也。後亀井戸に住す。」（『戯作六家撰』）と伝える。通称は庄蔵、また庄三郎との説もある。天明六年（一説、五年）の生れ。本所五ツ目渡場に住み、渡船の株をもっている所から五渡亭と称した。ほかに一雄斎・月波楼・富望山人・桃樹園・富眺庵・北梅戸などの号もある。

若い時から浮世絵を好み、師につかず独修で役者絵をよく描いた。十五―六歳のころ初代豊国に弟子入りしたが、その時すでに師を驚かすほどの技倆をそなえていたという。

文化四年馬琴作『不老門化粧若水（おいせぬかど）』に挿絵を書いたのを初めとし、翌四年には十一種の草双紙に筆をとった。文化五年中村歌右衛門が大阪から下って中村座で評判を博したが、国貞もその役者絵を描いて好評を得、以後芝居絵の妙手をうたわれるようになった。

国貞の出世作

国貞が合巻の挿画で名をなしたのもこの年で式亭三馬は次のように記している。

文化五年春発行の『どもの又平大津土産名画の助太刀』(三馬作、国貞画)は、十軒店西村源六板で売出したが、『雷太郎』にまさる大当りであった。国貞はこのとき大いに評よくて、其翌年よりますます行われて、今や(文化八年)一家をなす浮世絵師の大だてものとなった。柔和温順の性質である。この年鶴屋金助板にて『両禿対敵討(ふたりかぶろついのあだうち)』十二冊もの絵入かなばかりのよみ本まがい合巻にて発行(国貞画)。大きに評よし。翌文化六年京伝作国貞画、西与板の『八百屋お七』(十二冊もの)は大あたりであった。自分の作では、西源板、国貞画『金神長五郎』十二冊が第二番目の当り、三番目も自作、国貞画、西宮板の『秋津しま』八冊であった。(『式亭雑記』より)

京伝作『八百屋お七』が第一の大当りで、第二・第三の当り作もみな国貞の挿絵であることは、その才筆の卓抜が認められたからであろう。挿絵界にあらわれた後わずか三年、文化八年には早くも「浮世絵師の大立物」の地歩を占めていたのである。

国貞は劇画に長じていたが、似顔式の描法は前述した如く、文化七年京山作の『昔雛女房気質』、同九年三馬作の『旧内裡鄙譚』などより年を追ってその傾向を進めていった。そして文化十年以後には草双紙のほとんどすべてが似顔式になり、歌川派はもとより、喜多川派の月麿・式麿・美丸などもこの手法をとった。このような経緯をへて国貞本来の才筆を生かしたところに「正本製」の成功があったのである。

豊国画「市村羽左衛門の児雷也」

文化十年ごろの戯作者・画工の「見立

『見立番附』

番附」では、大関豊国についで国貞は関脇の地位に擬せられている。ついでに主な画工をあげれば、行司は北斎・豊広・歌麿・勝川春英・鳥居清長・北尾重政で、小結は蹄斎北馬、前頭勝川春亭・鳥居清峯・歌川国直・重信・春扇・国丸の順となっている。作者の方は、馬琴が行司で、大関京伝、関脇三馬、小結一九についで種彦が前頭筆頭にあげられ、以下、京山・振鷺亭（しんろ）・小枝繁・桜川慈悲成・谷峨・感和亭（かんな）鬼武らの順となる。種彦の地位も「正本製」が出るまでは三役に入れなかったことがわかる。

国貞画「きられおとみ（沢村田之助）・井筒与三郎（沢村訥升）」

歌麿の美人大首絵

豊国の美人画

豊国画「山三・かつらぎ・半左衛門」

ふつう浮世絵には歌麿が第一人者として定評がある。明和年間、鈴木春信が多色摺の錦絵を創案して以来、江戸の浮世絵は急速に進歩し、歌麿の美人大首絵(寛政三)という新様式によって頂点に達した。歌麿の美人画は豊婉(ほうえん)な姿体美、ヴィヴィッドな肉感美、細緻(さいち)な描法などの長所において第一級のものであることは説くまでもない。豊国はその肉感美に一種の頽廃味を加えたところに特色があったが、さらに世紀末的なデカダン的気分をそえたのが国貞である。国貞えがく錦絵には化政期の頽唐が画面にみなぎっている。濃密な妖艶美・爛熟美をかもしだしている。

国貞の爛熟美

荷風は国貞の絵を評して、「その構図はみな芝居の型にはまって誇張せられ、彩色もことさらに絢爛（けんらん）として全体の調子に配慮する処がない。だから潑剌たる生気が乏しく、どこか必ず粉本の臭（くさ）みを感ずる」（荷風「衰頽期の浮世絵」）と説き、国貞の佳作は文化時代にあり、「その初期の作は師豊国に比すべきものあり、役者似顔絵におけるその面貌と衣裳の線を描ける筆力は遒勁（しゅうけい）なり、その挙動と表情とは日本演劇の正確なる描写ならざるべからず」（Tei-san: Notes sur l'art japonais 1905）とフランス人テイザンの説を紹介している。

荷風の評価

このような国貞の唯美的画風は種彦合巻の内容にうってつけであった。種彦の耽美（たんび）的文趣は、国貞とコンビになることによって光彩を増し、その度を深めていった。

『田舎源氏』のねらいは、見方によっては国貞の艶美な才筆になる挿絵のエロティシズムにあった、ともとれる。そう考えれば『田舎源氏』の筆禍は、天保改革令の出版条令「一枚絵・合巻絵草紙の絵柄」の禁令に抵触(ていしょく)したという説も成りたつわけである。この件については後述しよう。

二人の豊国

天保十五年、二世豊国を襲名したが、さきに同門の国重(源蔵)が豊国の名を嗣いでいたので、国貞は亀井戸豊国と呼ばれ、源蔵豊国(本郷豊国)と区別された。そのさい、国重は技倆未熟のため「歌川を疑(うた)がわしくも名乗り得て、二世の豊国贋(にせ)の豊国」とからかわれる始末で、やがて歌川豊重と改名したこと、また国貞が襲名披露にあたって、馬琴がこれに文句をつけたこと(弘化二年正月篠斎宛書簡)その他のこともあるが省略する。

その後国貞の二世豊国は種彦亡きあとも源氏絵に彩筆をふるい、元治元年十二月二日、七十九歳で歿した。

二　花形作家

第一人者

このころから種彦は続々と作を出板し、いずれも相応に評よく、花形作家となる。種彦の合巻は文化八年から天保十三年まで三十年間に、約百三十編を数える。これは当代の他の作者に比べ、合巻にかぎっていうならば、京山の約二百編、一九の百六十編につぐ量で、馬琴（百編）、京伝（九十編）、三馬（八十編）をしのぐ。しかも京伝・三馬・一九らは天保の初めまでに死去し、京山も天保年間にはいっては第一線を退いた観があるから（天保九年に七十歳の年賀の書画会を催し剃髪（ていはつ））、天保年間の合巻は種彦のひとり舞台だったといえよう。

六家撰

岩本活東子は江戸の代表作家六人をえらび、これを『古今和歌集』の六歌仙になぞらえて次のように評した。

京伝はその心あまりて言葉たらねば業平にや似たらむ。三馬は作りさまは得たれどまことすくなし、遍照にやよせつべき。馬琴は言葉たくみにして、そのさま身におはず、康秀にやとりなすべく、一九はそのさまいやし、黒主にやとりいでつべからむ。種彦はあはれなるやうにて強からず、小町にやたぐふべき。焉馬ははじめおはりたしかならず、喜撰にやひとしからむ。

小野小町の風

種彦は、あわれなるようにて、小野小町の歌風にかようものがある、という評語は大体適当のものであろう。種彦合巻の特色は、その嫋々たる文章と纏綿たる情趣にあった。その多くは元禄文学や歌舞伎・浄瑠璃の筋を借り、その数種をないまぜにした翻案ものであって、構想・趣向上の創意が乏しいうらみはある。しかし饗庭篁村が、「そのしとやかなる、其優美なる、其簡略なる、其平滑なる、はるかに曲亭の文調にまされり。種彦の筆は片言隻句の間に妙趣あり。近松の再來、式部の變生、まことに面白し。」と絶讃したようなところに、種彦の本領があった。江戸末期の低調な戯作界にあって、古典の学殖と情趣豊かな文章力を生かし、国貞の挿絵とあいまって、耽美的な文境をひらいた点に彼の合巻の史的意義が認められる。

なおこの「戯作六歌撰」の成立について、種彦の日記、文化十三年八月十五日には次のようにある。

　きのふ山平、みたて六歌仙のがくをもちきたり、おれは揚弓場(ようきゅうば)の女□ね小町に見たてたる也。京伝・馬琴・三馬・一九・おのれ、いま一人はさだまらず。

　　雪の肌すきやちぢみに色見へて詠歌も六つの花にこそいれ

　　小町にもはぢぬ女が半面で九十九中はぬけめないこと

　なをよみなをすべし。

種彦の狂歌

『梅桜振袖日記』

「正本製」前後の作を概観すると、まず、清川・文七の情話にもとづく『梅桜振袖日記』(文化九)がある。序文に「それつら〱惟(おもんみる)に、戯作原桑戯場(がんらいしばい)にひとし。

かたく申せば空中に楼を設け、俗に申せば机の上を舞台として、硯屏墨置の道具立、心で遣ふ筆の木偶。赤白面にあらはれたる、夏毛の仇、冬毛の実事、正本ならぬ小説を孤燈に向ふ夜神楽の切抜学問」と書き、戯作は芝居と等しく、要するに読者受けするように趣向をたてればよい、という種彦の創作態度の根本を早くも示している。後に、門弟の仙果に「九人にほめられ、一人に笑はれるは、実は下手なれど利は得るなり。九人に笑はれ一人にほめ

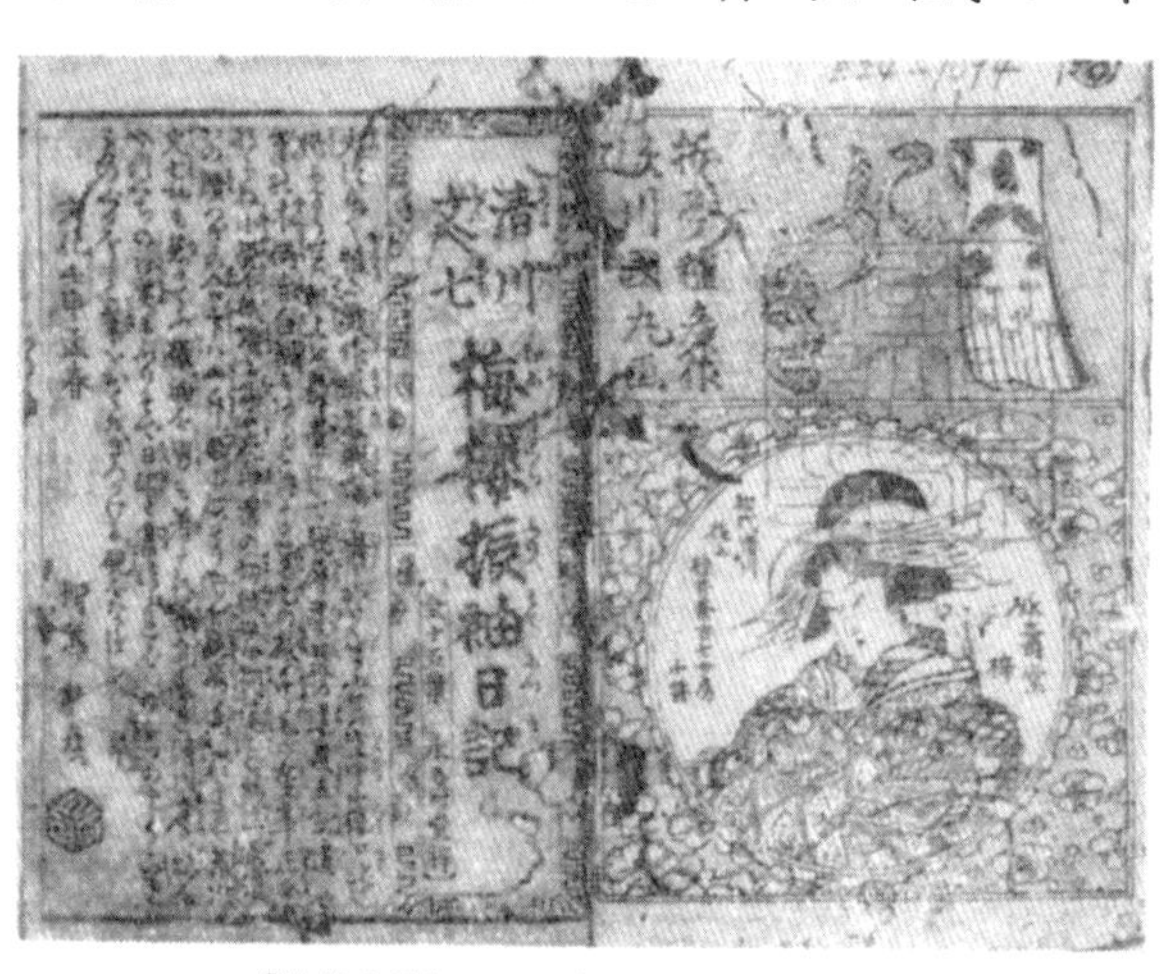

『梅桜振袖日記』序（東京大学図書館蔵）

られるは、実は上手なれど銭にはならず。」と教えているのもこの見解からでている。大衆読者を相手とする草双紙では高級な知識や学殖は無用のこと、「唐本はこんなものかとだましておけばそれでよし」（仙果宛）、芝居・浄瑠璃のひそみにならって、読者の喜びそうな趣向を仕組めばそれでよい。これが、読本から転向した種彦の草双紙観だったのである。

内容は読本時代の骨法をとり、とくに『浅間嶽』の構成をやわらかくかみくだいた凡作である。

『女合法辻談義』

『女合法辻談義』も「柳の巷に聞えたる、薄雲が名を借り、合法が事蹟を翻案」したもの。速水春暁斎の読本『絵本合邦辻』（文化元）、あるいは合法が辻の仇討の巷説から案出した四代目鶴屋南北の狂言『絵本合法衢』（文化七年五月、市村座）に基づき、修験者合法を女性になおして傾城御法としたお家騒動物である。

『花吹雪若衆宗玄』

『花吹雪若衆宗玄』は、京伝読本の名作『桜姫全伝曙草紙』（文化二）を合巻に直した『桜姫筆再咲』（文化八、豊国画）の好評にあやかるべく、種彦がさらにこれを手本として作りなおしたものである。清玄・桜姫の説話には類作が多いが、種彦作では宗玄・折琴姫としている。

『女模様稲妻染』は近松の『傾城反魂香』を翻案した作。不破道犬の息伴左衛門と名古屋山三が傾城葛城をはりあう件と、吃の又平、反魂香の話などをとりまぜたもので、種彦は不破・名古屋を女にしたて、女俠の不破の娘関屋と、父の仇をさがす名古屋お三というふうに変えている。

『高野山万年草紙』

『高野山万年草紙』も近松の世話物『心中万年草』に拠るとおぼしい作。種彦は序文で、「高野山に万年草という異草があり、人の生死を占うことができるという。昔、山麓にお梅という美女あり、ある愛童と通じて、女人堂にて情死せんとしたところを人に助けられ、生命を全うした。近松翁はこの話をもとにして『心中万年草』の作をなした。自分もこれに倣うものだ。」と書き記している。種彦はお家物に仕立て、富樫之助の息女梅枝姫、五条坂の遊女薄衣太夫と静波鳰太郎景春との三角関係をからませている。

『千瀬川一代記』

『千瀬川一代記』は、同じ邸の小姓花沢鳳次郎とかけ落ちした腰元が男と別れになったのち太夫千瀬川となり、さらに住みかえて今の虎御前と呼ばれ、悪玉に苦しめられるという筋に、父の猟師に殺された鹿の怨念話をからませる。『二箇裂手細之紫』はその続編で、千瀬川をめぐる因果物となっている。両編の自序により、その粉本が、近松の『兼好法師物見車』『碁盤太平記』『卯月艶』『卯月色上ケ』の四部、八文字屋本の『傾城歌三味線』、田螺金魚の洒落本『契情買虎之巻』などであることがわかる。『二箇裂』の序文に、

さきに世に名高い千瀬川の一代記を著したところ、思いのほかに流行ったと、書房の話なので、調子にのって続編を作る、云々。

とあり、『千瀬川』が評判作だったことが察せられる。

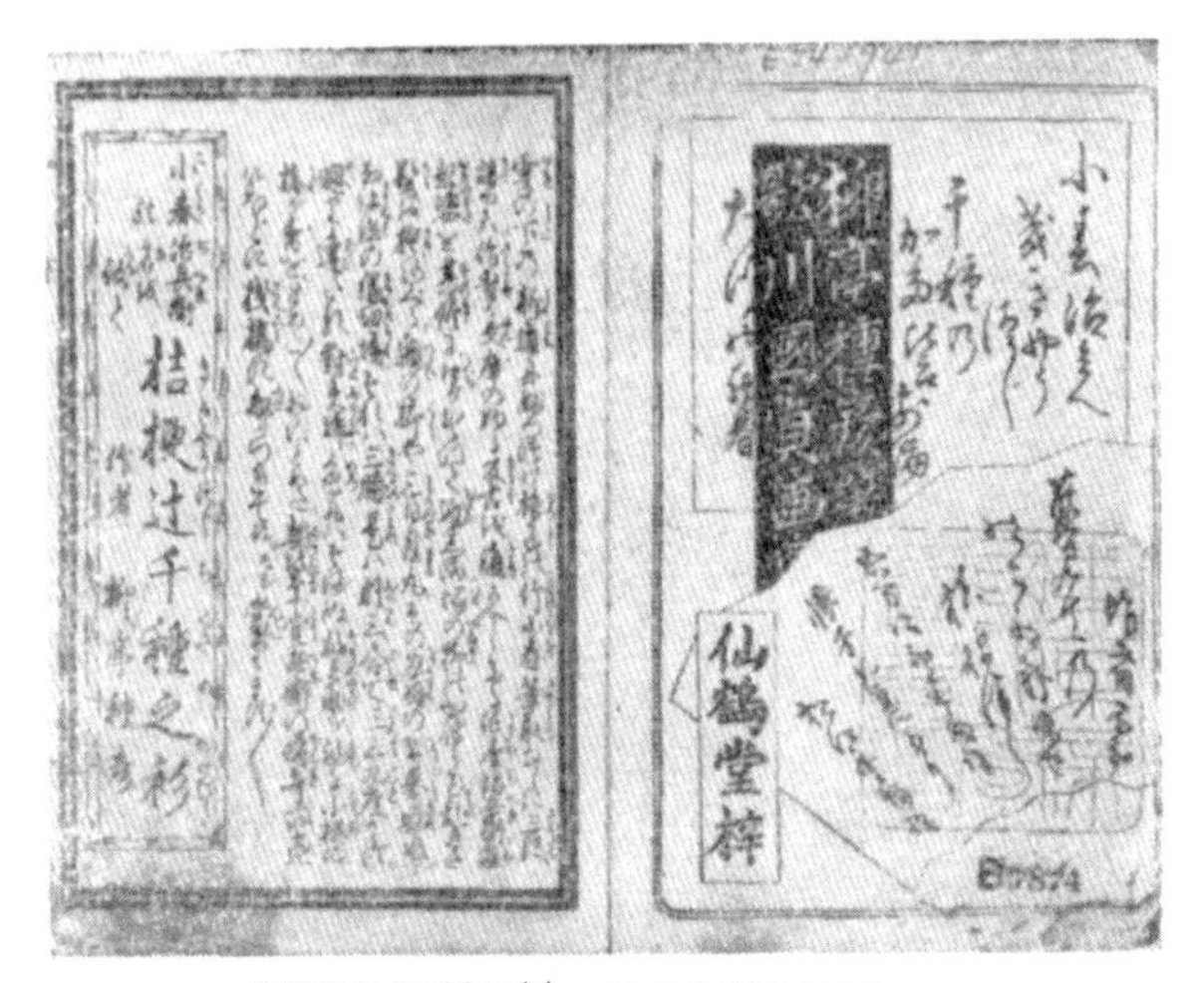

『桔梗辻千種之衫』(東京大学図書館蔵)

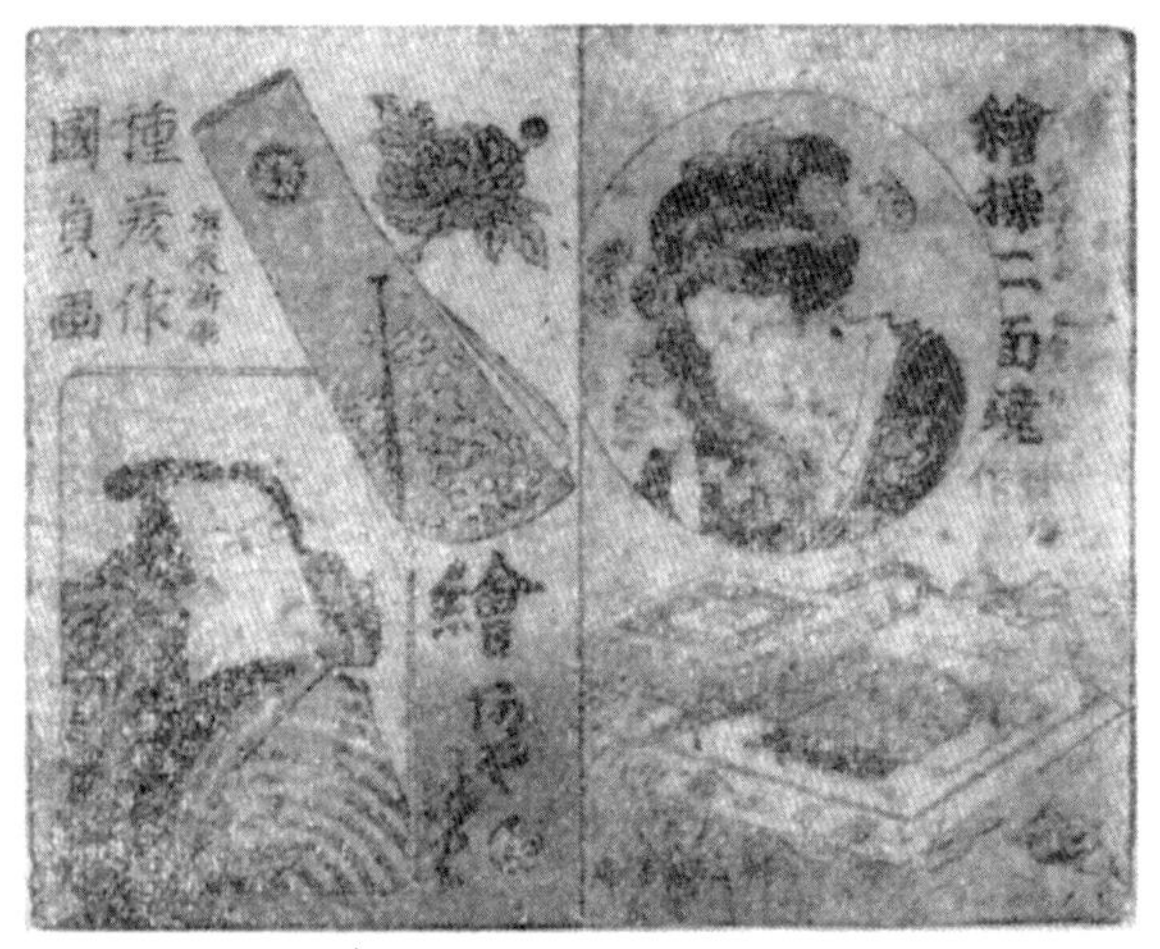

『絵操二面鏡』(東京大学図書館蔵)

『三蟲拇戦』

『三蟲拇戦』は、蛇・蛙・蜒蝓の三蟲の精がたたりをなすという因縁話。序文で「童部のたはむれなる蟲拳といふものは、いかなる事よりか起りけん。」と説きおこし『涅槃経』『五雑俎』などによって考証を加えている。『桔梗辻千種之衫』は、紙治で名高い『心中天網島』の小春治兵衛と、紀海音の『笠屋三勝廿五年忌』以来広く行われた三勝半七の話とをまぜあわせた作である。

『画傀儡二面鏡』

さてこの期の代表作は『趣向は浄瑠璃世界は歌舞伎画傀儡二面鏡』である。序に凡例をかかげ、「浄瑠璃で操り人形がその意を示すように、この草双紙は画でその人形の代りをするので、画操りと名づけた。地の文は浄瑠璃に似せ、会話は芝居の正本めかした。つまり、浄瑠璃狂言を歌舞伎に仕組んだものである。『容競出入湊』『五十年忌歌念仏』、半二らの『極彩色娘扇』などの人名を借りたが、趣向は必ずしもとらない。」と説明している。

別に「奴煙草小万・田島屋於夏」という角書もあり、小万とお夏の二つの事件をないまぜにしたので『二面鏡』と題したのである。浄瑠璃と芝居正本との合いの子的体裁をとり、「石山寺の段」を発端として、以下、「寝物語里の段」「天満橋の段」「たじま屋の段」「長町の段」のごとく義太夫めかしており、いわば「正本製」の変り型とも言える合巻であった。

あらすじ

内容は、さきに読本の章で述べたように「奴の小万物語」の発展作で、それにお夏清十郎の主題をまぜあわせている。小余綾家の家臣神備兵衛の息岸二郎は、遊女咲川の身請金を母の三室よりだましとるが、非を悔いて女を残し行方をくらます。一方父の兵衛はお家の宝刀小桜丸を悪人にうばわれ、刀の探索を養子充之助に命じて切腹する。

宝刀詮索

五年後、兵衛の下僕工左衛門は大阪にて米商人田島屋となり刀をさがし、奴煙草の小万という評判の女が所持していることを知って買いとる。小万は実はさきの遊女咲川である。田島屋の娘お夏には手代清十郎という愛人があるが、父は鎌倉屋の五郎八を聟とりせんとし、お夏たちは刀を持ってかけ落ちし小万のもとにかくまわれる。小万すなわち咲川の処で五郎八・清十郎が対面、前者が岸二郎、後者が充之助であったことがわかり驚く。みな宝刀詮議のための策略であった。小万は旧悪を悔いて自害し、岸二郎は宝刀を主家にさしあげて本領安堵となり、お夏と充之助の清十郎はめでたく結ばれる。

ありふれたお家物と情話とを結びつけただけの作で、趣向上にとりたてた新味はない。しかし、奴の小万とお夏・清十郎とを巧みに結びつけ、さほどの不自然を感じさせずに一篇の物語としたところが作者の才筆であろう。かなり複雑な構成をさしたる破綻もなく運び、処々に思いもよらぬ覆線を設けたあたりも当時の読者の興味をそそるに十分なものがあったはずである。とりわけ小万の話があわれ深く、義理と人情の板ばさみで死にいたる経緯が大衆にうけたものと思われる。

お夏清十郎

覆線の巧妙

また、浄瑠璃ぶりの、七五調の文章も流麗で美しく、作者の本領を発揮した、きめこまかな情趣をかもしだしている。

当時好評だったらしく、種彦はさらに後年『出世奴小万伝』(天保四)に改作している。

三 『浮世形六枚屏風』

『浮世形六枚屏風』

『浮世形六枚屏風』は種彦の資性をもっともよく生かした佳作であり、翻訳され西欧に紹介されたこととあわせて彼の代表作にあげられている。まず序文で次のように説く。

此書に無い物は、先第一に敵役、異人妖術怪談、狐狼ひきがへる、家の系図や宝物、紛失すべき物も無い。親子兄弟名乗りあふ、印籠かんざし割髪搔、神や仏の夢知らせ、腹切身替ぬき刀、血を見る事が少しもない。人と屏風は直には立たぬと、下世話を悪く心得て、曲ばいよ〳〵立にくい。浮世新形六枚屏風、かゝるはか無き絵草紙も、意見のはし書あらましを、一寸つまんで記すになん。

つまり本作は、在来合巻本の特色で

『浮世形六枚屏風』
（東京大学図書館蔵）

『浮世形六枚屏風』序文

尋常の趣向

あるお家騒動・敵討・怪異譚(だん)のたぐいと異なり、きわめて尋常の趣向であることを述べ、それと関連して、人と屏風は曲らねば役立たぬなどというが、不正直ではなお世渡りができぬ。この作中の人物はみな誠実によって生きつらぬいたし、この屏風もまっすぐのままで立つ新形である、とすこし勧懲の意をつけ加えておく、と述べている。なお題号の由来については後述しよう。

あらすじ

関東管領の一族網干(あぼし)多門太郎に仕える水間宇源太の子息島之助は、十四歳のとき主君の機嫌をそこない行方不明となる。

八年後、大阪中の島の米商人佐吉は、病気保養のため奈良に遊び、街頭に琴を弾く娘みさほを見染める。それよりさき、駕かきの戸平は関東の武士数村(かずむら)亭太夫に足軽奉公するうち、主人の妻初瀬の妹花世と通じ、ともに出奔して奈良に帰り一女をもうける。そのうち亭太夫は浪々の身となり娘みさほを戸平夫婦にあずけ、貧よりみさほが門口に立つ有様となっていた。さらに老母の医薬料のため、みさほは自ら島の内に身売りし、二ツ櫛の小松と呼ぶ全盛芸者となる。また、佐吉はみさほをさがして大阪中を浮かれ、月雪花の三ツ紋の佐吉と仇名される。

佐吉小松

さらに五年後のこと、佐吉・小松は偶然のことから互いに長い間求めあっていたことがわかり結ばれる。ところが関東では小松の父亭太夫が再び仕官し、みさほ実は小松をかねて定まる許婚（いいなづけ）にとつがせんとて、使いの雪室柳助を下向させる。戸平・佐吉は小松の身代金に窮し、佐吉は母妙讃にめぐまれた金も失って、二人は心中を決意する。あわやという時妙讃の手紙によって、佐吉と小松とは幼少よりの許婚の間がらだったことが判明、めでたしに終る。

近松物の改作

原作は近松の『心中刃（やいば）は氷の朔日（ついたち）』で、近松作が心中に終るところを草双紙ふうに改作したものである。序文に述べた如く、つとめて血なまぐさい場面や怪異不自然な趣向をさけ、世話浄瑠璃の情趣をそのままに敷き写した情緒作としている。変化には乏しいがしっとりとした味わいと、きめこまかな筆はこびによって清元・常盤津を聞く如き趣きがある。

『曽根崎心中』

とくに、二人が心中を決意する場面から巻末にかけて『曽根崎心中』の名文句を挿入してムードをもりたてている。二人が立てまわした六枚屛風の中にかくれる。屛風は前段にでてきたところの曽根崎心中の看板絵を写したもので、あたかも二人の梅田橋心中を暗示するかのようである、壁ごしにもれて聞えるのもお初徳兵衛の道行(みちゆき)の浄瑠璃である、というふうに作者の配意はこまかくゆきとどいている。作者の浄瑠璃好きと、ようやく円熟した草双紙創作の技法とがあいまって織りなした佳篇であった。近松の粉本はあるが、ここに至って手本を全く消化し、独自の境をひらいたと言えるのである。

西欧訳

評判作だったらしく、まわりまわって西欧で欧訳されている。戯作小説の西欧訳としてはおそらく嚆矢(こうし)であろう。弘化四年(一八四〇)ウィーンでドイツ語訳、出版されたという。ただしどのような内容だったかは不明である。その後慶応三年に

英文訳

東京で英訳され、"Account of a Japanese Romance"という題で、作者名を附けずに刊行された。筋書だけの簡単なもので、紙数二十枚の四六判である。これにそえて、門人四方梅彦の筆になる訳本を「浮世形六扇屏」という題で、挿絵もぬき、仮名を漢字に直して刊行した。「英文の彫板珍らしき時代なるに、巧に成功せし苦心察すべし」（大久保葩雪『続青本年表』）。その他この欧訳については鈴木重三氏の詳細な研究がある。

『傾城盛衰記』

ほかにこの期の作をあげてみる。『傾城盛衰記』は梅が枝狂言に拠り、西鶴の『日本永代蔵』などにヒントを得る。作中「かうした所は正本仕立三編目の三津五郎が袴垂の様に見えやう」など、「正本製」の流行をとり入れた文句がみえる。『道中双六』は「新彫翻案」と角書し、「丹波与作が原本を、ちよつと仮寝の大磯に、小万といへる御職株、恋の重荷をのせてくる、云々」と序す。「正本製」

第一編が当ったので、同じ近松作をまた焼き直した凡作である。

『娘狂言三勝話』

『娘狂言三勝話』は三勝・半七の改作。半七に、足利時代、大和吉野郷の武士茜染右衛門の子息という経歴をそえ、お家物の筋をからませている。『忍草売対花籠』は清玄桜姫の説話により、清玄を釣鐘建立の尼宗玄と、女じたてに直す。

『床飾錦額無垢』(文政四)は、門弟萍亭柳菊との合作とあるが、種彦は目を通した程度であろう。「平野屋小かん・表具屋平兵衛」の角書があるように、『心中刃は氷の朔日』を粉本とする。浄瑠璃・芝居がかりの体裁である。

『浮世一休廓問答』

『浮世一休廓問答』は、読本にしようと大体の趣向をたてたが完成せず、すてるに忍びないのであらすじをつまんで草双紙に作りあげたものだという。一休禅師に帰依し仮の名を万休と呼ばれる松風墨絵之助が花街ぐるいして、浮世一休と仇名をとる。また泉州で全盛の遊君地獄も一休の弟子となるが急死し、その禿が二代目をついで小地獄と呼ばれ、墨絵之助と深くなじむ。墨絵之助には正室があるが、継母の奸計から小地獄を身請けして側室とし、以下お定まりのお家騒動の筋立をとる。

『鯨帯博多合三国』

『鯨帯博多合三国』は近松の『博多小女郎』に芝居の「三国小女郎」をとりまぜた作。「出村新兵衛・小松屋宗七」と角書し、表が黒で裏が白の帯を鯨帯というが、これは天和三年刊の『俳諧題林一句』に用例がある、など例によってこの作者らしい考証を加えている。

『鯨帯博多合三国』
（東京大学図書館蔵）

四 『蛙歌春土手節』

『雁金紺屋作早染』は芝居に名

『雁金紺屋作早染』

高い「清川文七」と「助六」とをこねあわせた作。足柄山の関守鳴滝瀬平太は江の島の茶屋女おとせをめぐって清崎屋川右衛門と刃傷ざたとなり、武士の面目を失って切腹する。十余年後、瀬平太の遺児は、雁がね紺屋の文七となり、遊女清川と深くちぎり、はては勘当される。遊び仲間の万屋の助六、遊女揚巻が口ぞえで、出入の貫実屋閑太の家に寄寓するうち、閑太の妹と文七とは情をかわす。そのうち清川と文七とは敵同士の間柄だったことなど、さまざまな葛藤のはて、瀬平太は死なずに揚屋の主人となっていたことがわかり、すべてめでたく結ばれる。

『雁金紺屋作早染』
（東京大学図書館蔵）

草双紙の歴史

本作の序文で草双紙の変遷を述べているので次に掲げておく。

上下着附の黒表紙、かいどり下の赤本は、きつとはすれど時代めく。かちかち山路、洲崎の模様真向兎の大手がら。糸巻小紋を操かへし、中頃浮世をしやれ柿に、黄本と称へ青とよびし、生壁色の漉かへしも、いつか白地の土佐小半紙と変じ、加茂川染の色〱に、手を尽したる錦絵の、標紙をかけたる合巻は、うきす小紋長楽寺と共に流行出、鹿に紅葉の菖蒲革、狂言紋の今に廃らず。（略）

モデル小説

『蛙歌春土手節』は四方梅彦によれば、種彦・国貞の一身上の体験に基づく作とのことである。当時国貞の身の上に、本作の主人公六三の事件と同じようなトラブルがおこり、種彦も一役を買ってでたものでもあろう。国貞は六三を自分の顔に似せ、捌役の武士丹作を種彦の似顔で画いている。口絵の丹作の図には種彦の別称である三ツ彦の紋どころも見える。両者の似顔としては最もよく写されたものとされている。

秩父家出入の掛屋—関路屋六三（陸三）は、貞淑な女房お園がありながら、芸者かしくと深くなじみ、かしくの継母お腕に責められて身請金の算段に窮し、悪番頭環八にそそのかされて、秩父家から預かった金岡（かなおか）の鯉の一軸を質に入れる。秩父家の勘定方には悪玉の泥沼鷺平次と善玉の雲形丹作とがあり、かしくに横恋慕する鷺平次は、お園に不義を言いかける環八やお腕らと組んで悪計をめぐらす。鷺平次はかしくの身請金として六三に贋金（にせがね）をつかませ、環八は鯉の一軸を盗みだしてともども六三を窮地におとし、六三は父六右衛門から勘当され、環八も主家を追われる。

丹作は六三の身のあかしをたてんがため、スリの鮒蔵をして環八のふところから証拠の書附けをすらせるが、そのあと鮒蔵は環八に殺される。そのうち、お腕は六右衛門の妹であったことがわかり、改心してお園の危難を救う。

また、丹作はかしくを自宅にかくまい、一方で鯉の軸を探索する。一夜丹作の守袋から、かしくは幼少のとき別れた実兄が丹作だと考えるが、守袋はさきに果てた鮒蔵のものであった。やがて丹作の力で軸ももどり悪人たちは捕えられ、かしくは兄の仇環八を討ちとって万事めでたしとなる。

作者の体験

とりたてて目新しい仕組みはないが、丹作が別宅にかしくをかくまってやる一場は、作者の実体験によると覚しく、丹作がかしくの真情を知らんとして偽りの恋をしかけたり、忍び逢いにきた六三がそれを誤解して嫉妬したりする描写には、草双紙の紋切型をぬけたリアリティーがあり、情趣もしっとりとしてものあわれな一章をなしあげている。

荷風『散柳窓夕栄』

永井荷風もこの場面に興をそそられたとみえ、小説『散柳窓夕栄(ちるやなぎまどのゆうばえ)』において、作者種彦がかくまう遊女喜蝶のもとに情人の柳絮(りゅうじょ)が忍びこんでくる、というふうに脚色して使っている。

『春土手節』の序文

本作において作者は構成上に不手際をさらけだした。それについて序文で次のようにいう。

『水滸伝』に虎を撃て殺すこと二条あり。智と勇とにて趣を別てり。忠臣蔵に自殺三人あり。判官は法なり、勘平は窘りてなり、本蔵は義に依て力弥が鎗をかりて卒る。是等は上手のうへなれば学ぶとも及ぶべからず。今此草紙に絶えて久しき兄弟の名告あふ事二箇条あるは偶然とした筆拍子。予且て心づかず目出度かしくの小伝と書きをはつて幾度か悔れども更に甲斐なし。是を再翻さんにも才と共に日も短かく、はや売出しの魁を書房の急ぐ冬至の頃、梅とさんざん桜木に彫て後案ずれば、いづれ兄やら妹やら、分ていひ得ぬ趣向の拙さ。証拠もなくていひ出すお腕が言葉は実事にて、証拠を見て後物がたるかしくは思ひ過ちにて、聊か事は変れども、作者の用意の至らぬところと額に汗してこゝに記す。

二度の名乗りあい

兄妹の名乗りあいが二度もあるという趣向はでたらめな筋立があたりまえになっている草双紙では、さして大きなミスとはいえない。しかし、本作の場合はこの趣向は作者のはじめからの着想ではなかった。平生綿密な構成をたてる実直な種彦としては、いかに草々の筆とはいえ自戒の念にたえがたかったのであろう。たとえはかなき草双紙のたぐいでも、不自然なプロットはできるだけ避けようとした作者の心構えと、きまじめな性格とのうかがえる一節であった。

また、ようやく種彦も板元にせがまれるまま書き流しの作をもなさざるをえなくなってきた、そういう流行作家的な情況に入ってきた気配(けはい)もくみとれる。手本としては前作『雁金紺屋』と同様に「助六」をとり、また「三勝半七」をも下敷きにしたかと思われる。作中、「坂本の仙女香や山東(京山)の洗粉」とか、自作『唐人髷(まげ)今国姓爺』の宣伝文句なども見える。

五　『邯鄲諸国物語』

『関東小六昔舞台』
（東京大学図書館蔵）

種彦もいよいよ花形作家となり、書きなぐりを恥じず、むしろその速筆を誇りがおするふうにまで変わってくる。『忍笠時代蒔絵』では「四巻を書くのに、序文をのぞいて、十九日間で書きあげた」と自信たっぷりの様子で、この自信がやがて馬琴をしのぐ『田舎源氏』執筆へと進むのである。

『関東小六昔舞台』

『関東小六昔舞台』は、文政十二年、十二巻ものの中合巻として、半紙四ツ折の小形判で上梓、好評によりのちさらに天保六年に八巻ものに直して再板した。

難波(なにわ)の長者鞠垣(まりがき)左衛門の後室(こうしつ)葛原が夫の死後、熊岡闇五郎を弟にしたてて奸策をめぐらす。鞠垣家の惣領延太郎は行方知れず、葛原は継子の桃花を毒殺せんとし、住吉の神前での鉄漿(かね)つけ祝いに、医者の投田七庵(さじあん)に毒を盛らすが、七庵は延太郎の腹心で、延太郎もあらわれ、桃花は救われる。

一方、管領の家臣関東小六は、三年前管領の館から紛失した名鏡詮議のため下向し、住吉社頭で桃花と相愛の仲となり、延太郎と義兄弟の約を結ぶ。また宝鏡の盗賊は闇五郎だったこともわかる。七庵は実は幼くして別れた葛原の実兄であって、妹葛原の非道を憎みついに刺し殺してしまう。以後葛原の怨霊が延太郎・桃花にとりつき、まず桃花が生まれもつかぬ醜女となり、そのほかさまざまな怪異をあらわす。

以上を骨組みとして、つづいて桃花の異母妹小桜と小六のこと、小六の出家のことなどがあり、山名家と音川氏との戦乱を背景として、宝鏡ももどり、めでた

『関東小六今様姿』

しに終る。篇末小六が羯鼓（鼓の一種）をうって歌い舞いつつ悪漢を退け、小桜が宝をとりかえす一場が、芝居がかりの見せ場となっている。

原作は『関東小六今様姿』（元禄十一年、山下半左衛門座興行、原作者不明、三幕六場）で、謡曲『自然居士』の趣向は当時流行の演出であったが、種彦もそのままにとりいれて効果をあげている。なお、関東小六の巷説では『紫の一本』（天和三年）・『古郷帰江戸咄』（貞享三年版）などの古文献であったとされており、種彦はあるいはそれらをも参照したかもしれない。

天保二年、「正本製」十二編の完結のあと、種彦は想を練り、思いをあらたにしていよいよ『田舎源氏』にとりかかった。はじめは数編くらいの予定で、うまくいっても「紅葉賀」十一編あたりまで翻案するつもりだったが、意外の好評を博し、次々と巻を重ねていった。

いっぽう、「正本製」もひとたびは完結したが、その人気は依然としておとろえず、『田舎源氏』の評判にのってまたもや勢いをもりかえした。天保五年には「正本製」初篇が改題のうえ再版されるようなありさまである。そこで書肆は、「正本製」にかわる大衆的な絵草紙のシリーズを種彦にすすめた。種彦は『源氏』執筆のかたわら、手なれた合巻の筆さばきで通俗物の連作をあらわすこととなった。

『諸国物語』

これが『邯鄲諸国物語』八編である。作者は初編の序で原拠その他をあきらかにして次のようにいう。

この絵双子は西鶴の『諸国噺』や其磧の『諸国物語』などにならって作ったものなので「種彦諸国物語」と呼ぼうと思ったが、自分の名を表題につけるのもおこがましく、内容も虚構の作だから夢物語という意味あいを託して「邯鄲」の二字をつけた。また「近江の巻」で、賊徒が合図の篳篥を吹く話は『耳食録』から翻案したものである、云々。

種彦の作は「近江の巻」「出羽の巻」「大和の巻」「播磨の巻」の八編で、以後の「伊勢の巻」「遠江の巻」「摂津の巻」の十二編は弟子の仙果の筆になり、種彦の旧作を焼き直し、あるいは其磧および栗杖亭鬼卯の作から換骨したものである。

「近江の巻」――近江の国蒲生郡鏡山の宿に小々波屋鹿右衛門という旅宿があり、豊かに暮す。一人娘のお加奈は竹花屋の息子鯉七を見染めて恋わずらい、下女のお只が仲をとりもつが、母親のお山にさとされる。

近江の国司箕作判官知輝は、兇賊薬王太郎熊獺・次郎鬼門の兄弟を討伐せんとし、これを老臣の青崎蔵人景範の一子武者五郎景信に命じ、武者五郎は同輩の石倉尉之助久秋とともに出で立つ。琵琶湖を渡る武者五郎の軍船に、鳥川破門という浪人が同船するが、これは実は賊首の熊獺で、篳篥の音を合図に部下をして武者五郎の船を襲撃させるが、かえって武者五郎に破られ逃げ去る。

武者五郎の下僕に鹿蔵という愚か者があり、ひそかに熊獺の徒下にまぎれこんで、月明の一夜、篳篥を吹き鳴らす。その音を合図に武者五郎の部下が熊獺らを包囲してついに熊獺を討ちとる。鹿蔵は実は武者五郎であり、武者五郎と名乗るは実は石倉尉之助であった。

一方、賊の弟、鬼門は彫狗斎と偽わって小々波屋に近づくうち、娘のお加奈に懸想し、無理難題を言いかけ、また武者五郎をおびきよせんとする。武者五郎は虚無僧、尉之助は町人の体に身をやつして宿り、ついに鬼門らを捕縛する。武者五郎は面目をほどこし、下女のお只は勇婦なること知れて尉之助と結ばれ、お加奈・鯉七も祝言ととのう。

「出羽の巻」は右の続編である。出羽の国鳥海山の麓、月光川のほとりに語代関右衛門という浪人があり、忠僕帆助に養われて勉学につとめ、博覧なる学者となり多くの門人に教授してくらす。帆助は三十年も仕えたのち、関右衛門に暇を願い、横根山にこもって狩猟をたのしむ。たまたま旅役者の薩破鰓蔵・柄杓の夫婦は、帆助の金に目をつけ、柄抄は官女と偽わって帆助を谷底に転落させる。薬草取りにきた関右衛門が帆助を救い、鰓蔵を悔悟させる。鰓蔵の話から、関右衛門は生き別れた娘がさきの尉之助の妻となったお只、今の満月であることを知り、近江にたずねて行って親子の名乗りをあげ、その才幹を認められて光栗（みつくり）家の家臣となる。

「大和の巻」—近江の巻に登場した光栗判官知輝の家臣に茂山鐘（しげやましょう）

『種彦諸国物語』（東京大学図書館蔵）

摩利支天に祈願

三郎的具がある。彼はもと軽輩の料理人だったが、稲積一有斎という武芸者に仕込まれて奥技をきわめ、召出されて武士となったものである。一有斎はさらに一人娘小佐美の聟として鐘三郎をむかえ、夫婦は一子京太郎をもうける。京太郎八歳のとき一有斎は死去し、小佐美も重病の身となるが、彼女は摩利支天に三ヵ年の延命を願かけて助かる。その間、前の熊獺兄弟の賊徒征伐のことがある。三年後小佐美は願ぎれで死し、鐘三郎は悲歎のあまり仕を辞し、遺骨を携えて高野山にのぼる。途中、鐘三郎の姉おたえが浪華の呉服屋福原屋徳兵衛のもとに嫁いでいるのを訪い、京太郎をあずける。鐘三郎は高野山中で升形屋堂助の後家小笹と道づれになり、夢の中にふしぎな契りをかわす。堂助は徳兵衛の弟子分であった。やがて鐘三郎は落窪鍾三と名を変え、大和の郡司花城千早之助の料理番となり、小笹との間に梅之助も生まれ、京太郎をもひきとる。

花城の家中で剣術指南をつとめる黒塚官六郎・官八郎という奸佞な兄弟があっ

た。兄の官六郎は、かつて祇園につとめていたころの小笹を知り、思いをよせる。たまたま家中の武士が乱暴をはたらき倉にとじこもったのを鐘三郎親子が機転の働きで召しとり、その恩賞より士分にとりたてられ、師範役となる。これをねたむ官六郎は小笹のこともあってついに鐘三郎を毒殺してしまう。

鐘三郎の死後不遇の身となった京太郎は、亡父に反逆の濡衣(ぬれぎぬ)をきせた官六郎を斬り殺し、出奔して浪華の伯母福原屋のもとに身をよせる。官八郎より書状来たり、名乗りでて討たれないときは義母小笹・梅之助を討つ、という。京太郎は切腹を決意し、最期の名残りにとて新町へ遊び、盛名高き太夫(たゆう)として玉柏葉屋(たまかしわや)の柏木太夫を名指す。かねて京太郎を慕うお谷が柏木と偽わって京太郎に逢い、その覚悟を知って悲しむ。京太郎いよいよ切腹というとき、お谷の実父天原(あまはら)流波あらわれ、官六郎に頼まれて鐘三郎を毒殺したことを懺悔し、また京太郎父子に恩義を受けた人々も官六郎兄弟の積悪を暴露する。京太郎赦(ゆる)され、官八郎は追放とな

義理よりの切腹

る。武者五郎も来あわせ、京太郎は近江に召し替えられ、お谷と婚礼ととのって栄える。

「播磨の巻」―前巻の光栗知輝の息女かただ姫の許婚(いいなづけ)に、播磨白旗城城主浮島大江之介があった。老臣青淵帯左衛門原記(あおぶちたいもとのり)はお家乗っ取りを画し、もと馴染を重ねた室の遊女ささがにを大江之介の妾にあげて主君を堕落させんとする。また前巻の、茂山京太郎の弟梅之助は家中の笹野の養子となり、権三と改名して仕えている。

忠臣の浅香逸(いつ)之進はささがにに偽りの不義をしかけてこれを殺し、かくされていた青淵一味の連判状を奪う。出奔した逸之進は室の遊女屋かいで屋に上り、三笠太夫にあう。女は奴三笠と仇名される男まさりで、実は、青淵の一子小丹次の妻であった。小丹次は父の不忠を諌めて勘当、のち病死し、三笠は夫のために身を沈めたものである。

国元では権三が青淵の陰謀をさぐるうち、亡父鐘三郎にゆかりある刀匠犬宗を知る。また逸之進の娘小菊は主君大江之助の腰元とし寵愛され、青淵の謀反を警戒する。前巻の小笹・黒塚官八郎、旅役者の薩葉鰓蔵の妻なども登場する。青淵一味が押し寄せるが、石倉尉之助の妻満月の働きなどによりかえって討死する。

権三深雪

逸之進は主君の命によって三笠あらためおさゐを妻とする。大江之助は京都在番、逸之進留守の間、家中の川面（かわつら）伴作がおさゐに不倫の恋をしかける。権三は伴作の妹深雪（みゆき）と恋仲であったが、茶道伝授を理由として小菊と婚約する。伴作は権三に伝授の先を越されたのを恨み、権三とおさゐとの不義を言いたてる。おさゐは自害し、伴作は成敗され、権三は深雪と結ばれる。

特色

本作の特色は四篇の登場人物やシチュエーションが互いに関連しつつ、しかもそれぞれ独立した短篇となっていることである。前の近江・出羽の主要人物が、

新趣向

後の大和・播磨の巻々にあらわれて複雑な人間関係をおりなしてゆくのであるが、これは作者が一つの新機軸をひらいたものであった。この手法は『田舎源氏』執筆中に暗示を得たかとも察せられるが、長篇合巻の技法とも異なり、また西鶴の『諸国ばなし』ともちがったこの構成の仕方が、本作の人気をあおる一つの理由ともなった。前巻の人物が、後の巻々にも出現するということは、読者のサスペンスに訴え、通読の意欲を起させるのに大変巧妙な方法でもあったわけである。

複雑な構成

また、右の仕組みから構成がかなり複雑となり、起伏の多い筋立てとなっていることも本篇の特色である。概して言えばさほどの創意があるわけでもなく、合巻ないし読本に通有の紋切型の仕組みではあるが、それだけにヘマをすると荒唐無稽な虚構作に堕するところを、本作は比較的無理なく筋立てられ、ストーリーの運びも自然であって、草双紙としては水準に達するの作となっている。作者種彦の円熟の才筆を高評すべき処であろう。

本作について『かくやいかにの記』がこまかに比較考証したように、その原拠が近松の『心中宵庚申』、西鶴の『武道伝来記』、其磧の『世間娘気質』などを代表とする元禄文学であり、浄瑠璃・狂言をあれこれとりまぜた換骨作であることは旧作と等しい。初編はかつて不成功に終った読本浄瑠璃『勢田橋龍女の本地』にも骨子をかりたようである。

しかし種彦の才幹はこの合巻にいたって、それらの原典を完全に咀嚼し尽す高みに達し、さらに、オリジナルな草双紙と称してもさしつかえない程度にまで暢達しているのである。

時代と世話との場面の変化、劇的な情景の巧みな使用、芝居がかりと歴史物の叙法との適宜なバランス等々、作者の構成の才華は本作において遺憾なく発揮されている。文章も円熟し、表現技巧の妙も賞讃さるべきものがある。

以上の諸点によって『諸国物語』は種彦晩年の代表作であるだけでなく、この時代の草双紙中においても佳作であるといえよう。

この合巻も泉鏡花愛読の一篇で、鏡花はその内容や文章について詳しく讃評を加えたのち、「諸国物語は種彦作中の逸品なり」（鏡花「かな自在」、明治三十九年七月）とたたえ、また、「夏期学生の読物」として、橘南谿（なんけい）の『東西遊記』『芭蕉七部集』とならべて『諸国物語』を推薦したりしている。

泉鏡花評

また篁村（こうそん）は「柳亭種彦の日記」（『文章世界』明治三十九年八月）の文で、文化六年の日記に、『諸国物語』の趣向の種となった漢文『張将軍』の写しがあると伝えている。

饗庭篁村のことば

なお仙果の筆になる続編に、「伊勢の巻」（九・十編、弘化五）・「遠江の巻」（十一・十二編、嘉永三）・「摂津の巻」（十三編より二十編、未完、嘉永四以降安政三）がある。「伊勢の巻」は仙果が「当時翁（そのかみ）が著述（かか）れし物を再び用ゐて、いささか取捨（しゅしゃ）し」と序言したように、種彦の『笹色猪口暦手（ささいろのちょくのこよみて）』の翻案であり、「遠江」は『其碩諸国物語』に、「摂津」は栗杖亭鬼卯の『長柄長者鷺塚』にそれぞれ材をあおいだ二番煎じである。

種彦の人情本

このころ種彦が人情本を書いたという話を幸田露伴が次のように伝える。為永春水が人情本で以て余り当ったので、種彦の如き人もやはり似よったものを作った。しかし種彦は下卑(げび)ることをすることができず余り喝采せられなかった。馬琴もまた種彦が春水風にやったことを聞き、自分もその意見は違ってもその型を取って一路をひらかんと企てたのであったが、書肆から種彦の本はどうも思わしくないということを聞いてその計画をやめてしまった。これは私が種彦の弟子の梅彦から聞いたことだ。(露伴「江戸と江戸文学」)

種彦の人情本には天保十年に『縁結(えんむすび)月下菊』(六冊、国貞画)の一篇がある。あるいはこれをさすものかとも思われるが詳(つまびら)かにしない。

六　種彦の小説技法

以上を総合して種彦の小説作法をまとめてみよう。読本以来、合巻の初作『鱸庖丁青砥切味』から『邯鄲諸国物語』にいたるまで、一貫して見られる特色は、元禄期文学の模倣と、歌舞伎・浄瑠璃の翻案とを主としたことである。すでに繰り返し述べたように、とりわけ近松の浄瑠璃をもととしたものが最も多いことが、種彦作の第一の特色であろう。

近松の翻案

煩雑になるので省略するが、読本・合巻あわせて百三十余編のうち、近松物に取材した作は四十編をこえる。しかも彼は同じ近松作を自作の中で何度も蒸し返すということまでしている。柳亭に心酔していた金座役人長谷川金次郎は、種彦が熱田の仙果に送った手紙を書写して次のように伝えている。

仙果宛書簡

十一日出の御状、今夕相届申候。南里子の手紙御世話たしかに落手。いろいろ目録のうちにて御入用之品どもとりしらべ、当暮のうち并便に出し置申候。春になりてゆる〳〵御覧なさるべく候。種につかひ候あとがなお見たいとは、甚だよきお心がけなり。同じ種でもつかひよふにてかはるもの。京伝が美人伝、東西庵南北が綱手車、同年に出版、かだ粟島よめり雛形とかいふ、同じ種なれども黒白のたがひ也。いろ〳〵つかひ候ぬけがらの本ども、おひ〳〵お目にかけ申すべく候。門左衛門だにいくらもはめものあり。作者の常のこと、唯それを面白くするが上手なり。この『春の夜がたり』は正徳ごろの『武道三国志』とかいふ読本に、少しばかりありし筋をひるがえして書たるなり。この頃自笑があいご筆始を見るに似たる所あり。かひ出し所がおなじ所かもしれず。(下略)

つまり種彦の戯作観は、同じ種でも使いようで、また新味を生みだすことができる、近松の作品でも創作の源泉となるところはいくつもあって、一つの作でもさまざまな角度から摂取することができる、先蹤作からアイディアを取ることは作家の常の手段である、ただその趣向を面白く生かすものを上手というのだ、——ということにあった。この考え方は、ひとり種彦だけでなく、この時代の戯作者の創作観を正直に表現したものと考えてよかろう。馬琴ですらこれと同様な趣意を告白しているのである(文政十一年五月篠斎宛書簡)。

種彦はこれを自作中に実行している。『心中刃は氷朔日』を『怪談霜夜星』『綟手摺昔木偶』で使い、さらに『浮世形六枚屛風』で焼き直したごとき、あるいは『容競出入湊』を『奴の小万物語』にとり入れ、『絵操二面鏡』で再び使い、さらに『出世奴小万伝』に三番煎じとしたごとき、その適例であろう。

先蹤作の暗示

こういう種彦の小説作法を、坪内逍遙は徹底的にこきおろしている。「元来、作家の本旨は先輩作家がまだ表現してない新奇の妙想を発揮して、人生の真実を示すにある。ところが種彦の著作を見ると、「正本製」『諸国物語』『田舎源氏』

『遠山鹿子』などみな翻案ならざるはない。これは作者自ら小説の何たるかを理解していなかったからで、それ故にわざわざ翻案に心をつくし、かつまた、翻案の妙巧をもって自身でも誇り顔しているのだ。『田舎源氏』などは〝極めて面白き翻案草紙〟にすぎない。『諸国物語』なども趣向を其磧にとり、真情を浄瑠璃に借りたもので、たまたま妙想あってもいわゆるfancy（思い付き）に類するもの多く、ちょっと読者を喜ばす程度であって、永く心に感動を与える力量には乏しい。彼は〝真の想像力・イマジネーションの力〟が貧しく、ほんの〝お茶番のわざくれ〟くらいの作しか書けなかった、云々。」（『中央学術雑誌』）と痛評し、同じ戯作者でも馬琴の方が格が上だ、と断じている。

この逍遙のように、近代的文学観よりすれば、種彦作にオリジナリティーが乏しかったこと、したがって低級な翻案作にすぎなかったことは否めない。しかし、種彦にオリジナルな才分が全くなかったか、という点になると問題が残る。

換骨奪胎

当時、芝居・浄瑠璃に骨組みを借り、これを翻案することは読本・合巻の常套手段であって、必ずしも種彦の才能が乏しかったことにはならない。換骨奪胎は京伝・馬琴・三馬らがきそって用いた大衆作の手法である。とりわけ絵草紙の読者層は低級な庶民が顧客で、大衆にもてはやされるには人気狂言を適宜にとりいれ、役者の似顔を載せるのが最も効果的な手法だった。種彦も諸家に追従して、この手法をとったわけである。

篁村の種彦評

彼は生涯を通じて自己を抑制することに細心の注意を払った人だ。卑屈なまでに自分をおさえ、自己主張とか、自分の主観的な見解を述べることを極度に警戒する人柄だった。亡父の遺戒を律義に守り、旗本という身分に束縛され、生来の細心な性格とあいまって自己をおしかくしてしまう生き方をとった。

彼は創作でも考証でも謙虚を旨とし、故実を尊び、先蹤作を重んじた。この点について饗庭篁村は、「ことに感心するのは種彦の徳義あることだ。とかく後進者のなま天狗は、古人の糟粕を啜りとって、我こそは空前の新機軸を出したり、発明をしたりと威張りたがるものだが、種彦にかぎってはそういうことがない。あくまでも先進を尊崇し、古人を学ぶことを明言して、しばしばその作の出所を告白している。これは古人を踏みたおして得意顔している他の剽窃専門家とはわけがちがう。まことに純情の人だったと言うべきである。」と賞讃し、逍遙に反論している。

先輩作家への尊敬

要するに種彦は、馬琴が肩ひじいからして己が学才を誇示したのとは対照的に、自分を抑えかくす体の人がらだった。女性的なうらみはあるが、驕りたかぶらぬ恭謙な人格者だった。こういう性格から、新奇なオリジナルな着想・主題をことさらに避けたところもあったかと思う。

緻密な構成

また種彦の作を総じて、その構成は緻密で用意も周到だった。草双紙界の寵児となってからは書きなぐりふうの作も少しはあるが、概しては綿密に筋をたて、

『国字水滸伝』

考証や趣向に凝り、文章を練りあげる作家だった。

山東京山の『水滸伝』のあとをうけ、『国字水滸伝』を訳すにあたり、仙果に送った手紙がある。京山の訳があまりに俗語を用いて評が悪いので、板元が別人に依頼したところ、それがさらに俗っぽい言葉づかいで訳されているので、ついに種彦のところへ持ちこまれたとある。種彦の筆がきめこまかく、内容にふさわしい文体を創りあげる才分を買われたものであった。

あくまでも良心的で『蛙歌春土手節』のように、うっかり筆がすべってミスしたときでも、これを正直に告白するようなタイプの人だった。翻案するとしても決して原作そのままを取り入れるのではなく、必ずこれを一度自分で嚙みくだき消化してから再創造している。こういう点でも京伝にちかい。無責任・不見識に剽窃したのではないのである。逍遙の評はいささか酷にすぎるともいえよう。

種彦の特色として、その情趣的なこともみのがされない。さきにあげた「戯作六家撰」が小野小町に擬し、〃あわれなるようにて強からず〃と評したように、彼の特性は情緒纏綿たるムードにあった。篁村の讃辞も前述したようなもので、その〃しとやかで、優美な〃点、〃簡潔で妙趣ある〃点において、馬琴のいかめしい文体とはまた異なる雅致をそなえていた。

さすがの逍遙も、この点に関しては種彦の才華を認め、

その文体の妙なるを言えば、名にしおう風の柳の如く、姿たよたよと優しげなれど、枝振りすなおにして、くねれる様なく、醜き形なきはいとめでたし。宗々しき漢文はかつて見たる事もなき者だに、物しらぬ女わらべだに、翁の仮名がきの文章としいえば、皆もてはやして喜び読む。その解しやすきによることとなんめり。学識にとめる大人才子も時にこの翁の文句を誦して、今人及ばずとほめたたう事は、これまた優雅なるをめずるによるべし。されば文

章の上より評さば、豪宕活潑なる気脈に乏しく、悲壮勇偉ならぬ憾みはあれども、まことに此翁は非凡の操觚家、最も平易文に巧なる人なり。彼のイギリスのデホーの翁もこれにはまさらじ、と吾も思う、云々。

と絶讃をおしまなかった。

こうした、しっとりとした文趣、きめこまやかな情緒的文境が彼の持ち味であった。合巻特有の惨酷・怪異・殺伐をいとい、しめやかな錦絵的なシーンをしつらえ、道行ぶりの情趣をかもしだすのが彼の本領だった。そしてこの特性がさらに磨きをかけられ、頽廃的空気と結びついたところに『田舎源氏』が生まれたのである。

意識の低さ

以上の半面に、種彦には高邁な理想や、社会諷刺のトゲがなかった。彼には、馬琴が強く勧善懲悪をうちだして理想的人間像を追求したような積極性もなく、京伝・三馬が社会をうがった程度の気魄もなかった。自分のわくの中で作りあげた耽美境にとじこもり、大衆に支えられて安住したきらいがあった。保守的・退嬰的で、意識低調のうらみがあった。ある意味で、町人作家より以上に戯作者的であった。

『田舎源氏』は、こうした彼の情趣的特性と、戯作者の日かげ者意識との結合の所産だったのである。

第六　『修紫田舎源氏』

一　成立

超ベストセラー

いよいよ、空前のベストセラー『修紫田舎源氏』の出現となる。当時、『田舎源氏』が江戸の町々をわかしたありさまは、現代のわれわれの常識をこえるものがあったようだ。文政十二年(一八二九)から天保十三年まであしかけ十四年間にわたって「すこしも読者に飽きられず、続編が発行されるにしたがってますます好評嘖々として次巻の出版が求められるという有様だった」(大久保葩雪『続青本年表』)。〝源氏ブーム〟は一般庶民から江戸城の大奥まで浸透して日常生活のすみずみに影をなげ、「錦絵の類はもちろんのこと、神社・仏閣の奉納の扁額、あるいは衣裳の模様・唐

『田舎源氏』初編・表紙絵（新潟大学蔵）

『田舎源氏』第二編・表絵紙

源氏ばやり

紙・障子の押絵にいたるまで源氏絵でないものは見られぬというほどだった」（依田学海「田舎源氏評」後述）。原典を知らぬ大衆は、『源氏』といえばこの本のことと思い、光源氏は知らぬが、光氏君を知らぬ者はない。好事の風流人は自分の家の窓・天井・手すりの欄干などを『田舎源氏』の挿絵に似せて作らせたりした。その他芝居に脚色上演されて大当りとなるなど流行はとめどなく、作者の死後に及んでも、『田舎源氏』の仮装行列をして処罰される富豪が出たり（嘉永四）、浅草の奥山に、人物をみな役者の似顔にこしらえた生人形の見世物がかけられたり（安政四）、あるいはまた十万石の大名松平三河守までが源氏の真似あそびをするというふうに、源氏ブームは絶えることなく、明治初期まで流れつづいた。

柳亭好み

作者種彦の声名も日の出の勢いとなる。当時〝柳亭好み〟の道具類が珍重され、机や煙草盆などはかなり後代まで行われた。種彦の名は全国的となった気配もあり、馬琴によれば天保二年ごろ、伊勢の松阪に種彦のにせ物があらわれ地方人をだましたことが記録されている。

このようなブームをまきおこした『修紫田舎源氏』とはどのような草双紙だったのであろうか。つぎに当時の草双紙界の変遷を要領よくまとめた種彦の文章『富士裾うかれの蝶衛』（文政十四）の序文によってながめてみよう。

草双紙の変遷

於六櫛（文化四 京伝作）の通りよく、垢の抜たる筆拍子、孝行車（文化元、南仙 笑楚満人作）のよく廻りし口調も、いつか簀子から糸もてさぐる星うつり、籠目の桜（文化七、京伝、『糸桜本朝文粋』）咲出し、三角な雪樋の雨ふりしも今は十年あまり、歌舞妓がかりが又変じ、漢土の小説、本朝の物語まで赤本に作りかへ書替へて、編を重ね年を積ねば全部とならぬ其中へ、類を放れ昔にかへり、僅か上下で事明細、姉の敵を討たる次第……。

ここには内容・形式の両面にわたる変移が述べられてある。つまり、はじめ『仇報孝行車』や『於六櫛木曽仇討』のような敵討物が全盛だったが、『糸桜本朝文粋』あたりから芝居がかりが流行し、歌舞伎ものが合巻の中心となって十年間ほどつづいた、ところがそれもまた変って中国小説の翻案物、わが古典文学の換骨作の流行となった。一方、形式も長編・続き物が行われ、何年もかからねば完結しないように変化した、という意味である。

馬琴の長編合巻

まず文政七年、馬琴が『金毘羅船利生纜』（同年—天保二、八編）・『傾城水滸伝』（文政八—天保六、十三編）を発表して長編合巻の新機軸をひらき、この傾向が流行して「草双紙の読物」とよばれる文芸ジャンルが成立した。とくに後者は合巻の大当り作で、「傾城水滸伝の流行のため、合巻ものの趣向一変いたし、諸板元はみなかような傾向の作を歓迎するようになった」（馬琴書簡、文政十一年五月）という。

本編は中国の『水滸伝』に拠り、その内容の賊徒を賢妻烈女に作りかえたもので、読本の『八犬伝』と対照的に、できるだけ平俗に翻案したものである。馬琴は『西遊記』の翻案である『金毘羅船』に女気がすくなく、合巻としての効果が薄い点を考慮して『傾城水滸伝』を書いたもので、その計算どおりに当り作となった。当時この小説にうかされてその風俗をまね、女だてらの荒くれわざを喜び、はては入墨までする女がでたという。

これに気をよくした馬琴はつぎつぎと中国物の翻案を出し『漢楚賽擬選軍談』（かんそまがいみたてぐんだん）『新編金瓶梅』（きんぺいばい）『風俗金魚伝』などを発表して、老いていよいよかくしゃくたる筆力を見せた。このような馬琴のめざましい活躍ぶりが、草双紙界の新傾向とあいまって、やや、マンネリぎみの種彦を刺激し、発奮させたのである。

地本問屋仙鶴堂

『水滸伝』の板元仙鶴堂は、地本（じほん）問屋のうちでも古い家柄の書肆だった。姓は小林氏、通り油町で絵草紙問屋をかね営み、代々鶴屋喜右衛門を名乗った。鱗形屋孫兵衛・永寿堂西村屋与八などとならぶ板元の大手である。馬琴・種彦と親しかった鶴喜は天明八年生れ、文政元年には豊国の挿絵で自作の絵草紙『絵本千本桜』を出し、数千部の大当りをとった。実際には馬琴の代作だったが、ともかく多少の筆も立ち、草双紙の流行のプランを案出する才人だった。この鶴喜のアイディ

鶴喜の家運挽回

アから『傾城水滸伝』や『田舎源氏』が生まれたのである。一説に、傾きかけた家運挽回のため鶴喜が種彦に『田舎源氏』の執筆を依頼したのだ、ともいう。その見込みどおり、鶴喜は『田舎源氏』で息をふきかえした（『ききのまにまに』）。馬琴は鶴喜の死（天保四）に際し、彼の人柄を「大酒・淫情常に満たり」と悪評しつつも、葬式の時には「しるやいかに苔（こけ）の下なる冬ごもり　ひがしの松に春をまたして」の一首をたむけている。

ちなみに、後嗣の鶴喜は『田舎源氏』をドル箱として傾きかけた地本問屋の株を守っていたが、商売上の手ちがいから不振となり、はては『田舎源氏』の板木を質に入れる窮状にまでおちぶれた。そこを天保改革によって板木を召上げられ、ようやく質請けして差し出したところを絶板、以後は衰退の一途を歩いてつぶれていった。

さて沈滞ぎみの種彦は『傾城水滸伝』の流行をみて強く心を動かされた。とくにそれが、ひそかにライバルとして目(もく)していた馬琴の作であることがいよいよ彼を刺戟した。何とかして馬琴にまさる新趣向の長篇合巻を考えださねばならぬ。「正本製」や『諸国物語』は要するに短篇の集成にすぎない。長篇の続き物は彼にとって全く未着手の領域にはいる。読本では失敗の前歴もある。種彦にとって創作の苦渋はかつてなく深い。

考えあぐんだはてに思いついたのが『源氏物語』であった。中国小説の翻案では馬琴の二番煎じとなり、かつまた学識の点でも及ばぬが、わが古典の領域ならば種彦のお家芸である。ことさら『源氏物語』は彼が読本時代から親しみなじみ、師の石川雅望(まさもち)から講義をうけたこともあって、もっとも知りわきまえた分野である。外祖父宇万伎(うまき)の書き入れ本の『湖月抄』も手もとにあり、その他の諸注釈書・俗解書にもことかかぬ。『源氏』を粉本とすることは得意のわざといってもいい。

また『水滸伝』が俠女や荒くれ女の変態美とか賢女・烈女など硬派の女を描いたのに対して、こちらは国貞とタイアップして、濃厚艶麗な軟派の美、ハイクラスの美人群を登場させることができる。あれこれ考えあわせ『源氏物語』翻案の構想ができあがっていった。

命名

『田舎源氏』と名づけた理由は、第二編の序に、「都の事を編ながら、田舎の字を冠たるは、詞の鄙びし故なりけり」と説いている。それに「偐紫」とかぶせたのは、初編の序に「大江戸の真中、日本橋に近き、式部小路といふ所に、甚媚きたる女あり。其名を阿藤となんいへりける。」とあって、作者を〝偽紫式部〟としたからである。また、都の錦の『風流源氏物語』の序文の中の「似せ紫の下染」の一句にもヒントを得た。かくて『偐紫田舎源氏』の題名もできあがった。

時代は例のごとく東山期にうつしかえ、光源氏は足利義正の次郎君、光氏とし、山名・細川の争いを一編の骨組みにした。「光氏」の名は作者の若い頃のあだ名で、落款にもつかっている「三津彦」に、光源氏の光をきかせたもの。また『風流御前義経記』の美男の風流男、三津氏権之助にヒントを得たという臆説もある。平安朝の宮廷の物語りを室町御所の出来事に改め、風俗その他はさながら柳営の大奥を彷彿させるごときものとし、その他、事件・人物などもすべて現代ふうにしくんだ。

とくに挿絵には念をいれ、種彦自身がこまかく下絵を書き、国貞が彩筆をふるったものにさらに種彦が注文をつけるという凝りようだった。図柄も思いきって大胆な構図とし、ところどころに、エロティックなムードをかもす情景をもさしはさんだ。

このようにして、新時代の好みにかなう〝現代版源氏物語〟が着々としてできあがっていった。

二　執筆の苦心

出版にあたって一番大きな問題は、はたしてこの小説が一般大衆にうけるかどうか、ということだった。在来の草双紙の読者層に、王朝物の典雅・優美が理解されるかどうか甚だ心もとない。板元の鶴喜もその成功をあやぶむし、五十四巻全部を刊行するなどはとうてい不可能だろう。

天明-寛政のころとは異なり、この時代には文学が職業化していたから、作者も板元も採算を度外視してはなりたたない。『田舎源氏』をくさした馬琴でも、「そろばん玉にのらぬ事はいたし申さず候」と告白している。種彦の苦心は、どうやって時代の好みにあわせるか、にあった。どうしたらこの大長篇を中絶させずに出版できるか、『源氏物語』の情趣を生かしつつ、この平板単調な物語りをどのようにして草双紙に翻案してゆくか、その点に最大の努力がそそがれたのである。

桐壺から紅葉賀まで

文政十一年、初編出版のとき、作者も板元もよもや三十八編まで続くとは思ってもみなかった。作者ははじめ、「桐壺」から第七帖の「紅葉賀」まで腹のうちにて稿し」(第二編序)て筆をつけた。しかしそれとて確実に続刊できるかどうかあやしい。「まず試みに桐壺・帚木の二帖を出し、幸いに好評をうけたら、続編を書くつもりだった。」(初編序、草稿)。

読者を飽きさせぬための工風・趣向には全力を注いだ。全篇に演劇味をそえ、「歌舞妓・繰り・物語、三つが一つになつたる絵草紙」(第二編序)とし、「源氏の条を翻案して歌舞妓狂言・浄瑠璃のおもむきに綴り」(第十編序)、あるいは「忠臣蔵」に擬え(第二十二編序)るなどの工風をこらした。

芝居がかりのほか、作者がそれまでの合巻に用いた各種さまざまの技法のすべてをとり入れ、敵討物・お家物・情話物の見せ場、サスペンス・覆線など、利用できるものはことごとく利用し、あらたに、作者の全才幹をかたむけて新趣向をこらした。

山口剛氏によれば、その下書きの草稿には、墨引と附箋とが原型をとどめぬまでに加えられており、作者の苦心がいかに甚しかったかがうかがえたという。そのために病弱の身を一層そこない、死を早めた、という説もある。『田舎源氏』の大成功は、作者の生命によってあがなったものともいえよう。

現代的改作

まず原典にとらわれず、その筋を適宜現代ふうに改作した。光氏が義母藤の方（藤壺）との不義は敵をあざむくためのみせかけの恋となし、黄昏（たそがれ）（夕顔）が物の怪（け）にとりつかれてショック死するという原作は、鬼女が黄昏の母凌晨（しののめ）であることを知って自殺するというふうにリアリティーをもたせ、あるいは源氏が須磨のわび住いも、光氏が山名の勢力をおさえんがための深謀と変え　常陸宮の姫君との関係も、光氏が前将軍の忘れ形見稲舟姫を山名方に擁立させないための手だてであったと脚色するなど、原作をあれこれと改めた。

俳句

その他原作にないお家物の権謀術数・重宝詮議・名のりあいなどの趣向をもりこんでサスペンスをもたせ、また原典の和歌をすべて俳句に直して親しみをました。

原典の巻々の順序も入れかえ、たとえば、第二編は桐壺の後半に第五帖の若紫、八帖の花宴、九帖葵の車争いなどをとりあわせ、第八編には若紫と末摘花、第十一編には末摘花、七帖の紅葉賀、八帖の花宴をないまぜるというふうに随時筋をおもしろく変えている。複雑な人間関係をわかりやすくするため、登場人物の系図を一文人形の絵で図解した口絵をのせるなどの試みもした（第五編）。原典の登場者四百九十余人を草双紙ふうに省略するには頭をなやまし、「二役三役を一人でかねさせる」という工風もした。

続刊

これら作者の苦辛がむくいられ、出版以来意外の好評を博し、毎年編を重ねて

修紫楼

いった。はじめ紅葉賀までの予想だったが、好評にのって「須磨・明石の巻までたち消(ぎえ)のせぬように」(九編序、天保四)と願いをたて、「思いの外に須磨・明石の浦まで船を漕ぎつけ」(十六編、同六年)ることができた。種彦の名声はいよいよ高く、あたかも須磨・明石の巻にあたる第十九編発行にあたって、新居「修紫楼(げんじろう)」も完成し、「楼上の詠(なが)めの自讃のようなれど、修紫が紫の一本(ひともと)の茂睡(もすい)が墓ある金竜寺の門の並び、森の下道南の方、丁字街(よつかど)へ」(十九編序、天保七)転宅するなど、作者の得意思うべき、最良の日をむかえる。

このころから作者は自信をもって筆をすすめる。原典に対しても、それまでと異なり、できるだけ原作の筋に即し、文章も原作の持ち味を生かして、三十編ころからは逐語訳をおりこむような試みさえした。

テキスト

テキストにしたのは北村季吟(寛永元年—宝永二年)の『湖月抄』六十巻(延宝元年)を主とし、ほかに第三編の序に「全部引書目録」としてあげた『源氏提要』『源氏小鏡』『十帖源氏』『をさな源氏』『源氏鬢鏡』『紅白源氏』『雛鶴源氏』『若草源氏』『源氏若竹』『風流源氏物語』『新橋姫物語』などの注釈・俗解書、および浄瑠璃の『源氏六条通』『弘徽殿うはなり討』『葵の上』『弘徽殿鵜羽産家』謡曲数種などを参照した。著者の失念した『俳諧源氏』にも暗示を得たが、これは建部凌岱の作であろうと『かくやいかにの記』が伝えている。

その他石川雅望の講義、『源注余滴』にまとめられる以前の注釈なども十分に活用したものと察せられる。

馬琴は「元禄年間より『源氏物語』を卑俗に書き直して、婦女子の読みものとした本が多い。『女五経あかしもの語』『風流源氏』『若草源氏』『雛鶴源氏』『猿源氏』などがあり、その他にもこの類のものが多い。種彦は学才がないから、『田舎源氏』は大方これらの俗書をもととして作りあげたものであろう。このごろはさらに種彦のひそみにならって、何々源氏などいう中本物さえ出ているという。

まことに才幹あるは得がたいものだ。」(『作者部類』)とけなしているが、これは馬琴のひが目で、種彦が『湖月抄』や『源注余滴』の稿など本格的な研究書にも目を通していたことは傍証がある。

種彦の凝り性は本作にいたってきわまった。まずプロットをたて下書きを書く。それを仮名(かな)ばかりのこまかい字で三度も書き直す。ようやく草稿ができる。つぎに下絵を書く。図柄・人物の配置などことこまかに委曲をつくしたデッサンで、一々画工に注文書きがそえてある。余白に前の草稿を写す。その際にまた文章を推敲(すいこう)する。完成すると板元(はんもと)へ渡す。板元から国貞と筆耕の千形道友または柳枝にまわす。国貞の絵と筆耕の写しができ、ふたたび種彦のもとへかえってくる。それにさらに訂正・加筆する。かくて完成した板下を彫刻師にまわす。彫刻には御家人の八木弥吉が内職でやっているのが巧みで、種の字をつけて種麿を名のっている。このような手順をへてやっと一冊ができる。種彦はこのわずらわしい仕事を十四年もつづけたのである。

これにも馬琴はケチをつけ、「田舎源氏は国貞の挿画がもっともよろしい。大体、種彦は絵わりなどはできないので、人物の所は○印ばかりかき、万事を画工まかせにしたが、それがかえってよかった。自分などは絵柄まで書くので逆効果となり、田舎源氏の挿絵の方が十倍もよくできている。」（篠斎宛書簡）と書いたが、これは全く馬琴の誤解だった。当時の戯作者はみな下絵をかいたが、中でも本職の京伝をのぞけば種彦の画才はレベルをぬいていた。馬琴の下絵などの及ぶところではない。いまその一例として、現存する下書き（「稀書複製会本」）から第八編の一葉をとり、国貞の板本とあわせかかげておく。ごらんのとおり、種彦がいかに構図や考証に意を用い、精密な下絵を描いたかがわかる。また国貞の板本と比べると、板本がこまかな点までほとんど下絵どおりに写されており、国貞が種彦のアイディアを重んじたことも理解できる。ただし、その下絵を生かし、これを最高に美化

『田舎源氏』第八編・口絵 種彦の草稿

『田舎源氏』第八編・口絵 国貞画

したのが国貞の画才であったことはいうまでもない。

また当代の頽廃的な気分にあわせて、所々にかなりエロテイックな図柄が見うけられる。あるいは作者のねらいはエロティシズムにあったのではないか、その旨を国貞にふくめて艶筆をふるわせ、内容は勧善懲悪を通して官憲の目をそらす、というところが真意ではなかったか、そう考えられるふしがある。その他、邸宅のたたずまいや室内の模様には大奥をしのばせるものがあり、それこれが重なって、後年天保改革令に筆禍をまねく一因となった。

刊行

文化十二年に初編上下四冊を刊行したのをかわきりとして、以後翌天保元（文政十三年改元）に二・三編八冊、同二年に四・五編と続け、以下毎年、二編ないし三－四編ずつ刊行し、天保十三年作者卒去のため第三十八編を最後として未完のまま中絶した。三十九・四十の二編は草稿のまま伝えられ、昭和三年、山口剛氏の校訂のもとに「日本名著全集」に復刻された。

『其由縁鄙廼俤』

なお作者の没後、その三十九・四十編の遺稿をもとにして弘化四年に『其由縁(そのゆかり)鄙廼俤(ひなのおもかげ)』(一筆庵可候(浮世絵師渓斎英泉の別号)、画工は二世豊国)が出され、嘉永三年までに六編を重ねた。その後安政・元治年間まで門弟柳下亭種員・笠亭仙果らによって二十三編まで書きつがれ、横笛の巻で中絶した。『田舎源氏』の人気がいかに高かったか知られよう。未見であるが、明治に入っても(明治十七-八年ごろ)『田舎源氏』の木版の新刻が出されたという。

三　あらすじ

つぎに原作と対照しながら『田舎源氏』の梗概を述べる。ぼう大な量なのでほんの片はしでお赦し願っておく。

〔発端(よみはじめ)〕「花の都の室町に、花を飾りし一と構(かま)へ、花の御所とて時めきつ」足利義正（桐壺帝）は正室富徽前（弘徽殿の女御）との間に嫡子義尚（春宮）があるが、このころ側室花桐（桐壺の更衣）をひとかたならず寵愛している。嫉妬より側室の一人昼顔が、侍女と謀って花桐を辱かしめるが、義正は昼顔に命じて花桐と部屋がえをさせる。その夜曲者が忍びこみ花桐とあやまって昼顔を殺す。花桐は次郎君を生むが、心労より「撫子に振返りけり別れ道」の句を最後に病没する。

藤の方

〔二編〕　次郎君十三歳、光り輝く美貌から光る君と呼ばれ、名を光氏と改める。管領音川勝元の妹猪名野谷が亡母花桐によく似ていることより、光氏が計らいで父義正に進めさせる。猪名野谷はさきに山名宗全から懇望されていたので、名を藤の方（藤壺）と改めて事を運ぶ。富徽前は藤の方とあわず、両方の侍女が加茂神社の守り札のことで争う（車争い）一場がある。光氏は藤の方と相談し、二人が不義を装う苦肉の策で、富徽・宗全の裏をかく。

元服

〔三編〕　光氏十七歳で元服。執権赤松正則（左大臣）の娘二葉（葵の上）を妻とする。

雨夜の品さだめ

五月雨の一夜、御伽に集まった近臣たちとくさぐさの物語りをなす（雨夜の品さだめ）。その夜、女賊が忍び入り重宝小烏丸をぬすみさる。光氏は好色の名のもとに重宝の詮索をする。家臣喜代之助の妻空衣（空蟬）を、村荻（軒端の荻）とあやまって恋する。

〔四編〕　光氏が「空蟬の羽もかくやらん袖の露」の句を空衣に贈る。そのころ、光氏は五条に住む乳母、家臣惟吉（惟光）の母の病いを見舞い、その隣家の娘が「君の光を月かと思ひ、浮れいでたる烏瓜」となげ節の一節を書きしたためた団扇に興をそそられる。娘は黄昏（夕顔）で、母の凌晨は舞の師匠であった。一方、また六条の遊女町に、阿古木（六条御息所）を知る。

黄昏

〔五編〕　一夜、光氏は黄昏をともない野中の古寺に宿る。古寺の場面の本文は次のようなものである。

黄昏は心弱く、物おぢをなす生れなれば、あら恐しの所やと、光氏につと寄添(そ)ひて、「あれ誰(たれ)やらん足音を、ひし〳〵と踏鳴(ふみなら)し、後の方より来るなり」ト、物もおぼえずわなゝきをる。光氏は打笑(うちわら)ひ、「それぞ心の迷ひなる。庫裏(くり)の方こそ人は住め、此所へは誰か来るべき。我にしかと寄添(よりそい)ひ居よ。」たて切る障子の透間(すきま)もる、風に燈火(ともしび)しばしばまたゝき、屏風の破れにひらめく紙は、尾花ならねど何とやらん、我を招く心地して、いとしん〳〵たる折に不思議や、影の如くに一人の女、忽然(こつぜん)として姿を現(あらわ)し、光氏をきつと見やり、「君が仮寐(かりね)の五条の夢、その折も言ひつる如く、妾(わらわ)を捨置き素性(すじょう)も知れぬ女を誘(いざな)ひ給ふこそ、恨めしけれ」ト言ふ声は、耳に残りて消失(きえう)せぬ。黄昏はかたはらに、俯臥(うつぶし)に臥(ふ)しゐたり。なにとかしけんと心騒ぎ、かき起さんとし給へばなよなよとして息もせず。

ようやく黄昏が息をふき返すと、鬼女があらわれ光氏を刺そうとする。鬼女は凌晨で、義正に滅ぼされた父の仇として光氏をねらったもの、小烏丸の賊でもあった。黄昏・凌晨は自殺をとげる。
〔六編〕光氏十八歳、瘧を病む。遊女阿古木が尊い守を持つと聞いて訪れる。守は足利家の重宝、勅筆の短冊で、阿古木が光氏の従姉なることもわかる。一方、遊女屋忍屋の別荘に、遊佐国助（兵部卿の宮）の子で、藤の方の姪にあたる幼なき紫（紫の上）が祖母の遣手小玉と共にいることを知る。光氏は、国助が山名宗全に加担するをおそれ、紫を身請けする。（若紫の巻）
〔七編〕藤の方が病いのため音川の下館に移る。光氏ひそかに訪い、宗全がなお藤の方をつけねらっていること、紫のことなどを語る。宗全・富徽の奸計にて光氏危きところを逃れる。
〔八編〕義正の側室千景の方（麗景殿・承香殿の女御）の妹に綾萍（花散里）があり、光氏の愛をうけ、糺の館に仕えている。そこは、義正の亡き兄義勝の館で、稲舟姫がさびしく暮している（末摘花の巻）。光氏は、宗全が姫を擁立する企図あるを知って、姫のもとに通い、浮き名の下にこれを妨げる。

青海波

〔九編〕　東福寺紅葉狩の催しで、光氏が赤松太郎高直（頭中将）と青海波を舞う。また光氏は嵯峨の館に紫と言の葉とをひきとり、宗全が紫を人質にしようとする企てを制する。藤の方懐妊し、光氏はこれを自分との不義のごとくよそおわせ、それを理由として軍略の要地播磨に退去しようとする。（紅葉賀の巻）

春若丸

〔十編〕　宗全の息統清は稲舟姫に思いを寄せていたが、一夜、光氏の計略で、門番の娘紅を姫に仕立てて逢わす。あくる朝雪景色にかこつけて姫を見れば、背の高い、象のような鼻の先の方が赤い醜女なのに統清はあきれる（末摘花）。光氏二十歳。藤の方、春若丸（冷泉院）を生む。光氏に酷似している。

〔十一編〕　室町の御所に仕える老女水原（源典侍）は、綾萃の生母だったが、宗全方に加担して足利家の重宝玉菟の鏡を盗み所持している。光氏は彼女に戯れ、宝鏡と密書とをとりあげる。

車争い

〔十二編〕 御所で桜の宴が催された夜、光氏は「問へかしな紀（ただす）の露の草の原」の句をもって、青葉琵琶之助の娘桂樹（かつらぎ）（朧（おぼろ）月夜の君）によびかけ、光氏と浮名をたてて義尚のもとに参上するなと告げる。また阿古木母子に伊勢渡会（わたらい）の陣屋へ下ることをすすめる。葵祭の日、二葉の上が見物中、阿古木の一行とぶつかり、二葉の若侍たちが阿古木たちを辱かしめ、その戸無駕籠（となしかご）の垂（たれ）や簾をひきちぎる（車争い）。義尚将軍となり、春若丸が嫡子となる。

〔十三編〕 紫との詠（よ）み合わせ「生行（おい）かば我ひとり見ん柳かな」。紫「青柳やさだめぬ露の落ちどころ」。二葉の病気で僧に祈らす。多くの生霊・死霊のうち、阿古木の生霊のみ執念（しうね）く去らぬ。病中に二葉安産、夕霧丸（夕霧）を生むが、まもなく息絶える。（葵の巻）

退隠

〔十四編〕 光氏雲林院（うりんいん）に籠もる藤の方を訪い、その剃髪を止め、自ら桂樹との事によせて播磨に退隠の志を告げる。伊勢へ下る阿古木に「野の錦捨てて榊（さかき）へ蝶

の来る」の句を示す。光氏二十一歳。（賢木の巻）

〔十五編〕　川次郎が義母空衣に不倫の恋をしかけ光氏に辱かしめられる。富徽前、なお桂樹を義尚の側室にせんとす。桂樹は光氏の臣石堂馬之丞（左馬頭）を慕っていた。

〔十六編〕　光氏、御所に住む桂樹のもとに忍び入り、富徽前の激怒を買う。それを機として須磨に退かんとし、喜代之助の息良清を供とする。光氏二十三歳。

〔十七編〕　須磨出立に際し、紫や藤の方との離別の場。淀川の仮屋に達すると、にわかにときの声おこり、宗全挙兵し、音川勝元と合戦中の報せがとどく。川次郎舟にて来たり、重宝安泰のために光氏に切腹をせまるが失敗する。

〔十八編〕　伊勢の阿古木の便りをもって国助が須磨の光氏を訪う。「須磨の浦にはいとどなお心づくしの秋風に、海は少し遠けれど、またなく哀（あわ）れなるものは、かかる所の秋なりけり。」わび住いする光氏のもとに良清が都の情勢を伝える。

明石

冬に入って高直が下向してき、光氏は高直をして、明石の宗入(明石入道)の娘朝霧(明石の上)に艶書をおくらせる。光氏二十四歳。(須磨の巻)

〔十九編〕 三月の初の巳の日、山伏鬼得院が御祓を行うと海上に怪異おこり、竜女あらわれて光氏を海中に誘う。光氏蟇目の弓矢によって竜女に扮した鬼得院を射殺す。夢に母花桐あらわれ、朝霧との契りを結べと告げる。宗入もまた霊夢を見て、光氏を明石に迎える。光氏二十五歳。

〔二十編〕 光氏須磨を去ってまもなく、山名の軍勢がおし寄せるが、光氏が祈願の神応より高潮おこってみな海の水屑となる。光氏の琴の調べに宗入が感動し、身の上を語る。朝霧は田舎育ちを卑下し、ようやく「聞悩む人はあらじな田長鳥」の句を贈る。光氏二十六歳。

〔二十一編〕 光氏朝霧と契る。都では義尚が眼病をわずらい、春若丸に将軍職をゆずらんとて光氏にその後見役を依頼、また音川・山名の合戦も勝元の勝利に終り、光氏に帰洛をすすめる。やがて義正からも召還の書がとどき、光氏は懐妊せる朝霧に思いを残しながら帰京する。光氏二十七歳。（明石の巻）

〔二十二編〕光氏帰京、義正をはじめ在京の人々と対面する。留守中稲舟姫は荒れはてた館に心ぼそく暮していた。（蓬生（よもぎふ）の巻）

〔二十三編〕光氏、義尚に願って稲舟に化粧料として二ヵ国の墨附をおくる。光氏、花桐のために法華八講を行う。また藤の方の侍女菫野（すみれの）を乳母として明石におくる。明石では明石の姫が誕生する。

〔二十四編〕光氏の住吉参詣、舟を「澪標（みおつくし）」にとどむ。折から朝霧も参詣、はるかに光氏をのぞむが自卑して逢わずに去る。阿古木は野の宮のほとりにて病死する。義尚は職を辞し春若丸将軍となり、名を義植（よしたね）（冷泉院）と改める。赤松政則執権となる。高直の娘初花、富世前（とみよのまえ）となって義植の内君におさまる。

〔二十五編〕義正薨ず。義尚微行の折、阿古木の遺児磯菜（いそな）（斎宮）を見そめる。

絵合

光氏は藤の方と計って、磯菜を義植にすすめる。藤の方の御前に絵合せの遊びがある。光氏二十八・二十九歳。

〔二十六編〕 義植の前で富世前方と磯菜方の「絵合せ」がある。高直・光氏がそれぞれ後見となる。互いに優劣きめがたく、最後に光氏描く須磨の巻があらわれ、左の磯菜の方の勝となる。光氏また嵯峨に尼鳳山名双寺(じほうざんみょうそうじ)を建立し、世の人心を静めんと志す。宗入はなお明石にとどまり、妻と朝霧とを京に上そうとし、大井の里に新館を構えさせる。(松風の巻)

〔二十七編〕 喜代之助に死別した空衣は川之助をさけ、村荻とともに光氏にひきとられる。宗全の落胤菊咲(槿(あさがお)の斎院)が光氏の腰元となる。朝霧大井の館に入り、光氏がこれを訪うのを紫がひそかに嫉妬する。富徽前のすすめにより田貫僧都が名双寺の住職となる。桂川の別邸に義植を迎えて鵜飼遊びの最中に、田貫が悪計にて狐をよそおう暴徒あらわれるが、光氏は南蛮の火術でおいはらう。

〔二十八編〕 紫が明石姫をひきとる。菫野が娘ゆかりをのこして姫のかしづきとなる。田貫は、義植にその光氏の不義の胤なること、義尚の子香寿丸を嫡子とすべきことなどを告げる。義植驚いて光氏に将軍職をゆずろうとするが光氏はこばむ。光氏三十歳。（薄雲の巻）

〔二十九編〕 田貫は菫野の旧夫で、わが子ゆかりが光氏の恩をうけていることなどを知り、前非を悔いて自殺す。光氏は菊咲の身もとに不審をいだく。また菫野の召使い山吹（右近）から黄昏の遺児玉葛（たまくず）（玉鬘（かづら））の身の上を聞く。

夕霧

〔三十編〕 菊咲、真の小鳥丸を光氏に捧げ、母とともに尼となる。二葉の忘れ形見夕霧丸は成人して雲井之丞氏仲となり、高直の妾腹の女雁音（かりがね）（雲井の雁）とともに祖母小毬（こでまり）（大宮）の家にくらす。雲井之丞と雁音とは恋仲となるが、高直は雁音を香寿丸（東宮）に進めようと考えている。（乙女の巻）

玉葛

〔三十一編〕 高直が雁音を手もとにひきとる。一方、玉葛は九州平戸にあって、祖父の旧臣大児弥五六郎(太宰大弐)に育てられ、その死後畚之助(豊後介)・宮城の兄妹にかしづかれて美しく成長した。たまたま土地の豪家信楽現太夫に求婚され、のがれて畚之助らと上京する。

〔三十二編〕 二月卯の日、義尚は大原野の祭の練物を東山に招いて見物する。評判に興をひかれ将軍もまた御所によんで観覧せんとし、光氏があれこれと手配する(五節の舞)。また玉葛の一行は神だのみから初瀬の観音に参詣し、山吹にめぐりあう。山吹は玉葛に光氏の厚情を伝える。

〔三十三編〕 東山殿の御前で雲井之丞の学才認められ、学寮の司に任ぜられる。光氏、六条に新館を営み、構えを四季になぞらえ、紫を春、磯菜は秋、朝霧は夏、花郷(前の綾浡)は冬の館にそれぞれ住まわせ、栄華をきわめる。玉葛は花郷にあずけられる。

〔三十四編〕 美しい玉葛に言い寄るものが多い。一色多京汜廉(髭黒の大将)は妻賤機（しずはた）（紫の義姉）の悋気（りんき）になやみ、離婚して玉葛をめとろうとする。他に、千景方の息正尚、高直の子柏之助（柏木）なども思いをよせる。氏仲のみは実の姉と信じている。光氏三十四歳。（初音・胡蝶の巻）

螢

〔三十五編〕光氏夢に黄昏に逢うとみて玉葛に寄り臥す。競馬（くらべうま）・騎射の催しのあった夜、正尚が玉葛のもとに忍ぶ。光氏、ものかげから螢をはなって玉葛の姿をほの見せる。正尚「消えはせじ声なきむしの光だに。」（螢の巻）

野分

〔三十六編〕光氏に刺戟されて高直も近江にあずけておいた妾腹の娘堅田（近江の君）をひきとるが、その粗野（そや）なのに困惑する。玉葛は堅田の境遇を聞くにつけても光氏の厚情に感謝するのだった。野分（のわき）が吹きあれた翌朝、氏仲が所々を見舞う。たまたま光氏の玉葛に対する態度から、実の親子でないことをさとる。（常夏（とこなつ）・篝火（かがりび）・野分の巻）

〔三十七編〕将軍家嵯峨・嵐山の遊覧にあたり、玉葛は行列中に父高直の姿をのぞむ。光氏は玉葛を将軍の御髪上にすすめようと考える。光氏、高直に会って玉葛の身の上をあかす。玉葛の初鉄漿(かね)の式に高直・篠清(しのきよ)の夫妻来たり、篠清が鉄漿親(かねおや)となる。（行幸(みゆき)の巻）

行幸

〔三十八編〕 信楽現太夫上京して玉葛を奪わんと計るが、氏仲に捕えられ本国においかえされる。氏仲「解けて寝よ同じ野辺なるふぢばかま」の句によって玉葛に意中を示す。汜廉、玉葛を求めることしきり、柏之助を介して高直に願い出る。光氏は汜廉の妻賤機の父国助に対する遠慮からこれを肯(がえん)じない。光氏三十五歳。（藤袴の巻）

藤袴

〔三十九編〕 氏仲は、光氏が玉葛を惜しむの非難をおそれ、国助の長子国茂にめあわせようと思い、縁結びの守りの一つを菓子に入れて玉葛に食べさせる。帰途、汜廉の真情にうたれ、残りの一片を汜廉に与えてしまう。奇特あらわれ二人は結ばれる。賤機は悋気(りんき)より狂乱状態となり実家にひきとられる。

〔四十編〕光氏、玉葛を御所に上げる。すでに玉葛は汜廉の胤を宿しており、義植もそれを知って玉葛をかえす。光氏直ちに玉葛を汜廉のもとにおくる。汜廉の喜びはきわまりない。光氏「おなじ巣もかひなや人の手ににぎる」の句をおくる。春より富徽前病み、夏逝去。野べ送りの日、天に異変があった。（真木柱の巻）

四　源氏ブームとモデル

右の梗概は骨組みだけを述べたもので、原作は約八百丁、千六百ページ、原稿用紙にしてゆうに二千枚をこえる大作であり、筋立も複雑をきわめている。右の骨子に合巻（ごうかん）ふうの事件がからみつき、人物の関係もさまざまに入りまじって、起伏に富んだストーリーを展開している。しかも、在来の草双紙の通弊であった荒唐無稽（こうとうむけい）な趣向は少なく、筋の運びもなめらかであって、平俗な読物としては現在でも通読にたえる一面をそなえている。

本作が『源氏物語』そのものに負う点は認められるが、しかし、その成功の大半は作者種彦の才筆がもたらしたものであった。『田舎源氏』はまさに種彦の円熟した手法と、表現技巧の完成とをもっておりなされた佳篇であった。まして、当時の戯作界のレベルでは、原典の雅致と草双紙の精粋とをかねあわせた一大傑作だったのである。当時「草双紙双六」で本書を上りとしたのも故なしとしない。

合巻の純粋

馬琴崇拝家として知られる高松藩の家老木村黙翁ですら、『傾城水滸伝』『新編金瓶梅』とならべて『田舎源氏』をあげ、「この三種は、合巻草双紙の純粋というべき傑作である」(『国字小説通』)とたたえている。

当時本書がベストセラーとして江戸市中の人気をあつめたありさまは数々の文献に伝えられている。風俗衣裳・諸道具の源氏模様・源氏絵の流行から、源氏煎餅・源氏そばの類に及ぶまで源氏ブームは熱狂的なもりあがりを示し、光氏は庶民のスターとして、あるいは一種の理想的人間像としてもてはやされた。大奥の女中たちもきそって買い求め、作中の登場人物の運命をおのが身の上につまされて愛読した。種彦が病床につくと、女中たちの中には神仏へ願かけて平癒をいのるものも少なくなかった。松恵という重い役附きの女中は、堀の内の妙法寺（現東京都杉並区）へ七日の間代参をたてて祈禱を頼み、仏前に奉書に包んだ『田舎源氏』を供えた。それと知らぬ人人は何かの呪咀でもあるかのように評判し、隠目附のとり調べとなった。罪のない事件だったが、松恵はついにお暇を願わねばならなかった。

芝居にも脚色上演された。天保九年三月、市村座の『内裡模様源氏紫』が最初で、羽左衛門の光氏、訥升の尚久、三津五郎の義尚、杜若の藤の方という顔ぶれで大評判となった。「田舎源氏の浄瑠璃、内裡雛五人ばやし、所作事がんどう返し大仕掛、古今の大当り。本作は柳亭足薪翁戯作の内第一の大当り作で、このたびの古今まれなる大当りは全く柳亭先生の功なるべし。」（『歌舞妓年代記』豊芥子）と記録されている。そのほか、源氏ブームをあてこんで外題だけをかりた『田舎源氏十二段』（天保十年十一月、中村座）・『物草太郎作手管歌当』（同十二年三月、市村座、大名題わり書〈時代は院本の十帖源氏、趣向は赤本の田舎源氏〉）などが上演され、人気に拍車をかけた。

モデル問題

さらにまた人気をあおった理由の一つにモデル問題があった。作者は本作の時代を東山期にとり、背景や場面などをみなその時代にうつしかえた。これは歌舞伎・草双紙の常套手段で、種彦も読本・合巻を通じてそれまでにもくり返し用いている。

しかし巷間ではだれいうともなく、『田舎源氏』は江戸城の大奥、とくに盛んをきわめた大御所家斉の後宮をモデルにしたものという風説が流れひろまっていった。

さきに述べたように、家斉の後宮生活は歴代将軍中でもずばぬけてさかんであり、その栄華をきわめた生活ぶりは江戸市民の目を見はらせるものがあった。大奥に仕える女中八百八十余人、中﨟が四十人、子を生んでお部屋さまとなったものの十六人、子女は男女あわせて五十五人を数える。おやつの菓子に使う白砂糖だけでも一日に千斤（約六〇〇キロ）を要したという。

この大奥は全くの男子禁制で、大奥の入口である広敷御錠口から内側はすべてが女性の手によって処理されている。その内部は別天地を形成し、幕府の要職者といえどもうかがいしることができない。まして一般庶民には全く手のとどかぬパラダイスであり、空想しかゆるされぬハアレムである。そこにさまざまな臆測がうまれ、庶民の好奇心をそそるものがあった。この好奇心をみたしたのが『田舎源氏』だった。『田舎源氏』の筋や内容、とくに国貞えがく挿絵は、そのまま柳営の奥向きを写し描いたものというわさが流れ、それが真実として信じられていった。国貞の源氏絵も大奥というハアレムの見立図としてもてはやされていったのである。

勝海舟

勝海舟ですらこのうわさを信じていたらしい。『帝国文庫本—田舎源氏』（明治三十二）の解題で、大橋乙羽は海舟から聞いた話として、田舎源氏は大奥の生活を材料としたもので、大御所をモデルとして光氏を描き、絵組みの模様などもお浜御殿をそのままかいたところもある。「種彦は身分が旗下で、人間が如才無いと来ているから、大奥の部屋々々へも入って、その事情が精しくわかるから面白い、書いたものが皆活動している。」などと伝えている。これはもちろん海舟の誤解で、種彦が大奥へ出入りしたなどはデタラメも甚だしく、また家斉をモデルにした件も確証がない。乙羽は正直にそのまま信じこんで、「諷刺頗る巧みにして、些一の露骨を見ざりしが故に、読む者はたゞ『源氏物語』を模したるものとのみ思へるは、迂濶なる業なるべし。」などと感心している。

幕府の重臣である海舟ですらそう思っていたくらいだから、まして一般には、光氏が大御所、ないし家慶をモデルにしたもの、と妄信されていたのもむりはない。

『田舎源氏』に右のモデルを推測させる人物関係が少しはあった。作中の富徽の前は「九州・四国にかくれなき大内為満の娘」ということになっているが、家斉の正室は薩摩侯島津重豪の女茂姫で、多少似ている。また家斉の第一子竹千代は夭逝し、側室腹の第二子敏次郎が十二代将軍家慶となるが、その生母お楽の方が比較的若死したことなども花桐・光氏の関係になぞらえられぬこともない。そのほか細部を詮索すると、足利義正が家斉で、光氏が家慶をかたどったという臆説が成りたたぬこともないのである。

しかし本作が『源氏物語』を粉本とし、それをほぼ正確に翻案したものであることは疑いない。種彦が大奥のことにあかるかったという証拠もなく、まして光氏その他を奥向きになぞらえたとは、幕吏の目を何よりもおそれる彼として到底考えられぬことである。絵柄や模様にしても当時の高級な武家屋敷のさまをかたどったにすぎまい。柳営の奥をモデルにしたとの説はどう考えてもこじつけのようだ。要するに臆測が生みだした妄信にすぎなかったのである。これが筆禍をまねく一因となったことは作者にとって、まことに不測の災いというべきだった。
しかし、作者・板元がこのモデル説をとくに否定した痕もなく、そこに、彼らがこの風説を利用した——この評判を機として人気の上昇を願った気配もくみとれるのである。

五　原稿料とその評価

天保七年種彦は修紫楼を新築した。当時、『田舎源氏』の潤筆料で建てたとうわさされた邸である。真疑のほどは不明だが、五十余年間ぬけられなかった下谷の御先手組屋敷を出て、眺望絶佳な新邸に転宅することができたのだから、何らかの意味で経済的なゆとりが生じたことはたしかだろう。

修紫楼

ふつう読本は高価で、一帙十五匁から二十数匁もし、多くは貸本屋から借りて読むものだから、出版数もせいぜい千部どまりにすぎなかった。が、草双紙の方は安いので正月用の贈物としてかなりはけた。寛政ごろから一万部ぐらい出るものも珍しくなかった。合巻になって値だんも高くなり、一編一匁から一匁五分（約二五〇円から三八〇円くらい）ほどになったが、当り作の売れゆきは落ちず、「合巻の十数編つづくものは、毎年旧板の再版が二―三百部もでるから、これをあわせると一編一万五―六千部にも及んだ」（『作者部類』）。『田舎源氏』も大体これを少しうわまわる程度の発行部数だったであろう。しかしこれが十数年間つづいたのだから、当時としてはやはり空前のベストセラーだったわけである。

潤筆料のことも寛政のころ、蔦重・鶴喜がはからって馬琴・京伝に一定の金を贈ることにしたのがはじまりだという。多少の変動はあろうが、大体読本は一冊二両、合巻は一冊十枚で一両くらいが相場だった。そのうち、馬琴は別格で、文政から天保はじめにかけての馬琴の日記をみると、読本の『美少年録』『八犬伝』などは一編につき約二十両、合巻の『金瓶梅』『殺生石』は大体十両くらいだったようだ。種彦の場合もこれくらいと考えると、『田舎源氏』一編は十両余りの原稿料だったことになる。もっとも大当り作の時は別に肴代としてなにがしかの追加があるので、かれこれ合せて、一編につき二十両弱の稿料だったかと思われる。種彦はこれを一年に二編ないし四編ずつ発行したから、年に四十両から八十両くらいの収入となる。ざっと六十万から百二十万円の稿料で、現代のベストセラーからみればまことに微々たる金額だ。

しかし種彦の場合は、きまったサラリーがあって、その上の余分の収入だから、ふところをだいぶうるおしたことであろう。新宅を構えるゆとりも生じたとみられたわけである。

合巻の稿料

馬琴の親友である伊勢の殿村篠斎(とのむらじょうさい)は、『田舎源氏』を讃めた手紙をたびたび馬琴に送ってよこした。これがみずから第一人者をもって任ずる馬琴の癇にさわった。

毎度御噂さは聞いているがひまがないのでまだ見ていない。種彦は才子で、評判もよいようだが、もう種ぎれのようだ。合巻の作で多病になったという噂だが、実はたねぎれが真相らしい。三馬・種彦など学問のない者の方が合巻作者にむいている。(天保二年二月二十一日、篠斎宛)

田舎源氏を先頃買ったが自分はまだ見ない。悴(せがれ)や娘どもに見せている。種彦の作は詞書がないから執筆もらくだ。合巻の詞書は甚だむずかしく、自分などは目にみえぬところで苦労しているのだが、それが読者にはわからない。(同年四月十四日)

などとくさしている。

しかし一読するに及び、さすがの馬琴も種彦の才幹を認めざるを得なかった。『田舎源氏』の初編・二編を披閲した。なるほどよく出来ている。車あらそいのやつし、国貞の画が大出来である。藤壺をまことの不義にしなかったのも大いによろしい。しかし要するに合巻にかぎるイージーな筋にすぎぬ。こらが合巻物のみせ場だが、それも作者のオリジナルな着想ではない。いずれ義太夫ぶしの焼き直しであろう。文才は故人京伝より十段も下がる。しかし、筋を簡潔にまとめたところには感心した。これは筋がデタラメだからだ。きちんとつじつまをあわせてはかえってあれほど要領よくまとめられなかったであろう。そのところが女子供にうけたのだ。(略)ともかく、欠陥はあっても、そのつまらぬものを良しとするのが合巻の世界で、これだけ売れたのだからやはり名作というべきであろう。(同年四月二十六日)

と賞めたのか、けなしたのかわからぬような手紙を送っている。もともと合巻や中本物を「誨婬導慾の悪書」として軽蔑し、また同時代作家には手きびしく、狭量なことで定評ある馬琴がこれだけ懇切な評言を下したということは、ともかく一応、『田舎源氏』を認めたものと解してよかろう。あまり長いので省略したが、この馬琴の書簡はこのほか、前述した種彦の画才の件、妻の勝子が才女にて校合もつとめる件をはじめ、趣向や字の誤りまでこまかく批評、あらさがしを加えた長文のもので、「(あとは読まずとも)作者の手ぎわも大ていわかり候。大いに後学の為になり、大慶少なからずと存じ奉り候。」と結んでいるあたり、篠斎に対する儀礼的言辞とはいえ、しぶしぶながら『田舎源氏』の意義を認めざるをえぬといった観のあることばづかいである。

この馬琴の批評のうち、「藤壺と光源氏との不義を敵をあざむく偽りの恋に改めた趣向が最も良い。」という評価は、勧善懲悪をモットーとする馬琴としては当然のものだったが、近代になってもこのような勧懲主義の立場をめぐって『田舎源氏』の評価は大きくゆさぶられる。

依田学海評

依田学海の「修紫田舎源氏評」（明治二十一年十一月―二十二年三月、『出版月評』16号―18号）が最初のこの立場に立つ代表的な評文である。原典と比較しつつ、その趣向・内容・文章の全般にわたり、ことこまかに論評を加えた長論文で、種彦びいきの学海が、逍遙その他に対する反駁の意味あいから書いたものかとも思われる。長文なので簡略するが、その冒頭に「本書が仏教思想にとらわれず、主人公を仁義忠孝に篤きものとし、その好色もみな故あることとしたのは作者種彦の一見識だった。」と説きおこし、以下それぞれの巻々について作者が勧懲思想を拠りどころとした点を賞揚している。とくに馬琴と比べ、『水滸伝』『八犬伝』は、「原典を運用してその妙反てその上に在り。趣向・章段ともに絶て原書に似ず、名をかりて別に書を成せしに似たり。趣向極めて無理なる所多く、奇なりといへども妙ならず。」しかるに『田舎源氏』は、「原典の趣きを生かして優美なる草双紙」としたもので、種彦の文才はこの意味で馬琴をしのぐものがあった、とたたえている。

これに対して、まっこうから『田舎源氏』の勧懲主義を論難したのが逍遙で、「源氏と藤壺との不義は、原書のままに描いてこそ人情の真理があらわれるのであって、これを勧懲にこじつけたところは馬琴と等しく牽強きわまりなき不自然な趣向だった」（前掲『中央学術雑誌』）。種彦は全くオリジナリティーの乏しい作家だ、と酷評している。ただし、『小説神髄』の文体論では『田舎源氏』の文章を引用しており、逍遙といえどもこれを合巻の代表作として認めていたことはいうまでもなかろう。

篁村も種彦びいきで、種彦の文章の卓抜さをたたえ、馬琴の無味乾燥なのにくらべると、種彦はことばづかいが微妙できめがこまかく、「同じような俗語を用いて、巧にその意味の使い方で貴賤を区別した。」要するに種彦は「旗本の殿さまにて、元より根生い的の小説家にはあらず、どうして稗史家もて居る人ならんや、ホンの洒落半分書いたるまでなり。」と擁護の弁を述べている。

そのほか、『八犬伝』『膝栗毛』『梅暦』とならべて『田舎源氏』を本朝の「四大奇書」とする（明治二十年九月『女学雑誌』）など、幸田露伴・内田不知庵・硯友社一派らを加えて、明治二十年前後に『田舎源氏』をめぐって論が多い。

原典どおりの筋にしたかったのだが当時の倫理観から勧懲にせざるをえなかったのだ（高安月郊「草双紙と浮世絵」）という見方もある。

いずれにも理屈があってその可否は定めがたい。私の見るところ、読本・合巻以来勧懲は種彦の表看板で、そこにさほどの抵抗や問題意識があったとは思われない。ただ先に述べたように馬琴の読本が理屈づめな点を論難したついでに、「もともと色欲は人間の煩悩のあらわれであって、馬琴のように義理や理屈だけでわりきれるものではない」と喜多村信節に語ったということからして、恋愛と道徳との問題は彼なりに解きあかしており、それが『田舎源氏』をささえていたと考えられる。いずれにもせよ、当時の小説界のレベルでは『田舎源氏』は抜群の秀作だったことは疑いないのである。

第七　その死

一　天保改革

甲府勤番

天保十三年五―六月のころ旗本高屋彦四郎が甲府勤番を仰せ付けられ、一家をあげて甲府へ引き移った、という風説がたった。前年の暮為永春水があげられ入牢せしめられたのについで、『田舎源氏』の作者もなんらかの処分を受けるであろうという市井（しせい）の臆測がこの風説を生んだのである。

甲府勤番のことは申し付けられなかったが、まもなく種彦は支配頭（永井五右衛門だったともいう）から呼び出された。かくて天保の風俗矯正（きょうせい）令はいよいよ種彦の身にも及んだ。

甲府勤番の噂がたったとき、馬琴は養子清右衛門を鶴屋その他種彦が懇意にしている浅草の本屋などにつかわしてその真疑を確かめさせた。この春から五月までに旗本三十余名が甲府勤番となったが、種彦が命ぜられたかどうかはわからない。

ただし種彦は拝領地面本所小松川辺にて両国より二里ほどあり、故に三味線堀に人の地面を借地いたしおり候所、その義御禁制にて本屋敷へ帰らねばならぬと春中申され候由聞え候。実説未だ知れかね候へども、合巻長編は相成らず候間、田舎源氏三十九編・四十編を鶴屋にて彫立候ども摺り出し候こと相成らず、つるやはさら也、錦絵板元皆色を失ひ、恐れ入り候由聞え候。

（馬琴書簡、天保十三年六月、日附欠）

順序として水野忠邦の天保の改革からながめてみよう。

天保十二年正月、大御所家斉の死を機として忠邦の強硬政策が開始された。財政立て直しと幕府の威信回復を第一目標とする改革令は、この年五月十五日宿老に伝えられ、十七日には正式に下令された。根幹は「御政事歴世のおぼしめしはいふまでもなし。わけて享保・寛政の趣意に違はぬやうにとおぼしめす。」(『続徳川実紀』)というもので、定信を最も尊敬する忠邦は、とくに寛政の治にならって諸策をうちだした。

経済統制

六月の質素節倹令、八月の再令、十月の奢侈品禁令など江戸市中の消費面に強い統制を加えたのち、十二月十三日菱垣廻船問屋の不正をあばきだし、それをきっかけとして、ついに株仲間解散令を発し、「向後右仲間株札は勿論、此外共すべて問屋仲間並びに組合などと唱え候義は相成らず候。」(『天保新政録』)と大弾圧を下した。結果的には失敗したが、ともかくこれら忠邦の施策は江戸の経済・社会を大きくゆさぶった。

ついで改革の第二弾は風俗取締にむけられた。禁令は江戸三座の移転、吉原・寄場・祭などの禁止・遠慮から、料理屋・浄瑠璃女師匠・書画会・花会・富くじ、はては、初鰹・もやし野菜など、瑣末(さまつ)な生活物資にまで及ぶという徹底ぶりだった。高価な衣類・べっ甲細工などを売る商人が取締られたことはもとよりのこと、鮓(すし)を売っただけで召しとられるものすらあった(『ききのまにまに』)。その苛酷なことは楽翁の改革の比ではなく、江戸市中をふるいあがらせた。当時の禁令の瑣末的なことは『天保新政録』『御触集覧』によって知られ、また取締りの厳格だったことは『ありやなしや』『天保改革雑談』など当時の雑書にくわしいが、ここでは省略する。

とりわけ芝居と草双紙とは風俗をみだす大もとと見なされて厳しく弾圧された。天保改革の最大の被害者はある意味で劇界と戯作(げさく)界だったともいえよう。

芝居

劇界の方は、「市中風俗近来別して野鄙に相成、又は時々流行の事多くは芝居より起り候哉につき、当時御城下市中に差置候ては御趣意にも相戻り候事に候。」(天保十二年十二月十八日)という理由から、火災を機として二百余年の歴史ある江戸三座を町はずれの姥ヶ池(のち猿若町と改称)の地に移し、この一画に押しこめた。役者の風儀取締りも厳しく、羽左衛門・歌右衛門らが素人と親しくしたという理由で譴責され、海老蔵が贅沢な調度道具をしつらえたことから江戸十里四方追放申しつけられて下総の田舎芝居へ落ちのびさせられた(同年六月)。役者の俸給・興行方法などまでこまかく制限を加え、役者が市中を歩くには編笠をかぶることなどの禁令さえ発した。宗十郎・梅幸の二人がこの編笠を忘れたかどで、吟味中手鎖・過料三貫目に処せられたことが『歌舞妓年代記』に記録されている。

芝居と並んで、言論・出版の統制も発令された。十三年六月三日「自今新板書物の義、儒書・仏書・神書・医書・歌書すべて書物類、其筋一通之事は格別、異教・妄説等を取交へ作り出し、時の風俗、人々批判等認候類、好色画本等堅く無用為(た)るべき事」をもってはじまる三ヵ条の御触書を最初とし、以下四日・七日・九日・十九日の五回にわたって出版統制の御触が出された。

絵草紙禁令

「錦絵と唱へ、歌舞妓役者・遊女芸者等を一枚摺(ずり)」にすることは厳禁、「合巻(ごうかん)と唱へ候絵草紙の類、絵柄等格別入組み、重(おも)に役者の似顔、狂言の趣向等に書綴り、その上表紙包等も彩色を相用ひ」華美な趣向をこらしたものはすべて売買禁止（六月四日）とした。さらに七月六日には医書について、九月三十日には活字板の書について発令がある。十一月十五日には六月の御触を再告示し、合巻・絵双紙の体裁・価格を定め、検閲制度を強め、十二月八日には再度書物調べの触がでた。

為永春水吟味

まず為永春水がやり玉にあがり、苛酷な吟味をうけたのち、「卑猥(ひわい)の人情本を著作せり」という罪で手鎖五十日に処せられ、春本(しゅんぽん)・人情本の板木が車五台ほども北町奉行所に没収された（馬琴『著作堂雑記』）。かくて「風俗矯正の厳法は、出板売買を禁止し、其絶板を断行し、冬に至りて原稿検閲の制を厳にする等、当時の出板界を驚動戦慄せしめたり。」(『増補続青本年表』)というありさまで、戯作者・地本問屋をおびやかした。

以上のような背景の上に種彦の筆禍事件がおこった。

二 種彦召喚

春水が召しだされ吟味をうけたことは江戸の作者・版元に大きな脅威を与え、翌十三年正月の新板売出しは一時見あわせられた。『田舎源氏』も例にもれず、種彦が奉行所から著述差留めを言いわたされたとの噂すらたった。だが『田舎源氏』は三七・三八編がぶじに刊行され、この噂もたち消えた。

ところが禁令の進行とともに、市井ではまたまた種彦御咎めの風評がたち、それが前記した〝種彦甲府勤番〟のデマとなった。このような情勢の中で種彦も、版元鶴喜も、もはや何らかの処分はまぬがれぬものと覚悟せざるを得なかった。

種彦召喚

六月十一日春水および版元の処罰が決定し、事件落着ののちまもなく、ついに種彦召喚の差紙が届けられた。馬琴の日記などから勘案して、それは六月二十日前後のことと推定されている（前田愛氏「天保改革における作者と書肆」）。

種彦の筆禍およびその死について諸説がある。ここですこしばかりその真相をさぐってみよう。

寛政町触

まず前記した六月三日の御触を、定信の寛政二年五月の町触（『御触書天保集成』百三）と比較してみよう。天保の出版令の根本は定信の禁令に基づき、細部を除いてほとんど変りがない。寛政令では「新板書物其筋一通之事は格別、猥成儀異説を取交作り出候儀、堅可レ為ニ無用一候。只今迄有来候板行物之内、好色本之類は風俗之為にもよろしからざるに付、段々相改め、絶板可レ致」とあり、また同年九月の再令も、「書物類之儀、前々より厳重に申渡候処、いつとなく猥に相成候。何ニよらず、行事改之絵本・草双紙之類迄も、風俗之為ニ不ニ相成一、猥りがはしき事等勿論無用ニ候」とあって、取締りの対象は主として「猥りがはしき書物」にあった。京伝の洒落本はこれにひっかかったわけである。

天保令もこれと大差なく、好色本や春画が主な対象であった。ただ天保令にはあらたに加えられた条項が二項がある。一つは「家系や先祖の事などを勝手に作り変えて小説などにしてはならない。」ということと、他は「家康をはじめ将軍家にかかわることについて記述するときは気をつけよ」という条である。私はこの条項などが『田舎源氏』の処罰に際して微妙な意味をもって働いたのではないかと考える。

威信回復

この二項は、幕府が出版統制にあたってその権威回復の意図をかなりはっきりとうちだした条項であった。ゆれ動く身分制度のたて直しと、傾きかけた威信回復の企図とを言論出版の面にもおし及ぼそうとするものであった。このような政治的意図のもとに神経をとがらしている幕府官僚の目に、『田舎源氏』の流行は一つの秩序紊乱（びんらん）のシンボルとして受けとられた傾きがあったのではないかと考える。

挿絵説

在来説では、『田舎源氏』はその扇情的な挿絵によって処罰されたとするものが最も多い。春水の人情本は御触の「猥りがはしき」の条に触れるが、『田舎源氏』は一応勧善懲悪を趣意とした歴史物の絵双紙で、好色本ではなく、この禁令にはひっかからない。従って、国貞の艶麗濃厚な挿絵が、六月四日御触の「一枚絵・合巻・絵草紙の絵柄等」を簡素にすべし、の条に該当して処罰されたのだ、というのが通説である。

学海説

依田（よだ）学海によれば、ある人（一説に儒学者の小田切清十郎）が進言し、「柳亭種彦と称するもの幕府の御家人なるにたわけたる書を著わし、且つ挿絵の家居（いえい）の結構を画工に命じて、写さするに幕府宮中に擬せしものあり」と讒（ざん）言したので、町奉行（鳥居甲斐守忠耀（ただあき））らが忠邦の旨をうけて取調べることになった、という。

これらが在来の通説で、私もこれが表向きの理由だったろうと考える。ただ私はそれに前記した幕府の威信回復の意図がからんでいたであろうことをも付け加えたいのである。

もとより種彦には政治を批判し、幕営を諷刺する意図などは毛頭なかった。しかしその内容がはからずも大奥を写すごとき印象を与えるものとなったことは否めない。『田舎源氏』は室町に時代をとり、足利光氏の恋愛生活を描くのを骨子とし、山名・細川の勢力争いを背景とする。しかし作者は劇的効果をねらい、筋を複雑にするため、原典にない事件、史実と異なる虚構を作為した。巷間には、これを乱脈をきわめた大御所家斉の大奥をモデルにしたものとする風説があり、ひろく信じられて、それがいよいよ人気に拍車をかけていた。挿絵の邸宅のありさま・風俗なども大奥を写したものと誤り伝えられていた。

これらの点が官憲を刺激したことも考えられよう。堀雙木園は、「田舎源氏は托して以て殿中の陰事をあばきたるもの」という理由で糾弾されたと伝える。たとえ室町時代に移したとはいえ、史実をゆがめ、虚構を加えたこと、とくに将軍家の大奥を髣髴させる如きは幕府の威信をそこなうこと甚しいものがあること、これらの点において、御触の条項にそのままは触れずとも、拡大解釈される要因は十分にはらんでいたのである。幕府の権威回復のためにも『田舎源氏』は処罰さるべきものだった。

第二に、忠邦の大奥の風紀粛正の意図とからんで『田舎源氏』がそれに抵触したことである。家斉の死後、忠邦が中野碩翁をはじめ大奥の勢力者を罷免し、女中にいたるまで九百人余を処分したことは余りにも名高い。きまじめな忠邦にとって大奥の紊乱した風紀を正すことが改革の第一歩でもあった。その大奥の女中たちの間で最も読まれ、もてはやされていたのが『田舎源氏』であった。『田舎源氏』の大奥における人気については前述した通りで、それが幕吏の耳に入らぬはずはなかった。刷新を企図する忠邦、およびその側近の識者たちにとって第一に指弾すべきは大奥の退廃的源氏熱であった。この辺にも種彦筆禍の因があったと考えられる。

奢侈禁令

第三に、『田舎源氏』が奢侈禁制の節倹令にもひっかかったことである。『田舎源氏』は当時の社会風俗にも大きく影響した。衣裳・諸道具のはてまで源氏模様・源氏の図柄を流行せしめた。これだけでも奢侈品に目を光らす官憲を刺激したにちがいない。加えて、芝居に脚色上演されていよいよ源氏熱を高め、それにともなって庶民の歌舞伎熱をあおった。これらを総じて、『田舎源氏』は華美惰弱の風潮を助長する根源と断じられた処もあったかと想察される。

そのほか、修紫楼の新築などが目をつけられたらしいことも、前記した馬琴の書簡から想像される。同時に奉行所へ召出された板元鶴喜が、種彦へ潤筆料としてどのくらいずつ支払ったか、吟味与力に調べられたとも伝えられている。

三 病死・自殺説

さて種彦を罰するとしてその処分には幕吏も頭を悩ました。かりにも二百俵取の旗本で家光以来六代もつづいた家柄である。春水や京伝とはわけがちがう。表ざたにすれば家禄没収もまぬがれない。そこで妙案を思いつき、組頭にふきこんだ。

高屋彦四郎、其方に柳亭種彦という者差置き候由、右の者戯作いたすこと宜しからず、早々外(ほか)へ遣わし、相止(や)めさせ申すべし。(『ききのまにまに』)

当時の慣例ながら気のきいた裁断であった。この程度ならば家名にも種彦の身にも傷がつかない。以後筆を絶てば目こぼしとなるわけである。

要するに、種彦の表芸はあくまでも小普請組の旗本であり、戯作は彼の裏芸にすぎなかった。実情はどうあろうとも、表むきには旗本高屋彦四郎しか存在せず、作者柳亭種彦には、はかない陰の意味しかなかったのである。

また鶴喜は、中本の版元丁字屋平兵衛ら数人とともに過料五貫文、版木没収の判決をうけ、前述したようにやっと立直った身代もたちまち没落していった。

病死説

さて、種彦はこの譴責処分をうけて甚だ恐懼し、ちょうど前年以来の大病の余後だったが、この事件後いよいよ病重く、ついに長逝したという。

これについて萩野梅塢は、この事件や死因については何も触れず、ただつぎのように録している。

天保十三年壬寅のはじめより、ことしは道山に帰るこころがまへとて、よろづこころ細きさまなるが、精神は健なることは、水無月の半、あけの月はおのれ命終の期なり、今は筆とるもやすければとて、細君に短冊いださせ、みづから筆取りてかく。

ちるものと定る秋の柳かな

源氏の人々のうせ給ひしはおほかた秋なり、とありて、
　我も秋六十帖の名残かな
よろこばしげにありし。かかるさまは貴僧・高僧もあるまじきにや。文月十九日といふに晏然として終につく。時に年はたして六十歳なりけり。

忌日の七月十九日は墓銘と一致し、諸書もこれを伝えているので正確であろう。

ただ『戯作六家撰』は十八日とし、馬琴は七月下旬、二十七・八日ならんかなどと記している。

種彦卒去のありさまについて今のところほかに確実な資料もないので、この梅塢の記録を信ずるしかない。仙果もこの点については何も触れていないのである。

しかし、死の真相について早くからこれを疑問視するものが多い。譴責をうけた一ヵ月後に病死というのは少しタイミングがあいすぎる感があり、そこに種々の臆測を生んだ。切腹説がこれで、近代になっても田口鼎軒が唱え、大槻如電・

再喚問説

三田村鳶魚がこの説を強調している。

その論拠となるのは種彦の再喚問説である。雙木園によれば、はじめ組頭とともに吟味にあったとき、「組頭の弁疏、頗る理ありしかば、事漸く解くることを得たり。」しかし種彦はこれより禍のその身に及ばんことを憂い、病死した、という。鳶魚はこの説をおしひろげ、再喚問があったのであろうと次のように説く。

田舎源氏の件落着ののち、種彦に春本『春情妓談水揚帳』の作あることが判明し、再度喚問のこととなった。これに種彦は応ぜず出頭しなかった。喚問の条項は内示されるのが通例で、申しひらきのたたぬ事柄ならば出頭せずにそのまま病死ととなえ切腹するのも通例である。喚問に応じ釈明できなければ罪名がつく、種彦の処刑のみならず家がとりこぼたれる。そこで『水揚帳』の件はどうにも釈明できぬと覚り、観念して切腹したのであろう。

これが鳶魚説である。

『水揚帳』

『水揚帳』は半紙本三冊、神代種彦作・国貞画と記し、「番頭の一言はよく釘の利く三寸貫木」、「二十を越したが囲いには面白い床柱」、「田舎家の別荘は繁昌の地の秋田杉」など五章にわかれ、内容はとるに足らぬ春本である。その低調な筋立て、平凡な文辞よりみて、果して種彦の作なるやを疑わさせる程度のものにすぎない。荷風は種員の作のようにぼかしている。あるいは種彦が名前だけを貸したとも考えられよう。

『戯作者の死』

これが幕吏の目にとまって再喚問となったという。荷風は小説『戯作者の死』(散柳窓夕栄)において、はじめは自発的に要路に出頭して内意をさぐっていたが、そこへ喚問をうけたので、卒中症で頓死した、というふうに説明づけている。

種彦の死について多少疑問の余地があることは否めない。しかし鳶魚説のように再喚問による切腹という見方もいささか臆測にすぎるもののようである。

とくに『水揚帳』によって再喚問というような想像は次の資料によって成り立

好色本取締り

ちがたい。

幕府は好色本取締りの目的で市中取締係に出版物の調査を命じ、天保十二年十二月、取締役はその報告書を奉行所へ呈出した。それによると、出版元七軒、あげられた作品九十一部で、『梅児誉美（ごよみ）』以下の人情本をはじめ、当時の春本・秘本などことごとくが列挙してある。中に、『水揚帳』も『田舎源氏』もかかげられている（神保五弥氏による）。

つまり、種彦が糺問されたとき、幕府には、『田舎源氏』と同時に『水揚帳』の作あることも判明していたわけで、したがって『水揚帳』による再喚問という説は成りたたない。

あれこれ考えると、多少の疑いはあるが今のところは、お咎めによる病死と考えておいてよさそうである。病弱な、気の小さい種彦だから、ショックから病気がぶり返し、そのままあえなくなったのであろう。

四　墓・遺族・門弟

種彦の墓はのち、赤坂から移されて今は品川区（荏原二丁目）の浄土寺墓地にある。墓地の片すみに父知義の墓と並び、二つだけ置き忘れられたような風情でわびしく立っている。詣る人もまれに、子供たちのいたずらするまま荒れはてた気配（けはい）なのはさびしい。

向って右が知義夫妻の墓、左側が種彦夫婦のものである。高さは共に一メートルくらいのもの。一世を風靡した『田舎源氏』の作者の墓としてはいささかうらさびしい。「天保十三年歳次（さいじ）壬寅（じんいん）秋七月十九日卒、高屋彦四郎源知久墓、芳寛院

種彦の墓（向って左），右は父知義の墓

勇誉心禅居士。弘化四年歳次丁未秋七月二日卒、芳情院誠誉心操大姉」と仲よく戒名がきざまれ、また、左側面には「散ものにさだまる秋の柳かな」の辞世が彫られてある。

種彦の長子、甚之丞は、天保七年十月、父に先だって早逝した。種彦は養子弥十郎をむかえいれ、弥十郎は種彦の死後、高屋家をついだ。馬琴の篠斎宛書簡には、「種彦養嗣早速相極り、直に養嗣願相済、引続き死去御届け致、先日麻布菩提所へ葬送相済候由に候。」（天保十三年九月二十三日）とある。

弥十郎の子孫は浜松市に健在で戦前まで『田舎源氏』の続編の稿本なども所蔵していたといわれる。

鈴木重三氏の調査によると、弥十郎の子が信之、さらにその子が金之で、今は金之氏が高屋家の当主である。戦後、金之氏の令嬢泰子さんのもとに井口勇氏が養子入籍されたので、今後は高屋勇氏が高屋家のあとをついでゆくわけである。

門弟

種彦の門弟には笠亭(りゅうてい)仙果・柳下亭種員(たねかず)その他の戯作者があり、種彦の名跡も二世・三世とうけつがれてその流派は明治期に及んだ。幕末から明治初期にかけて、柳亭派は仮名垣派・為永派と並び戯作界に重きをなした。紙数がないので簡略するが、主要な門弟には次の人々がある。

仙果

笠亭仙果――本名高橋広道、通称弥太郎。別号狗々(くく)山人、轍斎。文化三年生れ、明治元年没。種彦の死後、勝手に二世種彦を自称したが、同門の弟子や遺族から故障がでて一時、種秀と改めた。のち梅素玄魚の骨折で師名相続がかなった。多作家ではあったが当り作はなかった。『合物端唄(あわせものはうた)の弾初(ひきぞめ)』(天保二)などを初作とし、『一筋道雪廼(ゆきの)眺望(ながめ)』(天保八)より、師種彦校閲の署名を免ぜられ独立の著作を許される。代表作には『八太伝犬の草紙』二十八編がある。

柳下亭種員——本姓坂倉氏、通称は坂本屋新七（また金七）。別号麓園。文化四年生、安政五年没。酒屋・小間物屋・書肆と転業し、講釈師の門人となって紀海音と号し寄席に出たこともある。種彦門に入って筆名をあげ、一派の代表作家となった。『白縫譚』（嘉永二—万延元、三十一編まで）・『児雷也豪傑譚』（嘉永三—万延元、第十二編より三十六編まで）・『童謡妙々車』（安政二—同六、九編まで）などが代表作である。

種員『童歌妙々車』（東京大学図書館蔵）

墨川亭雪麿——通称田中善三郎、名は親敬、字は虞徳、号は敬丹舎。越後高田の藩士で江戸に住む。著作を種彦に、狂歌を真顔に、画を喜多川菊麿に学ぶ。寛政九年生、安政三年没。『弘智法印岩坂松』（文政五）以下、文政・天保にかけて数十編の作がある。

柳菊

萍亭柳菊――柳屋菊彦。名は経政。御家人の出ともいう。種彦の校閲のもとに『床飾対額無垢』（文政四）その他がある。

梅彦

四方梅彦――四方正木、通称新次。別号狂月舎・文亭・松園梅彦。文政五年生、明治二十九年没。種彦門で草双紙を書き、のち狂言作者となって竹柴瓢蔵という。また仮名垣派にも入って柴垣其文と称した。『江戸鹿子紫草紙』（嘉永四）・『水滸伝正本製』（安政四）その他多い。

柳葉亭繁彦――本名中村邦太郎。別号雨香子。『自来也物語』（明治十七）・『千代田城噂白浪』（同）など明治期に作が多い。

ほかに、柳泉亭種正・柳亭琴繁・玉亭光娥・瓢亭吉見種繁・仙客亭柏琳なども門弟として知られ、また、明治に入って高畠藍泉が三世種彦をつぎ柳亭派の中心となった。その他、種員の門からは柳水亭種清らが出て明治の戯作壇に活躍した。

五　随筆・考証

最後に、種彦の随筆・考証の面に残した業績についてつけ加えておこう。彼はもともと学究的な資性の人であって、創作の才分とならんで学者としての才幹も豊かにそなえていた。彼が残した考証随筆は単なる作家の余技の程度をこえており、とくに風俗考証の分野にすぐれた成果を残している。現在判明しているもののみでも三十巻に及ぶ考証随筆があり、その他、手沢（しゅたく）本・手写（しゅしゃ）本の書入れ、各

『還魂紙料』

種の自撰の古書目録などをあわせると、その業績はゆうに一家をなすに足るほどのものがある。

『還魂紙料』

近松物よりはじめて元禄文学の蒐集に凝り、古版本・古写本を探索・手写し、その凝り性な気質や創作上の必要とあいまってしだいに手を広げ、それが『還魂紙料(すきかえし)』その他の故事考証となり、自撰の『古俳書目録』などの目録、『山家鳥虫歌』『反古染』『俳諧古道具』等の古書の発掘となった。

いわゆる近世考証学(元禄学)は京伝に始まり、種彦によって大成された(青々園)とされ、あるいはまた、京伝は事跡を考証したのに対し、種彦は言語・風俗に主力を注いで、近世風俗史に平面史学の分野をきりひらいた(鳶魚)とされるなど、この面における種彦の功績は京伝・馬琴とならんで高評されている。

一例として手もとにある『還魂紙料』二巻をみると、文政九年の版、鶴喜・丁子屋平兵衛・菊屋幸三郎が板元で、浄書が千形仲道、劂人(けつじん)は朝倉吉次郎。上巻は

「千年飴」以下十七項、下巻は「七夕踊」など十一項をあつめている。元禄本・古俳書などをおびただしく引き、古書・古画を模写した風俗考証書であって、その徹底した博捜ぶりにおいて当時のレベルをひきはなしている。書き上げたのは文政七年であるが、上梓の時に、さらにその後判明したものとして数ヵ条にわたって補正を加えているあたりにも、種彦の熱意や良心的な態度が知られるのである。以後の諸考証もみなこのような態度・方法で書かれている。

ただ種彦の考証を通じて、その対象の幅がせまく、研究者としての自主的な見識に乏しいきらいはある。これは彼がはじめ趣味より出発し、やがて創作の取材上の必要から古書を渉猟した傾きがあったからで、その点専門の国学者の研究とは異なり、多少雑学的・趣味的なそしりはまぬがれない。

特色

主要なものを列記すると、

『還魂紙料』二巻　『柳亭記』二巻

『足薪翁記』三巻　『柳亭雑俎』八巻
『柳亭筆記』四巻　『風狸伝』五巻
『柳亭漫筆』八巻　『東里奇言』
『骨薫はりかへ』　『古元結』三巻
『用捨箱』三巻
その他『高尾考』『柳糸屑』など。
また『古俳書目録』『浄瑠璃目録』『好色本目録』『吉原書籍目録』その他の編纂も名高い。

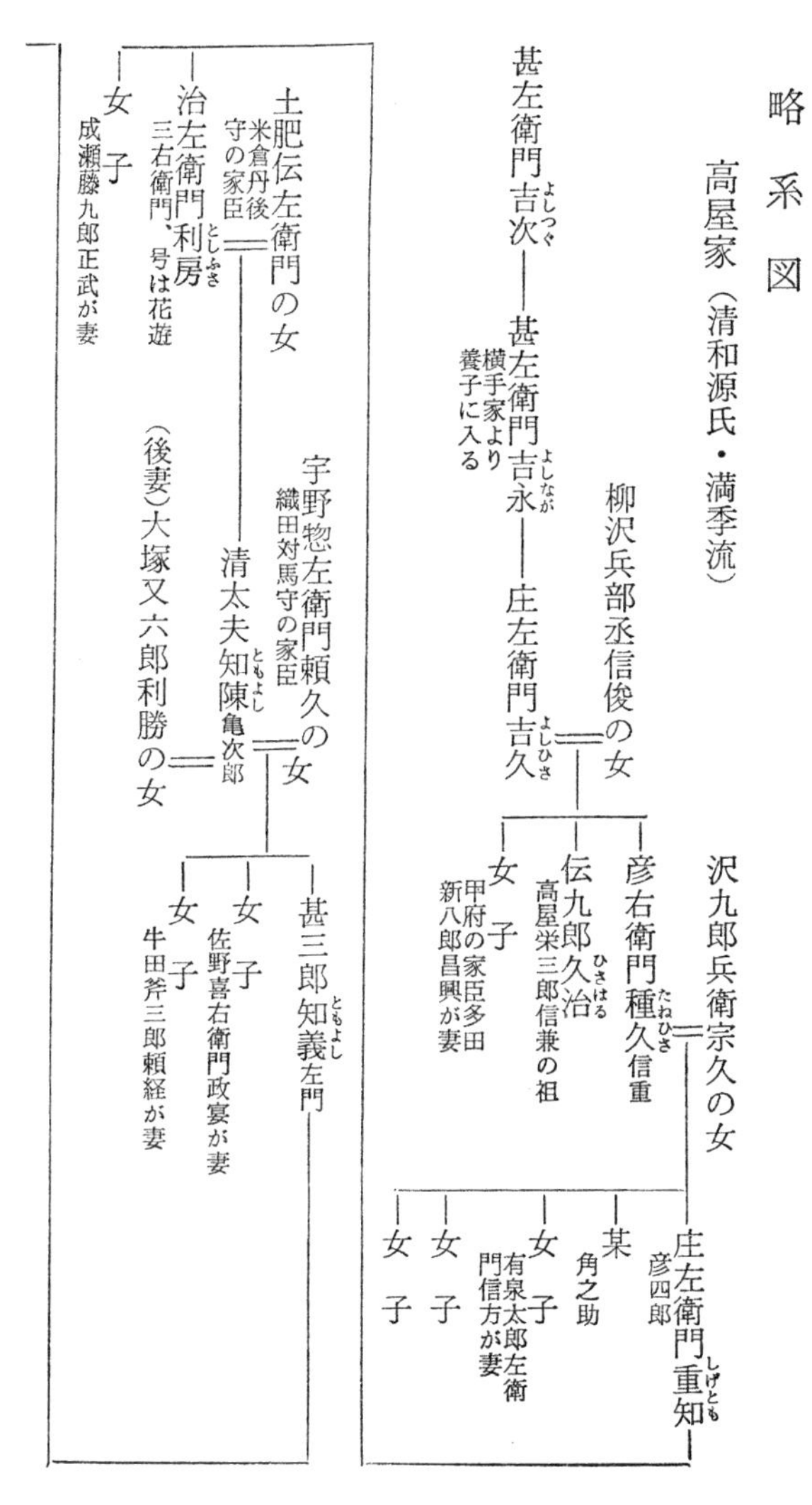
略系図
高屋家（清和源氏・満季流）
甚左衛門吉次（よしつぐ）
甚左衛門吉永（よしなが）
横手家より養子に入る
柳沢兵部丞信俊の女
庄左衛門吉久（よしひさ）
彦右衛門種久（たねひさ）信重
伝九郎久治（ひさはる）
高屋栄三郎信兼の祖
女子
甲府の家臣多田新八郎昌興が妻
沢九郎兵衛宗久の女
庄左衛門重知（しげとも）
彦四郎
某
角之助
女子
有泉太郎左衛門信方が妻
女子
女子
土肥伝左衛門の女
米倉丹後守の家臣
治左衛門利房（としふさ）
三右衛門、号は花遊
女子
成瀬藤九郎正武が妻
宇野惣左衛門頼久の女
織田対馬守の家臣
清太夫知陳（ともよし）亀次郎
（後妻）大塚又六郎利勝の女
甚三郎知義（ともよし）左門
女子
佐野喜右衛門政宴が妻
女子
牛田斧三郎頼経が妻

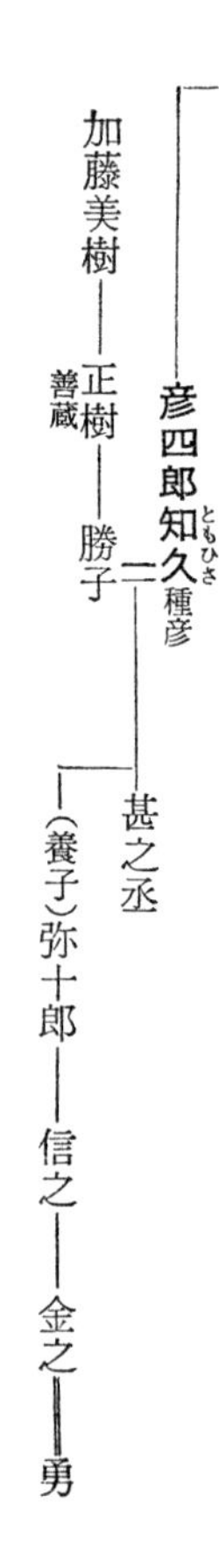
彦四郎知久(ともひさ)種彦
加藤美樹
正樹 善蔵
勝子
甚之丞
(養子)弥十郎
信之
金之
勇

略年譜

年次	西暦	年齢	事項	参考事項
天明三	一七八三	一	五月一二日、江戸本所に生まる。幼名主税。父高屋甚三郎知義、四七歳（旗本、二百俵取り）	田沼意知若年寄となる（翌年佐野政言により刺殺さる）〇黄表紙・洒落本ようやく流行、また狂歌も大いに行わる〇唐衣橘洲編『狂歌若葉集』刊
六	一七八六	四	甚三郎五〇歳。このころ、下谷御徒町の先手組屋敷の内に転宅、以後五〇年間をここにすごす	八月、老中田沼意次罷免〇九月、将軍家治逝去〇前年京伝の『江戸生艶気樺焼』出で、青本全盛期となる〇歌川豊国はじめて黄表紙の絵をかく〇国貞生まる〇四月、烏亭焉馬昔噺の会を始む
七	一七八七	五		六月、家斉一一代将軍となり、松平定信老中首席となる〇七月、文武奨励令〇『狂歌才蔵集』刊
寛政元	一七八九	七		三月、奢侈禁令〇九月、棄捐令〇時勢を批判せし書絶板せらる〇前年に朋誠

年号	西暦	年齢	事項	参考事項
寛政三	一七九一	九		堂喜三二筆を絶ち、この年七月、恋川春町没す 前年五月、出版統制の五カ条の町触発令○この年六月、京伝手鎖五〇日の刑を受く○馬琴の処女作『尽用而二分狂言』出版○前年、宿屋飯盛江戸払となる
五	一七九三	一一		七月、定信罷免○教訓物・怪談物流行
六	一七九四	一二		式亭三馬の初作、黄表紙『天道浮世出星操』
七	一七九五	一三		馬琴読本の初作『高尾船字文』板行○十返舎一九、はじめて黄表紙を書く
八	一七九六	一四	四月、父甚三郎病没、六〇歳○七月、彦四郎と改名、家督をつぐ、家職の小十人組を相続、まもなく小普請組に入る	
一〇	一七九八	一六		黄表紙『吾嬬街道女敵討』、豊国の挿絵好評。これより豊国大いに行わる
一一	一七九九	一七	この前後、唐衣橘洲の門に入って狂歌をたしなむ	正月、幕府諸家譜編纂に着手○三馬、手鎖五〇日に処せらる
享和元	一八〇一	一九		本居宣長没、七二歳

二	一八〇三	二〇		京伝作、黄表紙四部作出で、合巻の権輿と称さる○宿屋飯盛（六樹園）赦されて江戸に帰る○橘洲没、六〇歳
文化元	一八〇四	二二		草双紙に敵討物多く行われ、京伝・馬琴、この年より初めて敵討の作あり。また読本もようやく流行す
二	一八〇五	二三	このころ結婚か。妻は加藤宇万伎（美樹）の孫娘勝子	三世無名庵川柳襲名
三	一八〇六	二四	この前後、六樹園宿屋飯盛（石川雅望）の門をたたき、狂歌および古典を学ぶ。また三世川柳の社中に入る○初めて戯作の筆をとり、四月読本『怪談霜夜星』を書きあぐ	三馬『雷太郎強悪物語』あらわれ、合巻の嚆矢となり、以後青本の体裁一変す○馬琴『椿説弓張月』前編刊○歌麿没、五三歳○笠亭仙果生まる
四	一八〇七	二五	読本『阿波之鳴門』『奴の小万物語』『江戸紫三人兄弟』刊。種彦作、はじめて出版	黄表紙すたれ、合巻流行す
五	一八〇八	二六	読本『近世怪談霜夜星』『総角物語』・洒落本『山嵐』刊	三馬『大津土産吃又平』に国貞の挿絵好評○六樹園の青本『敵討記乎汝』・読本『近江県物語』出版
六	一八〇九	二七	戯作者との友誼はじまり、談洲楼焉馬・山東京山	京伝作・国貞画『八百屋お七伝』○上

年号	西暦	年齢	作品	事項
文化七	一八一〇	二八	らと交際す○読本『浅間嶽面影草紙』刊	田秋成没、七六歳
八	一八一一	二九	読本浄瑠璃『勢田橋竜女本地』・合巻の初作『鱸庖丁青砥切味』出版	京伝『糸桜本朝文粋』
九	一八一二	三〇	読本『浅間後編―逢州執著譚』・合巻『梅桜振袖日記』『京一番娘羽子板』『鸚鵡反言辞鄙取』『女合法辻談義』	馬琴『をこのすさみ』
一〇	一八一三	三一	読本『緑手摺昔木偶』・合巻『錦帯准無間』『春霞布衣本地』『花吹雪若衆宗玄』、以後読本の作なし	京伝『雙蝶記』
一一	一八一四	三二	『堀川唄女猿曳』	
一二	一八一五	三三	『櫧鳥囀』『正本製―初編』	
一三	一八一六	三四	『女模様稲妻染』『正本製―二編』『花紅葉一対若衆』	山東京伝没、五六歳
一四	一八一七	三五	『忠孝義理詰物』『高野山万年草紙』『正本製―三編』『曽我昔狂言』	三月、光格天皇譲位○九月、仁孝天皇即位
文政元	一八一八	三六		四月、倹約令
二	一八一九	三七	『千瀬川一代記』『三蟲栂戦（むしけん）』	
三	一八二〇	三八	『浅間嶽煙姿絵』『南色梅早咲』『合三国小女郎狐』	

四	一八二一	三九	『正本製―四編』『桔梗辻千種之衫(かたびら)』『二箇裂手(ふたつわりて)細之紫(ほそのむらさき)』『絵傀儡(えあやつり)二面鏡』『娘修行者花道記』『伏見常磐』『熊坂物語』『傾城盛衰記』『浮世形六枚屏風』『道中雙六』『伊呂吉由縁(いろもよしゆかりの)藤沢』『娘狂言三勝話(くるわばなし)』『忍草売対花籠(しのぶうりついはなかご)』	
五	一八二二	四〇	『浮世一休花街(くるわ)問答』『正本製―五編』『忠孝両岸一覧』『鯨帯博多合三国(とみくに)』	式亭三馬没、四八歳○烏亭焉馬没、八〇歳
六	一八二三	四一	『比翼紋松鶴賀』『操競(くらべ)三人女』『新うつぼ物語』『正本製―六編』『小脇差夢の蝶鮫』『水木舞扇猫骨』『女郎花喩粟島(たとえのあわしま)』	太田蜀山人没、七五歳
七	一八二四	四二	『唐人髷(まげ)今国姓爺』『正本製―七編』『燈籠踊秋花園』	馬琴の長篇合巻あらわる○清水浜臣没四九歳
八	一八二五	四三	『正本製―八編』『花艶(はなもみじ)名所扇』『近江表座敷八景』	長篇合巻流行す
九	一八二六	四四	『笹色猪口暦手(ささいろのちょくはこよみて)』『鴈金紺屋作早染(かりがねこんやさくのはやぞめ)』『人形筆 五色絲蔵』『蛙歌(かわずのうた)春土手節』	歌川豊国没、五七歳
一〇	一八二七	四五	『柳絲花組交(くみまぜ)』『正本製―九編』	三世川柳没、五六歳
一一	一八二八	四六	『正本製―十編』『袖笠雪白妙』『返すぐ丸に文月』『忍笠時代蒔絵』『伊呂波引寺入節用』	

文政一二	一八二九	四七	『正本製―十一編』『関東小六昔舞台』『修紫田舎源氏―初編』(天保一三年まで一四年間にわたって"源氏ブーム"をまきおこす)	
天保元	一八三〇	四八	『昔々歌舞妓物語―初編』『誂染遠山鹿子―初編』『国字水滸伝―七・八編』『田舎源氏―二・三編』○初秋病む	石川雅望(宿屋飯盛)没、七八歳
二	一八三一	四九	『正本製―十二編』『誂染逢山鹿子―二編』『富士裾野うかれの蝶衛』『昔々歌舞妓物語―後編』『田舎源氏―四・五編』『国字水滸伝―九編』○八月、母没す(義母か生母か不明)	十返舎一九没、五七歳
三	一八三二	五〇	『誂染逢山鹿子―三編』『田舎源氏―六・七編』『奇妙頂礼地蔵道行』『追善三瀬川上品仕立』	春水『春色梅暦』
四	一八三三	五一	『田舎源氏―八―十編』『花桜木春の夜語』『伏見常磐』再刻『誂染逢山鹿子―四編』『出世奴小万伝』	一二月、五カ年間倹約令
五	一八三四	五二	『田舎源氏―十一―十三編』『若衆哉梅之枝振』『浮世々説』『正本製―初編』再版、『邯鄲諸国物語―初・二編』	三月、水野忠邦老中となる
六	一八三五	五三	『田舎源氏―十四―十七編』『邯鄲諸国物語―三編』『自問自答戯言句合』『花紅葉一対若衆』国貞画再	

			刻、『忍笠時代蒔絵』再刻、『誂染逢山鹿子―五編』『関東小六昔舞台』貞秀画・再刻	
七	一八三六	五四	『田舎源氏―十八―廿一編』『誂染逢山鹿子―六編』○総領甚之丞没○修紫楼新築	
八	一八三七	五五	『田舎源氏―廿二―廿四編』『邯鄲諸国物語―四編』『読宮城野忍昔』	四月、家斉職を譲って西丸に退老し、家慶十二代将軍となる○笠亭仙果、独立す
九	一八三八	五六	『田舎源氏―廿五―廿七編』『邯鄲諸国物語―五編』	四月、勤倹令
一〇	一八三九	五七	『田舎源氏―廿八―卅一編』『娘狂言三勝噺』(文政四年版の再摺)、人情本『縁結月下菊』	高野長英罰せらる
一一	一八四〇	五八	『田舎源氏―卅二―卅四編』『邯鄲諸国物語―六編』	一二月、更に明年より三年間の節倹令
一二	一八四一	五九	『田舎源氏―卅五―卅七編』『邯鄲諸国物語―七・八編』	正月、家斉逝去○五月、天保の改革はじまる○渡辺崋山自殺、四九歳○歳暮為永春水吟味
一三	一八四二	六〇	『田舎源氏―卅八編』○六月、出版取締りにより譴責処分にあう○七月一九日没	

参考文献

一　作　品

『種彦傑作集』（帝国文庫・第十六編）
『修紫田舎源氏』（続帝国文庫・第五編）
『邯鄲諸国物語』（同、第二十三編）
『種彦短編傑作集』（同、第四十三編）
『名家短篇傑作集』（同、第四十八編）
『柳亭種彦集』（近代日本文学大系・第十九巻）
『修紫田舎源氏』（日本名著全集・第二十・二十一巻）
『田舎源氏』（有朋堂文庫・第二期）
『田舎源氏』（評釈江戸文学叢書・洒落本草双紙集）

その他復刻されざる作品および著述などは、東京大学図書館「青洲文庫」・早稲田大学図書館などに架蔵されている。

二　研究資料

山口　剛「柳亭種彦について」（日本名著全集・第二十一巻『修紫田舎源氏・下』の解説、のち、昭和一六年『近世小説・下』創元選書に収載）
山口　剛「種彦研究」（『日本文学講座』昭和六・新潮社、のち、『江戸文学研究』昭和八・東京堂）
水谷不倒「柳亭種彦・田舎源氏・種彦著作目録」（『早稲田文学』昭和二年一〇月号「草双紙の研究」）
水谷不倒『草双紙と読本の研究』　昭和九年　奥川書房
笹川種郎『近世文芸志』　昭和六年　明治書院
石田元季『合巻物の研究』（日本文学講座）　昭和九年　改造社
鈴木重三「後期草双紙における演劇趣味の検討」（『国語と国文学』）　昭和三三・一〇
鈴木重三「合巻物の題材転機と種彦」（『国語と国文学』）　昭和三六・四
小野　稔「京伝合巻の研究序説」（『明治大学日本文学会紀要』第一号）　昭和三二・九
水野　稔「馬琴の短篇合巻」（『明治大学文学部紀要・文芸研究』第十一号）　昭和三九・三

三田村鳶魚『江　戸　の　噂』　　　　　大正一五年　春　陽　堂

その他、麻生磯次・小池藤五郎・野田寿雄・中村幸彦・前田愛・神保五弥の諸家の研究。

著者略歴

大正十一年生れ
昭和二十二年東京帝国大学文学部国文学科卒業
弘前大学助教授、新潟大学教授を経て
現在　新潟大学名誉教授

主要著書
後期硯友社文学の研究　硯友社の文学　硯友社と自然主義研究　幸田露伴と樋口一葉

人物叢書　新装版

柳亭種彦

昭和四十年七月十五日　第一版第一刷発行
平成　元　年十月　一　日　新装版第一刷発行

著　者　伊狩章（いかりあきら）
編集者　日本歴史学会
代表者　児玉幸多
発行者　吉川圭三
発行所　株式会社吉川弘文館
東京都文京区本郷七丁目二番八号
郵便番号一一三
電話〇三—八一三—九一五一〈代表〉
振替口座東京〇—二四四
印刷＝平文社　製本＝ナショナル製本

『人物叢書』(新装版)刊行のことば

人物叢書は、個人が埋没された歴史書が盛行した時代に、「歴史を動かすものは人間である。個人の伝記が明らかにされないで、歴史の叙述は完全であり得ない」という信念のもとに、専門学者に執筆を依頼し、日本歴史学会が編集し、吉川弘文館が刊行した一大伝記集である。

幸いに読書界の支持を得て、百冊刊行の折には菊池寛賞を授けられる栄誉に浴した。

しかし発行以来すでに四半世紀を経過し、長期品切れ本が増加し、読書界の要望にそい得ない状態にもなったので、この際既刊本の体裁を一新して再編成し、定期的に配本できるような方策をとることにした。既刊本は一八四冊であるが、まだ未刊である重要人物の伝記についても鋭意刊行を進める方針であり、その体裁も新形式をとることとした。

こうして刊行当初の精神に思いを致し、人物叢書を蘇らせようとするのが、今回の企図である。大方のご支援を得ることができれば幸せである。

昭和六十年五月

日本歴史学会

代表者　坂本太郎

〈オンデマンド版〉
柳亭種彦

人物叢書　新装版

2021年（令和3）10月1日　発行

著　者　伊狩　章

編集者　日本歴史学会
代表者　藤田　覚

発行者　吉川道郎

発行所　株式会社　吉川弘文館
〒113-0033　東京都文京区本郷7丁目2番8号
TEL　03-3813-9151〈代表〉
URL　http://www.yoshikawa-k.co.jp/

印刷・製本　大日本印刷株式会社

伊狩　章（1922～2015）

ISBN978-4-642-75174-2